BASTION FLEHE

DIE KUNST DES HEILENS

Roman

AF140187

Bastion Flehe wurde 1982 in den schottischen Highlands geboren. Er studierte Humanmedizin an der London University und arbeitet als Unfallchirurg in Oxfordshire. Während seiner Sommerurlaube an der Südküste Englands verfasst er Kriminalromane, die durch seine Arbeit und seine Interessen inspiriert sind. Ein Hauptcharakteristikum seines Schreibens ist die Nähe der Inhalte an der Realität und die Gratwanderung des Lesers zwischen Fakt und Fiktion. Mit «Die Kunst des Heilens» debütiert Flehe packend, lehrreich und zur Reflexion animierend.

Nun war er nach wochenlanger Planung endlich angekommen.

Die letzten Geldreserven zusammengekratzt, kam William nach einer stürmischen Überfahrt mit der DFDS Seaways aus Dover in Calais an. Mit dem günstigsten Mietwagen den er bekommen konnte, einem schwarzen alten Renault, erreichte er wie vereinbart um 14 Uhr das Backsteinhaus. Sein Herz pochte und er war so aufgeregt wie bei der ersten Operation bei der er zuschaute. Alleine die eingewechselten 1.800 Euro Bargeld die er bei sich trug waren Wahnsinn. Er durfte keinem Menschen erzählen warum er als Student soviel Bargeld für etwas ausgeben wollte, von dem er keine Ahnung hatte. Er schmiedete Pläne: die Ware herunterhandeln, Qualität bemängeln, Echtheit anzweifeln, Alter hinterfragen. Es galt so professionell wie möglich aufzutreten. So wie er jetzt müssen sich Drogendealer, Grabräuber und Erpresser ständig fühlen. Es hatte etwas von Kino. Die Spannung auf das Folgende war unbeschreiblich und überwog alle Ängste und Zweifel.

Er stieg aus dem Auto aus und ging einen in Buchsbaum eingefassten Schotterweg entlang bis zu einer grünen Haustür und klingelte. Ein etwa 70-jähriger, grauhaariger und gepflegter Mann in Country-Style öffnete freundlich die Türe.

«Hallo Herr Todt, schön Sie zu sehen, ich hoffe die Reise war angenehm?»

William antwortete vor Aufregung nur mit einem knappen: «Ja, vielen Dank!»

Sah so ein illegaler Kunst- und Antiquitätenhändler aus? Der Mann passte auf den ersten Blick nicht in Williams Bild eines solchen, doch Paolo Gabriele, der Kammerdiener der den Papst jahrelang umsorgt hatte wirkte vordergründig auch nicht wie ein Dieb. Die beiden betraten das Wohnzimmer.

«Meine Frau ist außer Haus, bitte nehmen Sie Platz! Darf ich Ihnen etwas zu trinken anbieten?»

William nahm wortlos in einem Ohrensessel mit Cornwall-Muster Platz. Ihm gingen die James Bond Filme durch den Kopf, bei denen dieser durch Betäubungsmittel im Drink ausgeschaltet wurde und somit verneinte er. Es hingen überaus viele Ölgemälde an den Wänden. Nicht jedermanns Geschmack, dennoch sicher wertvoll. Meistens Kriegsmotive, Seeschlachten und Kämpfe auf offenem Feld. William erkannte ein Motiv aus dem Geschichtsunterricht wieder. Es war die Seeschlacht in der Bucht von Bergen im zweiten Englisch-Niederländischen Krieg aus dem Jahre 1665.

«Mein aktuell wertvollstes und absolutes Lieblingsbild!» sagte Brundé, wie der ältere Herr sich nannte.

Er verschwand um das Kunstwerk aus dem Tresor zu holen, kam kurz darauf mit einem schwarzen Samtsäckchen zurück und öffnete es. Da war sie endlich, die Krumme. Das oberste Stück eines Bischofsstabes. Gleich fing Brundé an zu berichten:

«Ich weiß nicht viel darüber, ich habe sie aus dem Nachlass eines Kunstsammlers in Frankfurt vor mehr als 30 Jahren erworben. Seine beeindruckende Sammlung wurde nach seinem Tod aufgelöst, vieles ging an Museen und Ausstellungen, Einzelstücke wurden von den Töchtern an Privatleute verkauft. Es ist ein sehr schönes Stück. Meine Frau hat einen Bruder der in der Dombauwerkstatt zu Straßburg arbeitet, ihm haben wir die Krumme einmal geschickt. Die Experten der dortigen Domschatzkammer sind der Meinung 15.-16. Jahrhundert. Sie ist an die berühmten Krummen aus Limoges im 13. Jahrhundert angelehnt. Hier gab es drei Motive: Michaels Kampf mit dem Drachen, die Krönung Marias und die Verkündigung Mariens. Ob es sich um den Stab eines Bischofs oder eines Abtes handelt weiß ich nicht, auf jeden Fall ist es ein schönes und seltenes Stück!»

William war von all diesen Informationen erst einmal erschlagen. Er hatte keine konkreten Anhaltspunkte für die Echtheit der Krumme oder die Angaben des Mannes, aber auch nicht für deren Unechtheit. Dennoch war ihm klar, vor so etwas Unbekannten und gleichzeitig Spannendem zu sitzen, er musste es einfach besitzen. So warf er auch alle Pläne bezüglich der Preisverhandlungen über Bord.

«Es tut mir sehr leid mich von dem Stück zu trennen, aber nach meiner Pensionierung als Börsenmakler habe ich eine Leidenschaft für alte Gemälde entwickelt. So muss ich die ganzen anderen Kunstwerke Wohl oder Übel veräußern um genug Geld für meine neue Leidenschaft zu haben.»

Für William, der vor flammender Begeisterung nicht mehr in der Lage war objektiv zu urteilen klang dies schlüssig. Er zahlte den gesamten geforderten Betrag und machte sich auf die Rückreise. Während der Fahrt traute er sich nicht das Stück auszupacken. Wieder gingen ihm die Filme durch den Kopf, in denen es organisierte Banden auf den Diebstahl von Kunstgegenständen während des Transports abgesehen hatten. Sogar in Wingham, dem kleinen Ort nahe Canterbury in dem er mit seinen Eltern lebte, wurde erst kürzlich ein Dealer nach einer Drogenübergabe verfolgt, mit einer 9 mm Glock in den Kopf geschossen und des erhaltenen Geldes beraubt. Erst im Haus seiner Eltern angekommen packte er die Krumme aus.

Sie war herrlich. Aus Messing gearbeitet, einige Drachenkamm artige Verzierungen entlang der Außenseiten, in der Mitte des großen Bogenschlusses zwei Figuren. Zum einen der Erzengel Gabriel der den Zeigefinger mahnend erhob und ein Kreuz in der anderen Hand hielt, zum anderen Maria die in ein Tuch gehüllt war. Die Verkündigung Mariens. Auf einer Seite wurde das einheitliche Messing durch blaue, mittlerweile stumpfe und mit Patina überzogene Emailintarsien aufgelockert. William war hoch zufrieden und bereute das Geschäft keine Sekunde. Mit der spannenden Geschichte dieses Kunstwerks würde er sich sehr gut beschäftigen können und somit den Einheitstrott und das stupide Pauken für sein Medizinstudium auflockern. Wie es sich für einen echten Kunstbesitzer gehörte, wurde das gute Stück erst einmal in der untersten Schublade seiner Kommode zwischen Socken und Boxershorts versteckt.

In den Wochen danach reduzierte sich Williams Beschäftigung mit der Kunst gen Null. Er war in den letzten Semestern seines Medizinstudiums und musste sich mit dilatativen Kardiomyopathien, Vorhofflimmern und Herzinfarkten beschäftigen. Während der praktischen Tage in der Klinik musste er ewig lange Anamnesen -*Interviews*- mit alten übergewichtigen Männern und Frauen führen, die Schalen von Obst und Schokolade in sich hineinstopften und insgesamt wenig Zeit hatten mit ihm zu sprechen, da sie gleich danach im hinten offenen Flügelhemd zur Raucherecke mussten, um den Mitpatienten dort von ihrem dritten Herzinfarkt, dem fünften Bypass und den schlechten Ärzten zu erzählen.

Die Theorie musste zusätzlich zur Praxis auch noch in den Schädel hinein, ob er wollte oder nicht, bald war Staatsexamen. So ging es das gesamte Semester über. Zum Verdienen eines Zubrotes und zur Finanzierung seiner neuen Leidenschaft arbeitete er als Paramedic im Rettungsdienst und gab Kurse in Notfallmedizin, die ihn über die Maßen anödeten. Er kam sich oft vor wie ein Affe im Zirkus. Auf Kommando immer und immer wieder die gleichen Dinge erzählen, und dennoch checkte niemand wie richtig zu handeln war. Die Kunden waren sehr heterogen. Von pubertierenden Schülern die ein Hormon getriggertes emotionales Feuerwerk darboten wenn sie bei einer weiblichen Puppe mit Brüsten Herzdruckmassage machen sollten, bis hin zu im Rahmen einer Pflichtveranstaltung im feinen Maßanzug sitzenden Versicherungsmitarbeitern, die ständig SMS schrieben, nach der ersten Pause gleich wieder verschwanden oder aber blieben und dennoch nichts verstanden. Oft dachte sich William es sei besser gewesen den Leuten nichts beizubringen, da man sich jetzt durch das erworbene und schlimmstenfalls angewandte Halbwissen im Bereich echter Körperverletzung bewegte. Die Sache hatte allerdings durchaus auch positive Aspekte: Er kam durch den Job viel in Großbritannien herum und suchte in den freien Stunden hier und dort Antiquitätenhändler oder Kunstmuseen auf um sich fortzubilden. Außerdem wurde Geld in die von seinem Coup her immer noch leere Geldbörse gespült.

Nach einer Veranstaltung in London an einem Herbsttag beschloss William noch ein wenig in der Stadt umherzuschlendern. An einem kleinen Ladengeschäft am Ende des Bedford Square stoppte er. Das Schaufenster sah merkwürdig und spannend zugleich aus. Es war die typische dunkel Holzeinfassung des Erdgeschosses die man hier so häufig vorfand, ein am unteren Rand mit Kondenswasser beschlagenes, einfach verglastes Schaufenster, und jede Menge ausgesellter Antiquitäten oder Trödel, wie auch immer man dazu sagen mochte. Dennoch war die Faszination so groß, dass es William hineinzog. Das Innere des Ladens konnte kurz und prägnant beschrieben werden: Dunkel, zugestellt und staubig. Mit viel gutem Willen konnte man eine gewisse Ordnung deren Etablierung scheinbar vor Jahren schon aufgegeben wurde erkennen. Im vorderen Bereich standen Möbel. Die Klassiker: Ohrensessel aus Leder und alte Ledersofas im viktorianischen Stil. Alte Regale und Schränke die mit Büchern vollgestopft waren ergaben eine räumliche Trennung. Dahinter waren Kupferstiche und Ölgemälde zu finden. Es bedurfte keines besonderen Kennerauges um die Welten zwischen diesen und der Sammlung des Herrn Brundé zu erkennen. Es folgten alte Globen, bei Ebay würde die Bezeichung «für Bastler» dahinter stehen, Landkarten und jede Menge Kleinkram. An einem alten englischen Schreibtisch mit Lederauflage, der auf einem abgetretenen roten Perserteppich stand saß ein ebenso alter Herr, Mr. Barnsby der Inhaber. Er trug einen grauen Anzug aus Schurwolle, eine rote Strickkrawatte und ein weißes Hemd mit Tab-Kragen, typisch 70er. Er rauchte Pfeife. William erkannte den Tabak sofort. Ashton Consummate Gentleman, der Tabak seines Großvaters. Er schaute sich um und sah, dass der Ladenraum hinter dem Schreibtisch eine Linkskurve machte. Hier waren einige Kreuze, Kerzenständer, Bilder und Kelche zu finden.

«Interessieren sie sich für etwas Bestimmtes?» Fragte Mr. Barnsby.

«Ja, Antiquitäten!» antwortete William und bemerkte erneut, wie wenig Ahnung er von der Materie hatte.

Die Krumme entdeckte er per Zufall im Internet als er auf der Suche nach einem Accessoire für die alte und wertvolle Weihnachtskrippe seiner Großeltern war. Mr. Barnsby bemerkte direkt was los war.

«Bist wohl hier weil es draußen schüttet wie aus Kübeln? Kannst gerne bleiben und Dich umsehen, vielleicht gefällt Dir ja sogar irgendetwas. Willst du einen Tee?»

Er zeigte auf ein stumpfes Silbertablett mit einer edwardianischen Teekanne und passenden Tassen. Es war Lady Grey Tea aufgegossen. Zunächst ein sehr ungemütlicher Ort, entwickelte sich bei William dennoch ein Gefühl von Neugier, Gemütlichkeit und patinierter aber vorhandener Eleganz.

«Du hast keine Ahnung von Antiquitäten Junge, stimmt's?»

William wollte die Hosen nicht gänzlich herunter lassen und erwiderte:

«Ein wenig schon, doch!»

«Hast du nicht! Interessiert Dich etwas besonders hier?»

William deutete auf die barocken goldenen Kerzenständer und die Kelche.

«Aha, du magst Sakralkunst!»

Sakralkunst!

Endlich hatte das Kind einen Namen. Es gab nicht *die* Antiquitäten von denen er bislang als Oberbegriff ausging, sondern viele Antiquitätenrichtungen mit ihrem jeweiligen eigenen Mikrokosmos. Es war wie in der Medizin, wer Facharzt für Hals-Nasen-Ohrenheilkunde war, konnte mit dem Hirn nichts anfangen, dafür waren die Neurologen da, obwohl Hals, Nase, Ohren und Hirn quasi Nachbarn waren und sich beide im Schädel befanden, zumindest bestenfalls.

«Ja, ich mag Sakralkunst!»

Mr. Barnsby redete und redete über den Inhalt seines Ladens. Sicherlich hochinteressante Dinge, aber William ging währenddessen in sich und so vieles wurde ihm klar: von der Kirche und ihren Traditionen, Problemen und Ansichten mochte man halten was man wollte, verständlicherweise war es für viele Menschen hochproblematisch mit ihr klar zu kommen. Gerade als Arzt oder Angehender gab es zwangsläufig Kollisionspunkte. Wenn man Semester lang Mitosen und Meiosen bei der Zellteilung lernen oder Vergewaltigungsopfer behandeln musste, fiel es einem schwer an einen Engel zu glauben der den Zeigefinger erhob und Maria mitteilte, jungfräulich schwanger zu sein. Oder dass Gott wo auch immer er saß, über seinen Pressesprecher den Papst mitteilen ließ, Kondome seien schlecht. Dennoch fühlte sich William schon immer zur Kirche hingezogen. Und nun war der Grund klar: Die Kunst. Keine Institution hatte mehr Kunstwerke über die Jahrhunderte erschaffen und behütet als die Kirche. Zudem steckten in diesen Kunstwerken meist weitaus mehr Emotionen und Schicksale als in den weltlichen. Ob der Glaube an eine höhere Macht die nach dem Tod über einen richtete oder der ausbeuterische Zwang Kunst zu erschaffen, der Gedanke an die Motivation des Künstlers fesselte und schlug eine Brücke in die Gegenwart. Ob freiwillig geschaffen oder erzwungen, die künstlerische Ausbeute einer Kultur basierend auf rein nicht greif- oder fassbaren Wurzeln war überwältigend. William gingen so viele Kunstgegenstände durch den Kopf. Das Johannesevangelium im Book of Kells aus dem 9. Jahrhundert, über das er kürzlich einen Artikel in der Times gelesen hatte. Zum Beispiel hatten Mönche ihr Leben lang im Scriptorium verbracht, tief im Glauben verwurzelt, durch die Arbeit nach ihrem Tod Gott zu begegnen. Oder der Petersdom mit seinen vielen Altären, bei dem Römer über Jahrhunderte ausgebeutet wurden, viele sogar ihr Leben verloren bis eines der monumentalsten Werke der Welt stand.

«Ja, ich interessiere mich für Sakralkunst» sagte William bestimmt. «Wie kamen Sie zum Antiquitätengeschäft?» fragte er gespannt.

Barnsby erzählte ihm seine doch einigermaßen tragische Lebensgeschichte. Seine Eltern waren einfache Leute. Der Vater war Bierlieferant mit eigenem Pferdegespann, die Mutter Hausmädchen bei Villeys, einem entfernten aber nie zu positiver Popularität gelangten Ableger der Windsors. Sie lebten in armen Verhältnissen im Londoner Vorort Sutton. Die drei Geschwister von Mr. Barnsby starben alle in früher Kindheit. An was wusste er nicht, früher hatte man auch nicht genauer danach gefragt, sie waren halt einfach tot. Alle Liebe und Hoffnungen der Eltern ruhten fortan auf ihm. John. Es wurde alles in eine vernünftige Ausbildung gesteckt und mit etwas finanzieller Schützenhilfe der Villeys kam es sogar zur Hochschulreife. Da Villeys in gewisser Weise hierdurch einen Mäzenen Status erlangten, hatten sie auch einen beträchtlichen Anteil Mitspracherecht bei der Wahl von John's Studienfach. Bereits früher war das Studium der Kunstgeschichte unter der zwar wohlhabenden, aber nicht die erste Geige spielenden High Society äußerst beliebt. So war John's Weg ungefragt vorbestimmt. Das Studium lag ihm trotz alledem erstaunlich gut, mit wenigen Mühen erreichte er Topleistungen und wurde bald sogar von der British Academy of Art History im Rahmen eines Stipendiums gefördert. Er promovierte über die Entdeckung der Venus von Milo und stand am Ende mit einem passablen Abschluss da. In Folge dessen fand er, er bezeichnete es «bei denen die Straße runter», Anstellung. Als Dankeschön für die Förderung verlangten die mittlerweile insolventen Villeys am Ende gefälschte Gutachten im sechsstelligen Wertbereich eines nun promovierten Kunsthistorikers über wertlose und katastrophale Skulpturen

14

aus ihrem Besitz, die Barnsby jedoch verweigerte. Das letzte Villey'sche Geld floss dann in einen ehemaligen Chief Inspector der London Police der für im Nachhinein ermittelte 3.000 Pfund behauptete, Barnsby habe zu Studienzeiten Kunstgutachten gefälscht. Das war das Ende des Villey'schen Vermögens aber auch von Barnsby's Karriere bei «denen die Straße runter». Danach mietete sich Barnsby dieses kleine Ladenlokal und verdiente seinen Lebensunterhalt mit wie er selbst sagte «zweitklassigen Antiquitäten und Trödel». Zu mehr reichten die eigenen finanziellen Verhältnisse nie.

William war von der Lebensgeschichte peinlich berührt. Ihm war nicht mehr nach Kunsthandel und er getraute sich nicht weitere Fragen zu stellen. Er bedankte sich freundlich, mittlerweile war es auch schon spät geworden, und verließ das Geschäft. Barnsby war ihm unheimlich sympathisch und schien auch ehrlich. Ohne weiteres hätte er durch krumme Geschäfte finanziell deutlich besser dastehen können, ja vielleicht wäre sogar sein ganzes Leben anders verlaufen. Dennoch hatte er sich für ein einfaches aber ehrliches Leben entschieden und ist am Ende so gesehen dafür bestraft worden.

Er lief die Straße entlang und grübelte viel über den Begriff «die Straße runter». Plötzlich blieb er wie versteinert stehen. Er sah ein poliertes Messingschild: 30A Bedford Square,

Northby`s Institute of Art London. Langsam dämmerte ihm. Durch die Korruptionsvorwürfe fiel Barnsby offenbar aus einer sehr großen Höhe wenn er tatsächlich hier gearbeitet haben sollte. Ihm wurde die Dimension des Beckens voll mit ziemlich üblen Haifischen klar, in dem die vielen einmaligen und wunderbaren Kunstwerke der Welt zu stehen schienen. Die anfänglichen Ängste vor dem Kunstgeschäft, im Speziellen dem Handel mit Herrn Brundé waren wohl doch nicht so aus der Luft gegriffenen.

Noch im Zug war er gefesselt von dem Potential das vom Kunst- und Antiquitätenhandel auszugehen schien. Zum Zeitvertreib auf der zweistündigen Fahrt kaufte er sich die aktuelle Ausgabe der «*Art trade*». Er lass vieles über die Wertschätzung von Kunst, aktuell anstehenden sensationellen Auktionen und über die Subjektivität. Gemälde die aussahen als hätte ein Säugetier mit Harnwegsinfekt auf eine weiße Leinwand uriniert waren Millionen Pfund wert, filigran gearbeitete Skulpturen nur einige Tausend. Alles in allem musste er den Wert und den betriebenen Sicherheitsaufwand seinen Schatz betreffend angesichts des neuen Informationsgewinnes durch die Zeitschrift wohl relativieren, dennoch war der Kunsterwerb nach wie vor beachtlich für einen dauerausgebrannten Studenten.

Er beschloss sich zunächst weiter auf das Studium zu konzentrieren und blieb deshalb auch während der letzten Semesterferien in seinem Studentenappartement im Londoner Stadtviertel Euston. Es war ein ganz stattliches und einladendes Appartement in einem 500-Appartement-Komplex. Zwölf Quadratmeter zum Austoben. Seine Eltern die ihn nur mit mäßigen finanziellen Mitteln unterstützen konnten und sein Nebenjob gaben neben dem neuen kostspieligen Hobby nicht mehr her. Eine marode Einbauküchenzeile mit zwei Herdplatten von denen nur eine funktionierte, was aber nicht schlimm war wenn man nur einen Topf besaß. Ein schmales Bett, ein Schreibtisch mit Stuhl und ein am Boden stehender Fernseher mit Zimmerantenne. Kleidung und Bücher waren ungeordnet über zwei Regale verteilt. Alles in allem ein Appartement, bei dem man als Einbrecher Tränen in die Augen bekam, fünf Pfund auf den Tisch legte und wieder verschwand. Nach einigen Wochen in dieser Bude machte sich ein ausgesprochener Lagerkoller breit und William verlagerte seinen Lernplatz in die British Library in der 96 Eusten Road. Hier war das Ambiente etwas angenehmer. In den 1970er Jahren gegründet und unermessliche Werke beinhaltend. Alleine 25 Millionen Bücher und Werke aus der Zeit ab 1600 v. Chr. luden zum Lernen ein aber auch zum Hintergehen der Medizin.

William wälzte sich durch die Lehrbücher für Kunsthistoriker und fand zwei Dinge heraus: Zum einen muss er jeden Quadratzentimeter seines Kunstwerks penibel untersuchen und vergrößern, um mögliche Hinweise auf dessen Herkunft zu erhalten, zum anderen würde er um ein Expertengutachten nicht herumkommen. Kurz vor Mitternacht stolperte er über den historischen Fall eines Kunstschmieds und Reliquiar Restaurators in Paris nach dem 1. Weltkrieg. Dieser war eine ausgewiesene Koryphäe auf seinem Gebiet. Aus ganz Europa wurden Reliquiare zu ihm gebracht die zu Kriegszeiten stark gelitten hatten. Sie wurden von ihm aufwändig und liebevoll restauriert, als Gegenleistung kassierte er jedoch nicht nur den Rechnungsbetrag sondern auch die originalen Edelsteine, und tauschte diese gegen Glassteine aus. Vor der Verurteilung erhängte er sich in seiner Gefängniszelle. William beschloss die Untersuchung mit den ihm zur Verfügung stehenden Mitteln selbst durchzuführen, das Gutachten stand zunächst einmal aus Vorsicht und aufgrund finanzieller Limitiertheit nicht an. Er lass von Honoraren von über einem Drittel des Kunstwertes.

Über die Osterfeiertage besuchte William seine Eltern und somit auch die immer noch dort aufbewahrte Krumme, da eine Mitnahme in die Londoner Verhältnisse undenkbar war. Er schoss Bilder mit der Spiegelreflexkamera seines Vaters und vergrößerte diese auf seinem Computer. Insgesamt gelang ihm eine gute zehnfache Vergrößerung. Bei genauerer Betrachtung fiel auf, dass die Krumme aus zwei separat gegossenen Messingteilen bestand und die jeweiligen Hälften fein verarbeitet in der Mitte zusammengetrieben wurden. Die Nieten ähnlichen Verbindungsbolzen waren vom blauen Email überdeckt und die Nahtstellen so fein verarbeitet, sie fielen mit bloßem Auge nicht weiter auf. Die einzig unsauber verarbeitete Nahtstelle befand sich im Bereich des Stumpfes, also dem Teil, der in den hölzernen Teil des eigentlichen Stabes eingelassen war, wenn dieser noch dran gewesen wäre. Hier bestand ein Nahtversatz der beiden Hälften. Die Krumme war in der Mitte offenbar hol. Die erhofften Gravuren oder Hinweise auf die Herkunft blieben aus.

Während der weiteren, mit fremdfachliterarischen Exkursen gespickten aber dennoch lernintensiven Zeit arbeitete sich William in die Diagnostik von Kunstwerken ein. Zum ersten Mal bemerkte er dass es durchaus Schnittstellen zwischen Kunst und Medizin gab. Medizinische Diagnoseverfahren hatten einen hohen Stellenwert, gerade bei Kunstwerken die unversehrt bleiben sollen. Regelmäßige Stoffproben des Grabtuchs von Turin oder des Heiligen Rocks in Trier im Laufe der Jahrhunderte hatten den Stücken an sich nicht gerade gut getan. Es galten daher grundsätzlich Vorsicht und Zurückhaltung. Wurden bei Ausgrabungen oder Gebäuden Hohlräume vermutet, wurde erst einmal über ein kleines Loch mit einer Kamera endoskopiert bevor man sprichwörtlich mit der Tür ins Haus fiel. Sarkophage oder Behältnisse im Allgemeinen wurden irgendeiner radiologischen Bildgebung wie zum Beispiel der Computertomographie zugeführt um den Inhalt abzuschätzen. Ähnlich war es beim Menschen. Bevor man den gesamten Bauch aufschnitt um eine Blutung der Magenschleimhaut zu diagnostizieren, passierte man den Magen erst einmal von oben über Mund und Speiseröhre mit einer kleinen Kamera. Bevor man ein Bein aufschnitt um eine Fraktur zu diagnostizieren fertigte man ein Röntgenbild an.

William war an der Fusion beider Wissenschaften sehr interessiert und hatte auch schon eine Idee, diese für seine Zwecke kostengünstig umzusetzen. Es stand das Praktische Jahr an, indem man drei verschiedene medizinische Fachdisziplinen für jeweils vier Monate durchlaufen musste. Die Wahl der Disziplinen oblag dem Studenten. Als erstes Quartal wählte William Chirurgie. Nach dem Studium wollte er Chirurg werden, das war seiner Meinung nach die beste Fachrichtung. Die Operationen waren meist spannend, man konnte sich handwerklich betätigen und die Patienten schliefen meistens, sodass man auch ein wenig Ruhe vor ihnen hatte.

Am 1. Oktober startete er mit seiner ersten praktischen Station in der Abteilung für Bauchchirurgie des Royal London Hospital. Es war eine deutliche Umstellung zum Studentenleben, denn der Tagesablauf war im Minutentakt durchgeplant. 06:45 Uhr bis 07:15 Uhr Visite auf der Station, 07:15 Uhr bis 07:45 Uhr Frühbesprechung, 07:45 bis nachmittags Operationen, danach Visite der Patienten mit den Schwestern, Briefe schreiben etc. Die richtigen Ärzte sahen alle ziemlich fertig aus. Ausgemergelt. Wer was werden wollte hing abends in seiner Freizeit auch noch Forschungszeit an. Es war eine echt harte Zeit selbst für ihn als Studenten. Die Kommilitonen die bei den Anästhesisten waren konnten wenigstens während der laufenden Narkosen mit ihren Ärzten Kaffee trinken gehen, die Studenten der Internisten konnten den ganzen Tag über Kaffee trinken. Das stundenlange Stehen und Haken in fremde Bäuche halten war nichts für Weicheier. Auch die Visiten in der Früh waren gewöhnungsbedürftig. Schon vor dem Frühstück wurde man als Arzt mit dem Gastrointestinalsystem der Patienten konfrontiert, ob man wollte oder nicht. Einem Lehrer wurde zum Beispiel vom Oberarzt verboten bei den Frühvisiten seine Defäkationsergebnisse der Nacht in einer silbernen Metallschüssel zu präsentieren, worauf hin dieser seine Ehefrau losschickte, zur Dokumentation eine Kamera mit portablem

Drucker zu kaufen. Ab diesem Zeitpunkt wurden allmorgendlich Fotobeweise von ihm eingereicht.

Die Sache mit dem Foto erinnerte William allerdings wieder an sein Vorhaben, mit der Krumme Bildgebung zu betreiben. Nachdem er sich einigermaßen im Royal London Hospital auskannte und auch immer bei den Röntgenuntersuchungen gut aufgepasst hatte, konnte der Plan starten. Zwischen zwei Wochenenden in Wingham brachte er die Krumme mit in sein Londoner Appartement. Eingepackt in das Samtsäckchen und doppelten Plastiktüten vom Supermarkt versteckte William sie in dem Zwischenraum zwischen Rückwand seines Küchenzeilenunterschranks und der Mauer. Ein ungemütlicher Ort für diese Art von Kunst. William hoffte, dass das nähere spirituelle Umfeld der Krumme, also die Seele des ehemaligen Besitzers oder Gott selbst, wie auch immer geartet, ihm verzeihen mögen. Angesichts der verfügbaren Mittel war dies wohl schon in Ordnung, Zar Alexander I. hatte 1812 während der Brandstiftung von Moskau durch Napoleon aufgrund der besonderen Umstände wohl auch nicht im Zarenpalast residiert.

Mittwochabends blieb William länger im Hospital. An diesem Tag hatte die korpulente und stets schnappatmige Schwester Judy Dienst. Er wusste genau, wenn kein Patient zum röntgen da war würde Judy auch nicht aus ihrem Zimmer herauskommen. Manchmal kam sie nicht heraus selbst wenn ein Patient draußen wartete. William passte also ein patientenfreies Intervall ab, platzierte den Samtsack auf dem Röntgentisch und drückte den x-Ray-Knopf. Was er nicht bedacht hatte war die digitale Erfassung aller Röntgenbilder und deren zentrale Speicherung. Nun musste er improvisieren, da die Zeit drängte. Letztendlich gelang es ihm die Aufnahme auszudrucken und das Bild, das immer noch den Namen des vorherigen Patienten, Mr. Spoon, trug aus dem System zu löschen.

Das letzte Bild mit dem Namen Spoon war das sicher beeindruckendste dieses Patienten. Nicht dass die Schenkelhalsfraktur des eigentlichen Mr. Spoon kein recht ansehnliches Knochengebrösel gewesen wäre, aber mit dem Ergebnis der Röntgenuntersuchung der Krumme konnte sie bei weitem nicht mithalten. Es sah so aus, als steckte ein etwa 5x1 cm großes Etwas im unteren Hohlschaftbereich. William hatte den Chirurgen lange genug zugesehen wie diese mit ihren filigranen Instrumenten hauchdünne Gewebe präparierten und kleinste Blutgefäße nähten. Diese Fertigkeiten waren nun gefragt. Er beschloss sich für den nächsten Tag beim Nachmittagstraining der Jungärzte einzuschleichen. Hier hatten diese die Möglichkeit, an künstlichen Bäuchen mit

Übungsinstrumenten allerlei Operationen zu trainieren. Da hierbei regelmäßig Medizinstudenten teilnahmen, fiel William gar nicht weiter auf. Sein operatives Resultat des Kurses war durchschnittlich, in seiner Kitteltasche befanden sich jedoch nun Pinzetten, kleine Klemmen, Wundspreizer und spitze Fasszangen.

Mit dem schlechten Gewissen eines antiken Grabschänders begab sich William am nächsten Samstag ans Werk. Sein Appartement war mittlerweile OP-Saal ähnlich ausgestattet. Über dem Schreibtisch leuchteten zwei Lampen, die Arbeitsplatte war mit grünen Tüchern ausgelegt, die ebenfalls dem Hospital entliehen wurden. Glücklicherweise befand sich der Nahtversatz im Bereich des Stumpfes in der Nähe der vermuteten Struktur. Mit einer feinen Zange bog er die Kante der einen Hälfte vorsichtig weiter auf. Die Gegenseite ebenso. Ein Aufdehnen von 2-3 Millimetern auf jeder Seite reichte aus um mit einer Lupe und Taschenlampe ausgerüstet den Hohlraum zu inspizieren. Und tatsächlich, mit einer feinen Pinzette barg William eine Messingplatte. Nach Vergrößerung der Platte wurde eine Inschrift deutlich:

« *FECIT IN LERINUM, ABBAS INNOCENTIUS WURSAMB, CLAVUS PRIMUM*».

«Gefertigt in Lérins, dem Abt Innozenz Wursamb als ersten Schlüssel.»

Es schien so, als sei die Rückseite der Platte ebenfalls graviert, allerdings im Randbereich so dass die Buchstaben der Länge nach halbiert zu sein schienen und unlesbar waren. Die Übersetzung war aufgrund seiner Schullateinkenntnisse kein Problem.

Das nächste Wochenende war ganz der Kunstgeschichte gewidmet. Die beiden vor Cannes gelegenen îles de Lérins bekannt als die «Inseln der Heiligen» gehörten zu den Geburtsstätten des abendländischen Mönchtums. Die Besiedlung ging auf das 5. Jahrhundert zurück, in dem Honoratius, ein aus Trier in Deutschland gebürtiger Römer sich auf die Inseln zurückzog. Bald folgten ihm Christen und eine Klostergemeinschaft entstand direkt am Meer. Das Kloster, das zeitweilig 3700 Mönchen Heimat gewesen sein soll erhielt im Laufe der Jahrhunderte reiche Schenkungen, wodurch es sich zu den größten Landbesitzern der Côte d'Azur entwickelte. Von hier aus wurden viele geistige und materielle Insignien christlicher Kultur über ganz Europa transportiert. Abt Innozenz Wursamb war von 1551 bis 1554 Abt des Klosters Melk in Österreich. Das barocke Benediktinerkloster war noch heute ein aktives Kloster und das berühmteste geschlossene Kirchen- und Konventgebäude der Welt.

Vor Williams geistigem Auge spielten sich die wildesten Theorien ab. Er musste versuchen sachlich zu bleiben. Offenbar wurde der Bischofsstab der ein Abtstab zu sein schien, wie Brundé geschildert hatte im 16. Jahrhundert an der Côte d'Azur geschafften und dann nach Melk verbracht. Brundé erwähnte die Anlehnung an die berühmten Vorbilder aus Limoges. Zwischen Limoges und den îles de Lérins lagen je nach Route 750-850 Kilometer. Trotz der Distanz war eine Verbindung der Klöster nicht ungewöhnlich. Limoges war Bischofssitz und wurde unter anderem durch den Emailhandel wohlhabend und bekannt. Die ersten Brücken waren geschlagen.

Nach dieser Nacht wurde ihm das Abenteuer um das es sich zweifelsfrei bei der Antiquität handelte bewusst. Am nächsten Morgen meldete er sich krank und mietete bei der Lloyds Bank in der Viktoria Street ein Schließfach an. Es kostete 200 Pfund pro Monat, das Geld war es ihm wert. Er schmiedete einen Zeitplan. Tagsüber in der Klinik arbeiten, abends und nachts in der Bibliothek lernen bis zum Torschluss und am Wochenende Notfallkurse am laufenden Band geben. Ihm war die nun folgende, wohl stressigste Zeit seines Lebens bewusst. Dennoch war er bereit Alles zu geben. Die weiteren Forschungen würden mit vielen Reisen verbunden sein und dafür war Geld notwendig. Im Hospital sah er einige Male sogenannte Standardpatienten. Rentner mit viel Freizeit, die sich für 25 Pfund pro Stunde von Studenten untersuchen ließen. Im Bereich der Bauchchirurgie besonders beliebt war die studentische digitale rektale Untersuchung. Digital hatte hier nichts mit analog zu tun sondern kam in diesem Fall von *Digitus*, lateinisch: der Finger, und meinte, dass mit diesem das Rektum untersucht wurde. Er wollte versuchen diese Form des Geldverdienens zu vermeiden.

Der Zeit- und Verdienstplan ging in etwa auf. Während der nächsten Monate stellte William seine Reiseroute zusammen. Er musste mit seiner Forschung in Südfrankreich, dem wahrscheinlichen Entstehungsort der Krumme starten. So organisierte er als folgende Station seines Praktischen Jahres eine Stelle im Deutschen Hospital von Cannes. Seine Mutter war Deutsche, daher war sein Deutsch halbwegs gut und dem Frankreichaufenthalt stand nichts im Wege. Lange überlegte er, ob er auf der Reise nach Cannes einen kurzen Halt in Calais bei Monsieur Brundé machen sollte. Der alte Kunstsammler aus Frankfurt interessierte ihn zudem schon sehr. Vielleicht war es möglich doch noch weitere Informationen über den Erwerb der Krumme herauszufinden. Der retrospektive Gesamteindruck von Brundé war nicht schlecht. William war sich nahezu sicher, dass dieser dreißig Jahre lang nicht wusste welches Geheimnis einer seiner Schätze im Tresor beinhaltete. Er entschied zu ihm zu fahren.

Von London aus mietete sich William in ein möbliertes Mitarbeiterappartement des Hospitals in Cannes ein. Den Bildern nach zu urteilen war es vergleichbar mit der aktuellen Wohnsituation, vielleicht funktionierte ja sogar eine Herdplatte mehr. Es war erschwinglich, funktionell und für ihn ausreichend. Ende Januar machte er sich auf den Weg nach Frankreich und nahm diesmal den Eurostar von Dover nach Calais. Den Weg zu Brundé's Haus kannte er noch genau. William kramte aus der alten E-Mail-Konversationen Brundé's Telefonnummer aus und meldete sich für den Tag des Besuchs an.

«Hallo Mr. Todt, dass wir uns einmal wiedersehen...Was führt Sie zu mir? Kommen Sie herein.»

In der Wohnung war die Anzahl an Gemälden in der Tat gestiegen, dem Stil war er treu geblieben. Brundé ging zur Minibar und schaute William grinsend und fragend zugleich an.

«Ich nehme einen Gin Tonic, London Dry mit Gurke bitte!», sagte William und schmunzelte.

«Gute Wahl, ganz nach Eurer Queen Mum! Ich habe oft darüber nachgedacht was einen so jungen Kerl dazu bewegt hat, ein nicht ganz gewöhnliches Stück Kunst zu erstehen. Haben sie es schon bereut?»

«Ganz im Gegenteil. Ich bin nach wie vor begeistert davon, komme nur nicht recht weiter mit der historischen Einordnung und der Herkunftsbestimmung. Daher wollte ich noch einmal vorbeikommen um Sie zu fragen, ob Sie nicht doch noch einen Hinweis für mich haben. Vielleicht die Kontaktdaten des Verkäufers in Frankfurt?»

Beide stießen an. Es hatte etwas von einem internationalen Kunstexpertentreffen. Sie saßen in gemütlichen Ledersesseln in einem holzvertäfelten Raum, an den Wänden hingen die imposanten Gemälde und britischer Gin Tonic stieß mit französischem Pernot an.

«Ich will mal sehen was ich machen kann, warte.»

Brundé verschwand wie beim letzten Mal. Nach etwa fünfzehn Minuten kehrte er zurück. Die Adresse auf der vergilbten Quittung lautete Erben Professor Wolfgang Pensing, Obere Lindenau 65, Frankfurt am Main, Deutschland. Pensing war offenbar Kunsthistoriker an der Johann Wolfgang Goethe Universität zu Frankfurt mit einer Spezialisierung auf Sakralkunst des 15.-16. Jahrhunderts. Weitere Informationen lagen Brundé nicht vor. Nach einem angenehmen aber dennoch unverbindlichen Gespräch setzte William seine Reise fort. Für die nächsten 13 Stunden folgten 1200 km Eisenbahnschienen. Es ging über Paris, Lyon und Aix en Provence nach Cannes.

Dort angekommen vergingen erst einmal einige Wochen der Akklimatisation. Obwohl es ein deutsches Hospital war wären einige Brocken Französisch mehr wünschenswert gewesen, die medizinische Konversation war deutlich schwieriger als geplant. Zudem stand hier das Fach Innere Medizin, «*die Königin*» an, die William jedoch überhaupt nicht lag.

Die alte Hafenstadt an der Côte d'Azur war vom französischen Mittelmeer und dem Esterel-Gebirge eingefasst und bekannt durch wohlhabende Ferienhausbesitzer und die Filmfestspiele. Auch im Frühjahr war das Wetter schon überwiegend freundlich und William fühlte sich schnell wohl. Das Wohnheim lag in der Rue du Fouery, im Stadtteil «la Bocca». Hier war weder vom Glamour der Festspiele noch von den reichen Besitzern der Ferienhäuser etwas zu sehen, für die nächsten vier Monate sollte die Gegend jedoch in Ordnung sein. Der Stadtteil lag auf einem Hügel mit Blick auf das Meer und über die Stadt. Dieser war jedoch durch hohe Plattenbauten und unzählige Dachleitungen meist verbaut. Am Abend wenn die Stadt zum Leben erwachte war la Bocca ein schwarzer und unbeleuchteter Fleck Cannes.

In der Klinik rätselte man gefühlt den gesamten Tag darüber, ob man der alten Lady von Zimmer 205 eine viertel Pille mehr verabreichen sollte oder nicht, und am Ende war sie genauso schnell tot wie gänzlich ohne Pille. Die internistischen Krankheitsbilder fand William generell ermüdend. Weder in Bluthockdruck noch in Diabetes mellitus konnte man hinein schneiden, eine Schraube hineindrehen oder mal kräftig daran ziehen bis die Achse wieder stimmte. Wofür sich William jedoch zumindest ein wenig begeistern konnte waren die Kardioversionen. So etwas benötigte man wenn das Herz unregelmäßig schlug. Dann bestand die nicht ganz geringe Gefahr, dass der kontinuierliche Blutfluss durch das Herz außer Kontrolle geriet und zum einen nicht mehr ausreichend Blut gepumpt werden konnte, zum anderen sich im Herzen Gerinnsel bildeten, die schlechtesten Falls ins Gehirn wanderten und dort den so gefürchteten Schlaganfall verursachten. Daher musste dem ganzen unrhythmischen Aktionismus des Herzens ein Ende bereitet werden, und diese Therapie hieß dann Kardioversion. Man legte die Patienten für einen kurzen Moment schlafen, lud den Defibrillator auf und gab im wahrsten Sinne des Wortes beherzt zum richtigen Zeitpunkt einen Stromstoß ab. Blieb der Erfolg aus stromte man wieder, und wieder, und wieder. Bei jedem Stromstoß kam es zu einem ordentlichen aufbäumen des gesamten Körpers, da der Strom nebenbei auch die ganze Muskulatur tangierte und zur Kontraktion brachte. Dem konnte William etwas abgewinnen, aber ansonsten.... Die Sprechstunden denen er beiwohnen musste waren vielleicht auch noch teilweise amüsant, wenn sich Patienten zum Beispiel über ihre Krankheit im Internet schlau machten und dann recht vital vor einem standen:

«Herr Doktor, ich weiß jetzt, was meine Bauchschmerzen verursacht, ich benötige auf der Stelle eine Defibrillation oder eine Herzkatheteruntersuchung!»

Beide Vorschläge waren in diesem Fall die falschen, denn nur der schwerstkranke bis tote Patient benötigte so etwas. Vielleicht hätte es etwas gebracht, die Elektroden des Defibrillators etwas höher anzusetzen, sodass ein direkter Stromfluss zwischen beiden Ohren zustande gekommen wäre. Studien die diese Überlegungen ansatzweise hätten untersuchen können wären aller Wahrscheinlichkeit nach in erster Instanz von den Ethikkommissionen dieser Welt abgelehnt worden.

Da William niemals Professor für Innere Medizin werden wollte, ging er die Zeit in der Klinik eher entspannt an und es waren deutliche Leistungs- und Engagementreserven für die zweite Leidenschaft neben der Medizin vorhanden. Er beschloss sich an einem Wochenende im März von Cannes aus auf den Weg nach Lérins zu machen um mehr über das Kloster zu erfahren. Die kleine Inselgruppe lag etwa 5 km vor Cannes im Meer. Sie war unter anderem durch ihr Gefängnis bekannt geworden, in dem der Mann mit der eisernen Maske, ein unbekannter und Geheimnis umwobener Gefangener Ludwigs XIV. inhaftiert gewesen sein soll. William kaufte für 10 Euro einen Fahrschein für ein Touristenboot, und setzte mit dem hölzernen Kahn über.

Es war sehr imposant. Auf der äußersten Landzunge erhob sich ein festungsartiger quadratischer Bau mit wenigen Fensteröffnungen und einem krönenden Zinnenkranz. An der Meerseite peitschten die Wellen ans Fundament. Es sah für sich von weitem nähernde Schiffe sicher uneinnehmbar aus. Der Kern war ein kleiner quadratischer und nur durch die Deckenöffnung beleuchteter Kreuzgang mit Brunnen in der Mitte. Das eigentliche Kloster lag dahinter und bestand aus mehreren, in verschiedenen Bauabschnitten entstandenen Gebäuden mit zentraler Klosterkirche. Im Laufe der Jahrhunderte wurden die Gebäude weitgehend zerstört und erst 1883 von Zisterziensern neu errichtet.

William entdeckte im Klostergarten einen alten, buckligen Mönch beim Binden von Bohnensträuchern. Er ging auf ihn zu und fragte ob er etwas über die Klostergeschichte wisse. Bruder Malachias, so hieß der Mönch, war erfreut über solch ein Interesse am Kloster und setzte sich mit William auf eine am Gartenrand stehende Bank aus Kalksandstein. William erfuhr Einiges: Es gab sehr stürmische Zeiten, in denen vom Reichtum immer wieder angelockte Piraten oder Banden das Kloster überfielen. Bei einem Überfall 732 wurden 500 Mönche und der Abt durch die Sarazenen ermordet. Von hier aus wurde das Christentum nach Irland gebracht, die Äbte der klösterlichen Hochburgen Odilo und Cluny sowie viele Bischöfe und Erzbischöfe ernannt. Aufgrund der hohen Frequenz an Entsendungen von politischen und klerikalen Persönlichkeiten entwickelte sich innerhalb der Klostermauern auch ein Handwerkszweig der sich mit der Herstellung von sakralen Insignien beschäftigte.

Genau hier lag Williams nächster Ansatz. Er getraute sich nicht, die Krumme zu erwähnen, obwohl er spürte, dass er am Entstehungsort angekommen war. Auf der Zugfahrt von Calais nach Cannes las er Auszüge aus Mann's «*Bekenntnisse des Hochstaplers Felix Krull*» in der SNCF-Monatslektüre und transkribierte.

«Lieber Bruder Malachias. Ich komme mit einem großen Anliegen. Ich bin Student der Kunstgeschichte an der London University und promoviere gerade über die berühmten Stabkrummen aus Limoges. Mich würde sehr interessieren, welche Stabkrummen aus Eurem Kloster kamen, wenn Ihr sagt, hier wurden so viele geschaffen.»

Malachias versprach ihm Bruder Gregor um Erlaubnis zu fragen. Dieser war der Bibliothekarsbruder und somit auch Hüter des Archivs. Mehr konnte William im Moment nicht unternehmen.

Die nächste internistische Hürde in Cannes war eine Lungenstation. Das bei den Frühvisiten präsentierte Excorporat ähnelte in gewisser Weise oft dem in London allmorgendlich präsentierten, nur die Öffnungen aus denen es kam waren andere. Patienten mit Lungenerkrankungen waren wirklich arme Schweine dachte William. Je nach Lungenkrankheit blieb einem ganz schnell mal die Luft weg. Dauerte dieser Zustand länger an, kam es zur Todesangst. William konnte dies originalgetreu nachempfinden, als er einmal bei einem Erstickungsanfall synchron mit dem Patienten mitatmete, auch als dieser die Luft gänzlich anhielt. Es wurde ziemlich schnell eng. Aber genau für diese Akutsituationen gab es Ärzte, hochentwickelte Geräte und Medikamente. Das hatte William immer schon imponiert und darum engagierte und interessierte er sich so für die Notfallmedizin, darum wollte er Arzt werden und zwar ein Richtiger. Ein Professor sagte einmal in der Notfallmedizin Vorlesung:

«So ein bisschen Medizin machen, Schmerzmittel verschreiben, Busen vergrößern oder auf Wunsch unsinnige Untersuchungen bei hypochondrischen Patienten anordnen kann so ziemlich jede approbierte Heilperson, aber wenn es mal anbrennt, dann braucht Ihr einen richtigen Arzt!»

Unfallchirurg und Notarzt wollte William werden, das war eine gute Kombination die sich für ihn als sinnvoll herauskristallisierte. Beide Fächer griffen ineinander über. Der erstickende Patient, der mit geübten Handgriffen und der Medikamentengabe von einem sehr konzentrierten und völlig in sich ruhenden Oberarzt aus dieser Todesangst befreit und gerettet wurde hatte William wieder daran erinnert. Dafür studierte er.

Wochen später war wieder einmal genug Geld zusammen und es ging mit der SNCF die 750 Kilometer über Nîmes, Montpellier, Narbone und Toulouse nach Limoges. Die kleine Stadt im nordwestlichen Zentralmassiv war im Hochmittelalter mit ihrer Kathedrale Sitz des Erzbischofs und die Geburtsstätte bedeutender sakraler Kunst. Der heute sicherlich berühmteste Exportschlager aus dem 12.-13. Jahrhundert waren Bischofs- und Abtkrummstäbe. Im örtlichen Stadtmuseum erfuhr William von der überwiegenden Anfertigung in Form von Sets. Zu einem Krummstab wurden meist Kreuze, Weihrauchfässer, Kelche oder Siegelringe in gleicher Optik geschaffen. Diese Sets waren heute meist nicht mehr zusammen anzutreffen, die Zeit und ihre Begehrtheit hatten sie getrennt. Museale Ausstellungsstücke aus dieser Epoche waren zum Teil im siebenstelligen Bereich versichert. William war wieder einen Schritt weiter. Angenommen die Stabkrummenkultur aus Lérins war so eng an die berühmten Vorbilder angelehnt -wovon auszugehen war, denn die Motive waren identisch- bestand eine große Wahrscheinlichkeit, dass auch von Williams Krumme weitere Teile eines Sets existierten, in denen dann wohl die zweite Hälfte seiner kleinen, versteckten und zerteilten Messingplatte zu finden war. Anhand der halbierten Inschrift auf der Rückseite ging William von nur einem weiteren Sakralgegenstand aus. Brundé hatte ihn nicht, soviel war klar, daher lautete das nächste Reiseziel unweigerlich Frankfurt am Main.

Die Abende der letzten Wochen in Cannes waren erfüllt vom *Klicken*. Klicken war eine der essentiellsten Eigenschaften die ein heranwachsender Mediziner beherrschen musste, da das schriftliche Examen in Form von

Auswahlfragen aufgebaut war, die mittels Computerprogramm via Mouseclicks trainiert wurden.

Wie sieht der Stuhlgang eines Patienten mit Fuchsbandwurm aus? A) gelb, schleimig mit braunen Wurmresten, B) rot, schleimig mit braunen Wurmresten, C) gelb und rot und schleimig ohne Wurmreste oder D) nur Wurmreste.

So in etwa lief es, ohne dass jemals ein Prüfungsfragenerzeuger daran gedacht hätte, dass die meisten Patienten im richtigen Leben ihre Beschwerden nicht in Form von Antwortauswahlfragen schilderten. Wüssten die Leute da draußen wie Staatsexamen läuft, wüssten sie warum die Jungärzte so irritiert und überfordert reagierten wenn ein echter, lebender Mensch ohne Mouseanschluss vor ihnen stand, dachte sich William oft.

Es war schon ein Dilemma mit der Medizin. Jamie, Williams Nachbar und Schulkollege aus Wingham hatte nach dem Abitur bei der British Airways eine Ausbildung zum Piloten angefangen. Dieser war nun, mit den 27 Jahren die sie beide alt waren, schon seit drei Jahren fertig, steuerte bereits einen Airbus 320 teilweise alleine und verdiente schon jetzt pro Jahr mehr Geld als William in den ersten drei Jahren seines Berufslebens verdienen würde. Danny, ebenfalls ein alter

Schulfreund, arbeitete in Wien bei einem Ableger der HypoRe, verdiente unfassbar gut, bekam mehrere kostenlose Mahlzeiten pro Tag in ansprechendem Ambiente und durfte gar nicht länger als 10 Stunden am Stück arbeiten, ansonsten fuhr der Computer automatisch herunter. Die Ärzte auf Williams bisherigen Stationen, standen um 6:30 Uhr auf der Matte, arbeiteten bis 19, 20 Uhr, hatten an 8-10 Tagen im Monat 24-Stunden Dienste und sahen zum Teil fast schon so krank aus wie ihre Patienten. Die Tatsache, dass sie für ein lausiges Mittagessen sogar zahlen mussten war weniger dramatisch, sie kamen sowieso meist nicht dazu. Zudem musste man Everybody's Darling sein. Wenn man den zum Teil wirklich anstrengenden Patienten ihrer Meinung nach falsch gegenüber trat gab es Ärger vom Chef, und wenn man die Schwestern in der Mittagspause beim Essen von Tonnen selbstgemachten Kuchens, von denen man selbst nichts abbekam, oder bei der Planung des nächsten Tupperware-Abends störte, stand man auch wieder postwendend beim Chef, da beides, Patienten und Krankenschwestern Mangelware waren und eine Auflehnung des Assistenzarztes gegen diese beiden Kostbarkeiten nicht geduldet war. Wenn Jamie zu seinem Captain sagt: «Hier stimmt etwas nicht!» bleibt der Flieger am Boden, in der Medizin blieb in diesem Fall der Jungarzt am Boden, und zwar längerfristig. Das hatte William durch seine praktischen Klinikaufenthalte gelernt. Wie die Problematik zu lösen sei, war ihm jedoch ein ebenso großes Rätsel wie die Weiterverfolgung der Krummenhistorie.

In den letzten Tagen in Cannes bekam William einen Anruf von seinem alten Notfallkurs-Chef Mr. Lott. Wegen der Auslandsaufenthalte waren Williams Tätigkeiten hier ein wenig eingeschlafen, doch jetzt erinnerte man sich seiner. Eine Gruppe Senioren aus Wingham plante eine Schiffskreuzfahrt auf dem Rhein, von Rotterdam in den Niederlanden bis Basel in der Schweiz. Der Klassiker. Eine medizinische Begleitung wurde immer von Williams altem Notfallteam gestellt. Diesmal waren jedoch alle anderen verhindert, sodass er im Exil angefragt wurde. William zögerte nicht lange. Ihm standen noch einige Urlaubstage zu, die Route führte durch den westlichsten Teil Deutschlands und genau dort lag Frankfurt am Main. Eine bessere Reisemöglichkeit ergab sich nie mehr für einen ausgebrannten Studenten als diese. Bezahlter Urlaub in der Region of Interest, denn viel passierte auf diesen Reisen nie.

William trat alsbald seinen Urlaub und damit auch die Reise an. Es waren fünfzehn Reisende zwischen 65 und 83 Jahren. Zunächst ging es mit dem Zug von Wingham nach Dover, mit dem Eurostar nach Calais und von dort aus mit einem InterCity durch Belgien, über Gent und Antwerpen bis nach Rotterdam in den Niederlanden. Die 380 km waren in 6 Stunden ohne größere Verluste geschafft. Mrs. Taylor vergaß zwar ihr Schächtelchen mit den Schlaftabletten und dem Betablocker, Mrs. Boerhave und Mrs. Lexer konnten aber jeweils mit ihren Pillen aushelfen. In Rotterdam bestiegen alle das Binnenkreuzfahrtschiff. Nichts Besonderes, der Typus Schiff der immer in den Automobilclubzeitschriften beworben wurde. Enge Doppelkabine mit umklappbaren Bettgestellen an den Wänden, eine Waschgelegenheit in der Kabine, die weiteren Sanitär- und Bedürfnisanlagen befanden sich zentral an den jeweiligen Korridorenden. Der Kabinenboden war mit grauem Teppich ausgelegt, passend hierzu die Vorhänge vor den kleinen Fenstern. Wände und Decken waren in weißem Glanzlack schon mehrfach überlackiert und an der ein oder anderen Niete platzte dieser schon wieder ab. William hatte eine Kabine für sich.

Das Programm war insgesamt sehr seniorengerecht. Frühstück ab Sechs, Mittagessen um Punkt Zwölf, Abendessen um achtzehn Uhr. Jeden Tag wurde in einer Stadt direkt am Rheinufer angelegt und Tagesausflüge unternommen. Insgesamt zehn Tage lang über Düsseldorf, Köln, Rüdesheim, Wiesbaden, Baden-Baden und Straßburg. William war lediglich für das Wohlbefinden an Bord verantwortlich, nicht jedoch für die einzelnen Tagesausflugsgruppen. Dies hieß konkret, dass er ein Zeitfenster von zwei Tagen hatte, in denen Frankfurt am Main in Reichweite war und in denen er sich während der Tagesausflugszeiten dem eigentlichen Grund seiner Reise widmen konnte.

Von Mark, einem niederländischen Matrosen mietete er für einige Euro dessen auf dem Schiff mitgeführte alte BMW Enduro, da dieses Fortbewegungsmittel insgesamt am günstigsten und zugleich am schnellsten war, um in die City von Frankfurt am Main zu gelangen. Williams erste Anlaufstelle war das kunstgeschichtliche Institut der Goethe Universität Frankfurt in der Senkenberganlage. Es handelte sich nicht wie erwartet um ein alt ehrwürdiges Universitätsgebäude wie er sie aus London gewohnt war. Vor William stand ein nüchterner 1970er-Jahre Komplex aus Stahl und mittlerweile überwiegend trübem Glas. Er betrat das Gebäude und suchte zunächst einmal den Direktionstrakt auf. Im Flur der Direktion hing eine Art Ahnengalerie. Alle Emeriti als Gemälde oder Photographie mit Namen und Amtszeit. Es hatte etwas Groteskes. Ehrwürdige Herrschaften, die älteren in goldenen Barockrahmen eingefasst, hingen in einem weißen Flur mit Linoleumboden, der klassischen Behörden-Styropordecke und wurden von kaltem Neonröhrenlicht beleuchtet. William blieb an einem Bild stehen. Wolfgang Eduard Pensing, 1933-1983, Ordinarius des

Kunstgeschichtlichen Institutes von 1979-1983. Ein Mann mit rundlichem Gesicht, hoher Stirnglatze, und Brille. Die Angaben kamen William komisch vor. Dieser Pensing war also sogar einmal der Chef hier. Wenn man es zum Ordinarius geschafft hatte blieb man dies meist für länger als nur vier Jahre. Außerdem schloss sich an die Emeritierung normalerweise ein sehr passables Rentnerleben und nicht gleich der Tod an, schon gar nicht mit 50 Jahren. Er klopfte an der Sekretariatstür, eine Dame mittleren Alters bat ihn herein. Er gab sich als Austauschstudent aus, der zu Besuch in Frankfurt war und etwas über die Institutsgeschichte erfahren wollte. Die Dame erklärte ihm den Weg zur Studentenbibliothek in der vieles zur Geschichte des Instituts zu finden sein sollte.

Die Bibliothek befand sich im gleichen Gebäude und hatte ergo auch den gleichen Charme. Sie beherbergte einen beachtlichen Buchbestand. Hinter der Geschichte des Faches und den verschiedenen kunstgeschichtlichen Epochen fand William einen kleinen Bereich in dem Bücher und Zeitschriften über das hiesige Institut selbst ruhten. Zunächst stöberte er zum Erlangen eines Überblicks in diversen Jahresschriften, Promotionen und Bildbänden. Er arbeitete sich chronologisch in die 1980er-Jahre zurück. Der Buchband mit den relevanten Zeitungsartikeln der Jahre 1983-1985 war in Relation zu den anderen erstaunlich dick. William nahm sich diesen aus dem Regal heraus und setzte sich an einen Lesetisch mit Stehlampe. Er war erstaunt: «Hochverdienter Professor der Goethe Universität Frankfurt zu Hause hingerichtet.»

Es fand sich eine Flut von Zeitungsartikeln unterschiedlicher Couleur. Von seriöser Berichterstattung bis hin zur Boulevardpresse, jedes Medium wusste mehr als das andere zu berichten. Gesicherte objektive Fakten waren nur marginal herauszufinden. Auf das Internet konnte er nicht bauen, erst ein Jahr vor Pensing's Tod wurde die weltweit erste E-Mail versendet. Zu dieser Zeit hatte das Internet noch andere Sorgen als einen Mord in Deutschland über den Newsticker laufen zu lassen. Die Zeit drängte, er musste zurück aufs Schiff. Das Notwendigste kopierte er sich, stopfte es in seinen Rucksack und trat den Rückweg an.

Die Nacht würde wieder lang werden, soviel war William klar. Er tapezierte seine Kabine mit den kopierten Artikeln. Pensing war privat ein großer Kunstsammler des 15. und 16. Jahrhunderts, hier lag auch seine Expertise. Darüber hinaus war er leidenschaftlicher Lepidopterologe. Schmetterlingssammler. In einem Interview von ihm war zu lesen, dass er von seinen Auslandsreisen statt Kunstwerken ab und zu seltene Schmetterlinge aus den verschiedenen Ländern importierte, und zu Hause in einem eigens angelegten Raum mit Netzen, künstlichem Licht und Klimatisierung hielt. Interessanterweise gab es in einem Artikel ein Bild dieses Raumes zu sehen, in dessen Mitte eine Sitzgruppe stand. Hier wurde das Interview geführt, während die Schmetterlinge in der Szene herumflogen. In genau diesem Zimmer wurde Pensing an einem Morgen im Sommer des Jahres 1983 ermordet aufgefunden. Es schien ein rechtes Blutbad gewesen zu sein, mehr ließ sich nicht sicher schlussfolgern. Von Kunstraub über Schmetterlingsraub, deren Befreiung und Rache durch grüne Aktivisten bis hin zur Studentin mit schlechten Noten oder einem Studenten als Liebhaber wurde alles spekuliert, ein Täter gefasst wurde jedoch nie.

William rätselte und rätselte wie er die ihm verbleibende Zeit in der Gegend am sinnvollsten nutzen könnte. Unter diesen Umständen wäre es unklug bis unmöglich, Pensing's Angehörige aufzusuchen und zu kontaktieren und neuen Staub aufzuwirbeln. Da ereilte ihn plötzlich ein Notruf. Auf dem Schiff war gerade der «Ball der einsamen Herzen» zu Gange. Ein Highlight der Reise für alle Singlerentner. Mrs. Garden stürzte auf ihren viel zu hohen roten Pumps während eines langsamen Walzers auf die Hand und kugelte sich dabei das Endglied des linken Daumens aus. Hier war kein Röntgen notwendig. Wenn der Daumen für gewöhnlich schön gerade verlief, jetzt aber im Endglied einen Knick machte, sprach man von einer Luxation. Eine solche musste schnellstmöglich wieder beseitig werden, da ansonsten Durchblutungs- und Nervenschäden drohten. William ging das unfallchirurgische Herz auf. Eine verletzte Stelle, an der man nicht einmal zwingend einen schon richtig fertigen Arzt benötigte. Man zog einmal beherzt daran, fertig.

«Fast wie neu!» sagte William.

Er wickelte eine Schiene um den Daumen, für den nächsten Morgen machte er einen Termin in der nächstgelegenen Notaufnahme zur Kontrolle aus. Aus solchen Situationen heraus stammte wohl der Ausdruck «Götter in Weis», denn sofort nach dem Zurechtrücken des Knochens ließ der Schmerz schlagartig nach, eine unmittelbare Wirkung der Therapie sozusagen.

«Vielen Dank Herr Doktor...es ist wunderbar, dass sich ein so junger Arzt so nett mit uns schon Halbtoten beschäftigt...»
Da kam William eine Idee.

In den Morgenstunden fuhr die BMW Enduro auf dem Parkplatz eines Gebäudes in der Frankfurter Kennedyallee vor. William betrat das Institut für Rechtsmedizin. An der schleusenartigen Eingangstür zeigte der britischen

Austauschstudent und Doktorand der Rechtsmedizin seinen Medizinstudentenausweis. Im Sekretariat war man sehr bestürzt darüber, dass die Ankunft eines so weit gereisten Studenten scheinbar vergessen wurde. Daher wurde zur Beschwichtigung vom Direktorat umgehend eine umfassende Institutsführung durch den jüngsten Rechtsmediziner des Instituts angeordnet. Jetzt, am Vormittag waren fast alle Rechtsmediziner außer Haus zu Gerichtsterminen unterwegs. Dr. Paul führte William durch viele verschlossene Türen über die Exponatensammlung in die Institutsbibliothek. Er musste gleich einen Studentenkurs halten und bot William an, sich solange in der Bibliothek umzusehen, danach verschwand er. Im gesamten Trakt war es nun totenstill. William schaute sich ein wenig um, blätterte in Bildbänden der Grausamkeiten und ging in Gedanken den Hinweg retour ab. Zwischen Exponatensammlung und Bibliothek befand sich das Archiv, das hatte er gesehen. William bewaffnete sich mit zwei dicken Bänden die ihn dazugehörig erscheinen ließen und machte sich auf zum Archiv. Die Tür stand offen. Darin befanden sich meterlange und Decken hohe Aktenschränke vollgestopft mit Todesermittlungsfällen. Die Ordnung war nach Jahren und alphabetisch angeordnet. Es war nicht kompliziert die Akte 1983/07/324, Pensing, Wolfgang Eduard, Prof. Dr. phil. zu finden. So gut es ging deckte er die Akte mit den Bänden ab und eilte zum Bibliothekskopierer. Unselektiert kopierte er die gesamte Akte, verstaute die Kopien in seinem Rucksack und ließ die Akte im Anschluss wieder auf ihren alten Platz zurückwandern. Auf einem Blatt Papier, dass er in der Bibliothek hinterließ teilte er den Zuständigen mit, dass es unmöglich und ungastfreundlich sei, so mit einem Austauschstudenten zu verfahren, der lange im Voraus plante, organisierte und sich auf den Aufenthalt freute, und dass er sich aufgrund des miserablen Empfanges für die unmittelbare Heimreise entschieden habe.

Pünktlich zur Abfahrt des Schiffes traf die Enduro wieder am Rheinhafen ein. Auf dem Schiff wartete schon Mrs. Rockwood, die fürchterlich an der Seekrankheit litt. Sie glaubte nämlich einen leichten Schwindel zu verspüren. Von den letzten Tagen her kannte William Mrs. Rockwood schon ein wenig und ihm schien der Fall klar zu sein. Seekrank werden auf einem vor Anker liegenden Binnenschiff selbst die ältesten und klapprigsten Ladys selten. Seine aktuelle Patientin war eine vom «Großen EKG-Typ». Je mehr Saugnäpfe auf der nackten schrumpeligen Haut klebten, desto schneller ging es diesen Patienten besser. Hauptdiagnose: Einsamkeit. Genau für solche Fälle hatte der noch nicht approbierte William Geheimwaffen mit an Bord. Ein EKG mit riesigen Saugnäpfen, die das maximale Gefühl der Berührung brachten gepaart mit Forton. Handelsüblicher Traubenzucker als Placebo in

Tablettenform. Es gab drei verschiedene Stärken: Auf den grünen Tabletten stand 200 mg, auf den gelben 500 mg und auf den roten 1000 mg sowie der zusätzliche Begriff «extrastark» aufgedruckt. William packte alle drei Stärken aus, denn auch das Auge therapierte mit.

«Ich sehe schon, Mrs. Rockwood, da EKG ist unauffällig, es liegt jedoch eine schlimme Kinetose vor.» Das war der Fachbegriff für Seekrankheit, klang aber viel schlimmer, und war nachher beim Abendessen sicherlich der Renner.

«Ich fürchte, wir müssen auf die stärksten Tabletten ausweichen, aber Vorsicht, nur eine am Tag!»

Mrs. Rockwoods Seele war hiernach bereits umfassend therapiert, für den Körper spendierte William ihr zusätzlich zum EKG noch eine Auskultation, also eine Runde abhören mit dem Stethoskop. Tief zufrieden über die kompetente Therapie und in schon deutlich gebessertem Gesundheitszustand verließ Mrs. Rockwood die Sanitätskabine. Ab und zu musste man halt doch mogeln, aber nach dem was William zuvor bereits getrieben hatte waren dies nun wirklich Peanuts.

Er schloss sich für die restliche Nacht in seiner Kabine ein und studierte die Kopien. Die Aufschrift «ausführlicher Obduktionsbericht» kündigte schon an, dass William Prof.

Pensing gleich sehr detailliert kennen lernen würde, und zwar von außen und innen. Er ärgerte sich, so unvorbereitet und unprofessionell ans Werk gegangen zu sein. Im rechtsmedizinischen Institut waren zumindest im Eingangsbereich sicherlich mehrere Überwachungskameras, Fingerabdrücke hinterließ er obendrein auch ausreichend. Ihm lief ein kalter Schauer über den Rücken, beim nächsten Mal - falls eins notwendig werden würde- würde er vorsichtiger sein und hoffte, dass seine Tat gänzlich unbemerkt blieb.

Dem eigentlichen Bericht gingen Tatortbilder voraus. Pensing lag bauchwärts auf dem Boden seines Schmetterlingszimmers in einer mäßig großen Blutlache. Gerade bei dunklem Teppichboden war die Abschätzung des Blutverlustes jedoch immer so eine Sache. Potentiell konnte sich sehr viel Blut in diesem befinden und verborgen bleiben, wohin gegen eine kleine blutende Wunde im Schnee immer gleich nach Schlachtung aussah. Pensing war vollständig bekleidet. Schwarzer Anzug, weißes Hemd und bordeauxrote Fliege. Seine Augen waren geöffnet, das Zimmer sah sehr verwüstet aus. Die Detailaufnahmen des Leichnams ergaben weitere Hinweise zu den Todesumständen. Im Bereich beider Handinnenflächen fanden sich viele Schnittverletzungen, ein Zeichen von Abwehr. Das Opfer versuchte sich dem Täter entgegenzustellen und griff diesem ins Messer. Schmerzhafte, aber nicht tödliche Verletzungen. Am Brustkorb und im Bauchraum fanden sich vereinzelte Einstiche bei denen eine reine Beurteilung von außen nicht ausreichte um abzuschätzen ob diese letal gewesen waren oder nicht. Was allerdings auch ohne die anderen Verletzungen sicher tödlich war, war das offene Schädel-Hirn-Trauma im frontalen Schädelbereich. Es war eine deutliche Impression mit offener Frakturkomponente zu erkennen, was so viel hieß wie: Frontalhirnanteile waren durch die gebrochene und eingedrückte Schädeldecke nach außen hin sichtbar. Der den Bildern folgende Bericht schloss sich Williams Meinung bezüglich der Abwehrverletzungen an. Die Einstiche im Bauchbereich trafen vereinzelt den Dünndarm der im Bereich um den Bauchnabel herum direkt hinter der Bauchdecke lag, aber keine größeren Gefäße. Im Bereich des rechten Brustkorbs verletzte ein Einstich die rechte Lunge mit der Konsequenz, dass diese zusammenfiel. Die linke Lunge war ebenso intakt wie das Herz und die großen Gefäße im Brustkorb. Mit diesen Befunden war man zwar schwer verletzt, starb jedoch nicht sofort. Ganz im Gegenteil zu besagter Verletzung im Bereich des Schädels. Hieran starb man zügig, und zwar so richtig. Zusammenfassend kam die Obduktion also zu dem Ergebnis: Tod infolge eines schwersten Schädel-Hirn-Traumas als unmittelbare Ursache. Die Verletzungen im Brustkorb und Bauchraum wurden als mittelfristig tödlich bezeichnet, die Abwehrverletzungen bestätigten einen Kampf.

Alles in allem bemerkte William, dass es sich um die Arbeit eines Amateurs handelte. Wenn man sich nur ein wenig damit beschäftigte wie man einen Menschen zügig mit einem Messer ausschalten konnte, hätte man die bei Pensing unversehrte Herzgegend, den Bereich der gut durchbluteten Leber, Milz oder Nieren oder aber die großen Blutgefäße interessant gefunden. All dies war bei Pensing jedoch nicht getroffen worden was entweder auf Folter oder gewalttätige Befragung hindeutete.

Im anschließenden Polizeibericht wurde erwähnt, dass keine verwertbaren DNA-Spuren gefunden wurden und man sich aufgrund der Tatsache, dass soweit nachvollziehbar keine relevanten Kunstwerke fehlten aber viele zerstört wurden, auf «Vandalismus aus Rache» als Motiv festlegte, und den Täter fokussiert in Pensing's Studentenschaft suchte. Als Tatwaffe für die letale Verletzung wurde eine hölzerne, etwa fünfzig Zentimeter lange Statue des Hl. Eligius, der unter anderem der Schutzpatron der Goldschmiede, Sammler und Metallarbeiter war und der um 590 interessanterweise in der Nähe von Limoges geboren wurde, identifiziert. Das Tatmesser wurde nie gefunden.

William fragte sich lange, was ihn an diesem gesamten Tatort-Setting störte. Neben die Zeitungsartikel an den

Kabinenwänden hing er die Berichtsseiten mit den Tatortbildern auf. Stundenlang lief er in einem Kreis mit einem Durchmesser von nur einem Meter in der Kabine umher, jedoch ohne Ergebnis. Er versuchte zu schlafen, konnte es aber nicht. Mit geschlossenen Augen ging er die Bilder filmähnlich noch einmal durch. Die Leiche inmitten des Schmetterlingsraumes. Viele Schmetterlinge saßen an den Wänden, auf zerstörten Gemälden, Figuren, Gegenständen und auch auf der Leiche selbst. Der blutverschmierte Hl. Eligius lag zerbrochen mitten im Raum. Die Fenster waren mit einem dünnen Gitternetz verhangen damit die Schmetterlinge nicht davon fliegen konnten. Es fiel ihm plötzlich wie Schuppen von den Augen. Der berühmte Kriminalbiologe Mark Benge, der mit seinen spannendsten Kriminalfällen vor ein paar Jahren eine Tour durch die größeren Universitätsstädte Europas unternahm, hatte in einer Veranstaltung die William besuchte erwähnt, wie viel man vom Getier um und auf einer Leiche ablesen konnte.

William wusste nicht viel über die Lebensraumansprüche von Schmetterlingen, allerdings war es in den Botanischen Gärten die er in seinem Leben besuchte und in denen stets viele Schmetterlinge umherflatterten immer warm und feucht. Genau das Klima also, das Kunstgegenstände gar nicht vertragen konnten. William stand aus dem Bett auf und schaute sich noch einmal die Bilder an. Es schien keinen Anhalt auf in dem Raum fest installierte Kunstwerke zu gegeben. Keine Schatten von abgehangenen Bildern an den Wänden, keine Vitrinen, keine individuelle Objektbeleuchtung. Die Kunstgegenstände waren vermutlicher Weise alle nach und nach in das Zimmer getragen worden. Macht sich jemand, der aus reiner Zerstörungswut handelt solch eine Mühe? Keineswegs. Er schaute sich die zerstörten Kunstwerke erneut an und schlagartig bereute er nahezu den Kauf der Krumme im letzten Jahr. Es wurden lediglich Gegenstände zerstört, die in ihrem Inneren einen Hohlraum aufwiesen oder hätten aufweisen können. Statuen, die Rahmen von Gemälden, kleine Truhen oder Instrumente. Die Krumme war jedoch offenbar nicht Objekt der Begierde.

Da wusste wohl jemand Bescheid. Und zwar so gut, dass es sich lohnen würde für das Erlangen des Messingplättchens zu morden. Nun war er seines Lebens nicht mehr sicher, soviel wusste er. Ein Zurück gab es eigentlich nicht. Selbst eine Tablette Lorazepam, die Mr. Aitken bei seinen Panikattacken einnehmen musste, und die William in der Sanitätskabine aufbewahrte half nichts, er lag die gesamte Nacht über wach. Die Grundsatzfrage lautete: Weitermachen oder nicht? Entschied er sich zum Weitermachen würde sein Leben aller Wahrscheinlichkeit nach mit einigen Turbulenzen gespickt sein. Andererseits, was sollte passieren? Der Mord war dreißig Jahre her, die Krumme lag seit dieser Zeit bei Brundé, und dieser war noch am Leben. Zumindest noch vor vier Monaten. Wenn sich William zum Weitermachen entscheiden würde durfte er nicht mehr so unbedacht und überstürzt agieren wie bei der Organisation des Obduktionsberichtes.

Er beschloss sich das Geschehene erst setzten zu lassen und genoss zunächst die restliche Reise nach Basel. Insgesamt verlief diese medizinisch gesehen so unspektakulär wie bisher. Am Abend des zehnten Tages ankerte das Schiff dann an einer Anlegestelle in Basel. Mit dem Bus ging es zunächst zum Euroairport Basel-Mulhouse-Freiburg und von dort aus mit der British Airways nach London zurück. Hier verabschiedete sich William von der Reisegruppe. Es war eine Pattsituation: er war mit der Reise hoch zufrieden, die Veranstalter waren es mit ihm. Von Mrs. Rockwood gab es noch 50 Pfund in bar für die prompte Behandlung und deutliche Linderung des Leidens. London als Endpunkt der Reise kam ihm äußert gelegen. Er machte sich umgehend auf den Weg in die Viktoria Street. Am Schließfach angekommen vergewisserte er sich, ob die Krumme noch an Ort und Stelle war und deponierte neben ihr all die brisanten Dokumente die er im Rahmen der Reise gesammelt hatte. Ein sicherer und vor allem anonymer Aufbewahrungsplatz.

Die restlichen Ferien verbrachte er in Wingham. In dieser Zeit dachte er viel nach und beschloss, sich zunächst auf die neue Etappe des Studiums zu konzentrieren, die ihn –wie sollte es nach all dem auch anders sein- zum praktischen Erleben des Faches Rechtsmedizin in die Universitätsstadt Bologna in Oberitalien führte. Von London Heathrow aus ging der Alitalia Fug nach Rom-Fiumicino und mit dem vielgerühmten Flair der Trentitalia-Züge nach Bologna Centrale, einem der größten Eisenbahnknotenpunkte Italiens. Da diesmal die Organisation einer Unterkunft von London aus nicht ohne weiteres möglich war, mietete er sich zunächst in einen Hostel in der Via Giuseppe Massarenti ein. Das Gebäude und das Appartement kamen den bisherigen erneut sehr nahe, sodass sich William wieder nicht großartig auf mehr Luxus umstellen musste. Bologna war eine großartige Stadt. Neben einer atemberaubenden Stadtgeschichte war Bologna auch ein Meilenstein der Medizingeschichte. Papst Innocenz III. entschied 1209 nach einem unklaren Todesfall, dass zur Klärung der Todesursache erfahrene Ärzte zu Rate gezogen werden müssten. Somit waren rechtsmedizinische Gutachten im Kirchenrecht, dem «Codex Iuris Canonici» verankert. Die gerichtsmedizinische Sektion menschlicher Leichen wurde erstmals in Bologna in den letzten Jahrzehnten des 13. Jahrhunderts eingeführt. Als erster Gutachter und somit

Rechtsmediziner galt der Bologneser Stadtarzt Bartolomeo da Varignana im Jahr 1302 zusammen mit zwei weiteren Ärzten und zwei handwerklich tätigen Chirurgen, die damals noch eine Sonderstellung in der Kunst des Heilens inne hielten. Sie sezierten den "schwarzen Azzolino", weil sich sein Leichnam binnen Stunden oliv, und dann schwarz verfärbte und dadurch der Verdacht eines Giftmordes bestand. Aus den bislang vollständig getrennten Fakultäten des Rechts und der Medizin wurde das Fach Rechtsmedizin geboren. Ab dem Jahr 1532 fand man in der «*Peinlichen Halsgerichtsordnung*», der «*Constitutio Criminalis Carolina*» Karls V. Hinweise auf die verpflichtende Zuziehung von Ärzten bei der Entscheidung medizinischer Fragen in der Rechtsprechung.

Die Zeit in Bologna war äußerst spannend. Die Vormittage waren den Gerichtsterminen vorbehalten, zu denen William von verschiedenen Rechtsmedizinern mitgenommen wurde. Nach den Verhandlungen wurde häufig zusammen in der Cafeteria des Gerichtsgebäudes mit den Richtern und Staatsanwälten gespeist und vergangene oder kommende Fälle diskutiert, rekapituliert oder einfach nur darüber gelacht. Gerade in den Pausenzeiten ließen die Italiener ihrer Sprache und deren Geschwindigkeit freien Lauf. Mit etwas Übersetzungshilfe der Anwesenden ging es schon irgendwie, aber ein wenig mehr Sprachkenntnisse wären wie schon zuvor in Cannes wünschenswert gewesen.

Das rechtsmedizinische Spektrum war immens. Von der Bestimmung von Blutalkoholwerten oder Betäubungsmittelspiegeln zur Tatzeit bis hin zum komplexen Kapitaldelikt war alles dabei. Es war schon beeindruckend wie exakt es möglich war hier Berechnungen anzustellen. Aus dem von Angeklagten angegebenem Alkoholkonsum, wobei es hier auf die genaue Art des Alkohols ankam, einer ersten Blutprobe und einer zweiten im Verlauf waren exakte Aussagen über den Pegel zu beinahe jedem Zeitpunkt möglich. Dies wurde im Institut auch mehrfach in Form von so genannten kontrollierten Trinkproben mit Polizisten, Richtern und Staatsanwälten praktiziert und demonstriert. Natürlich mit rein wissenschaftlichem Hintergrund.

Vor Gericht spielten sich vor allem an den Verhandlungstagen der großen Strafkammern Dramen ab. William genoss seine Position. Als relativ Unbeteiligter mitten in Prozessen zu sitzen, in denen der Protagonist meist nicht mehr unter den Lebenden weilte und es für den Antagonisten nur noch um eine Frage ging: Wie lange? Denn eines wurde William schnell klar: Die Staatsanwaltschaft zerrt niemanden auf die Anklagebank der rein gar nichts mit den zu verhandelnden

Delikt zu tun hatte. Auch die Gelegenheit in sicherem Umfeld mit einem waschechten Mörder zu sprechen faszinierte ihn sehr. In vielen Fällen ging die Konversation nicht so flüssig voran, wenn zum Beispiel ein Mafia-Unterboss für mindestens vier Auftragsmorde zur Rechenschaft gezogen wurde. Immerhin konnten im vergangen Jahr zwanzig Prozent der Morde Italiens eindeutig der Mafia mit all ihren regionalen Gruppen wie die Camorra in Neapel oder die Sacra Corona Unita in Apulien zugeordnet werden. Wenn allerdings ein alter italienischer Seniore, der durch und durch sehr nett wirkte auf der Anklagebank saß, weil er seine Frau, die ihn fünfzig Ehejahre lang traktiert hatte aus Versehen im Handgemenge aus dem zweiten Stock schmiss, und die gesamte Nachbarschaft im Gerichtssaal saß um ihm lautstark beizupflichten, dann konnte man ruhig ein Gespräch mit dem Angeklagten wagen.

Über einen Monat zog sich der Fall des Angelo Buzotti hin. Dieser war Konditormeister und Patissier in Padua, der bereits in Rente war und seine Konditorei an einen Nachfolger übertragen hatte. Aus Begeisterung zum Fach zauberte er jedoch im Keller seines Hauses weiterhin mit größter Liebe und Sorgfalt Pralinen in kleiner Stückzahl. In der Hochkonjunktur seines Geschäftes blieb wenig Zeit für die Frau und die beiden Söhne, weshalb es zur Scheidung kam. Im

Laufe der Jahre näherte man sich jedoch wieder einander an, ging zwar räumlich und zwischenmenschlich getrennte Wege, besuchte sich jedoch zu vielen Gelegenheit und hatte wieder ein ganz freundschaftliches Verhältnis zueinander aufgebaut.

Als sich Buzotti eines Tages nicht mehr bei den Angehörigen meldete wurden diese stutzig und begaben sich zu seinem Haus, von dem sie einen Schlüssel besaßen. Mit Entsetzten mussten sie feststellen, dass nicht nur Buzotti verschwunden war, sondern auch noch ein handgeknüpfter Seidenteppich aus dem Wohnzimmer und eine spezielle kupferne Pralinenform, die er sehr hegte. Die Situation war schwierig einzuschätzen, denn nichts wies auf einen Diebstahl, Raub oder eine Entführung hin. Dennoch passte es nicht zu Buzotti. Die kontaktierte Polizei interessierte sich wenig für den Fall. Ein alleine lebender, erwachsener Mann meldete sich für ein paar Tage nicht, wahrscheinlich weil er umherzog um eben die fehlenden Gegenstände seines Inventars zu veräußern. Wo war bei der vorgefundenen Situation ein Verbrechen zu erkennen? Es verstrich beinahe eine ganze Woche ohne dass sich etwas tat. Die Familie begab sich erneut in das Haus um auf eigene Faust nach Spuren zu suchen, doch fündig wurden sie nicht. Sie waren drauf und dran das Haus wieder unverrichteter Dinge zu verlassen, als sich der Anrufbeantworter im Eingangsbereich des Hauses als «voll» meldete. Unverzüglich hörten Buzottis diesen ab und konnten das gehörte kaum glauben. Das Band war voll von Interessenten, die das Haus kaufen wollten, vereinzelt waren Beschwerdeanrufe zu hören, in denen dem Unmut über den Leerlauf seit überwiesener Anzahlung für das Haus Luft gemacht wurde. Nun gab es keinen Zweifel mehr, hier lag ein wie auch immer geartetes Verbrechen vor. Die Polizei wurde erneut alarmiert. Die eintreffenden Polizeikräfte hatten noch mehr brisante Informationen zu dem Fall, der mittlerweile aktenkundig war. Es lagen mehrere Anzeigen wegen Betrugs gegen Buzotti vor. Offenbar versuchte dieser sein Haus gleich mehrfach zu verkaufen. Etwa eine Hand voll Personen befand sich offensichtlich im laufenden Kaufprozess und überwiesen bereits eine Anzahlung im fünfstelligen Bereich auf Buzottis Konto. Die Familie wusste, dass dies nicht das Werk des redlichen Konditormeisters war, der ein riesengroßes Herz hatte und regelmäßig Erlöse oder Schokoladenwaren spendete.

Zunächst wurden alle Anrufer auf dem Anrufbeantworter ausfindig gemacht und befragt. Parallel wurde Buzottis Bankkonto gesperrt und die Transaktionen verfolgt. Die Person, die die vielen Interessenten als Buzotti durchs Haus geführt hatte, war nicht der richtige Buzotti. Das ergaben die ersten Ermittlungen. Von seinem Konto wurden in ganz Venetien regelmäßig Beträge zwischen zweitausend und fünftausend Euro, je nach Limit abgehoben. Für den Verkauf der Formen oder des Teppichs gab das Konto keine Hinweise. Es musste also ein Mann in Buzottis Leben getreten sein, der gewaltfreien Zugang zum Haus und auch die Zeit hatte, dessen Verkauf einzuleiten, das dazugehörige Inserat zu schalten, Zugang zu seiner Bankcard zu erlangen und sich ungestört im Haus zu bewegen um die stattgefundenen Besichtigungen zu arrangieren.

Die Befragung der Nachbarn ergab, dass seit einiger Zeit ein Mann im Haus ein und aus ging, oft auch übernachtete. Einmal habe Buzotti erwähnt es sei der Lebensgefährte einer Angestellten, der als Messebauer auf Montage sei und eine günstige Bleibe suchte. Außerdem sei er sehr angetan vom Konditorhandwerk gewesen und wäre deshalb zum Erlernen einiger Grundkenntnisse regelmäßig zu Besuch vorbeigekommen. Es kamen fünf Angestellte in Frage. Zwei waren seit Jahren verwitwet, zwei seit Jahren geschieden und eine verheiratet. Zunächst erfolgte eine Gegenüberstellung dieses einen Ehemannes mit den geprellten Hauskäufern, was jedoch ohne Erfolg blieb. Ermittlungen in Bezug auf Ex-Partner der Geschiedenen verliefen ebenfalls im Sande, von Buzotti gab es weiterhin keine Spur. Auch Zeitungsartikel über den Fall ergaben keine brauchbaren Hinweise. Beamte der Polizia scientifica, der italienischen Kriminaltechnik, untersuchten das Haus auf Spuren um in dem Fall weiter zu kommen. Im Bereich einer Fliesenfuge des Fußbodens auf dem der verschwundene Teppich lag wurden Blutantragungen gefunden. 0 negativ, Buzottis Blutgruppe. Die unzähligen Fingerabdrücke stammten von Besuchern, Buzotti selbst, seiner Familie oder waren nicht zuzuordnen.

Wochen später meldete sich ein berenteter Konditor in der Gemeinde Verona bei der dortigen Polizei. Ihm wurde eine so genannte Meisterform angeboten. Hierbei handelte es sich um handgefertigte Pralinenformen aus Kupfer, die ein Konditor und Patissier bei seiner Meisterprüfung von der Familie geschenkt bekam. Es war eine Art Insignie, wie der von der Familie geschenkte Kelch zur Priesterweihe oder Krone und Zepter der Queen nur eben im kleineren Stil. Der Konditor wurde auf einem regionalen Antiquitätenmarkt auf die Form aufmerksam. Auf die Frage woher die Form stammte gab die Verkäuferin an, sie auf dem Sperrmüll eines ortsansässigen Bäckers gefunden zu haben. Dies machte den Konditor stutzig. Keiner seiner Kollegen würde einen solchen Schatz, eine Art persönlicher heiliger Gral einfach dem Sperrmüll überlassen. Darüber hinaus war ihm ein regionaler Konditor mit den Initialen A.B. und dem Gravurtext «Scuola maestro 1950» wie sie auf der Form zu lesen war, gänzlich unbekannt. Er erstand das gute Stück für 200 Euro und hatte fortan ein seltsames

Gefühl. Dieses veranlasste ihn auch bei den Bäckern und Konditoren im Ort Nachforschungen anzustellen. Die Reaktionen der Kollegen auf die Nachfrage waren einheitlich. Niemand kannte die aufwändig gefertigte Form und selbst wenn, wäre sie aus Fachmanns Hand einfach nie auf dem Sperrmüll gelandet. Es kam nach und nach der Eindruck auf, dass es sich um Diebesgut handelte. Die örtliche Polizei hätte dem Anliegen des Konditors vermutlich wenig Beachtung geschenkt wenn nicht einer der diensthabenden Polizisten von einem verschollenen Konditor in Padua gehört hätte.

Die Form wurde eindeutig als die gesuchte identifiziert und die Untersuchung der Standlisten des Antiquitätenmarktes führte zu einer schon einmal in diesem Fall Befragten, der ehemaligen Angestellten Fiona Scuzarella. Diese schwieg zunächst eisern zu den Vorwürfen, brach aber im Verlauf doch ein und gab unter Tränen folgendes zu Protokoll: Ihr ehemaliger Lebensgefährte, Giuseppe Galacia kam nach sieben Jahren wegen mehrerer Banküberfälle mit Geiselnahme aus dem Gefängnis frei und bat sie um Unterstützung bei seinem Neustart. Er hatte einen Job bei einer Messebaufirma und war viel unterwegs. Um bei einem Auftrag in Padua Hotelkosten zu sparen fragte Scuzarella bei Buzotti an, ob dieser eine Schlafmöglichkeit für einen Bekannten hätte. Von Galacias bisheriger Karriere erwähnte sie nichts. Galacia übernachtete einige Male dort und hatte Buzotti in der Hobbykonditorei geholfen wofür er als Dankeschön die Form geschenkt bekommen habe. Wiederum als Dankeschön bekam Scuzarella die Form, die sie dann auf dem Markt veräußerte. Vom Verschwinden oder dem Hausverkauf wusste sie nichts. Sofort machte sich eine Sondereinheit auf den Weg um Galacia in den Räumlichkeiten seines neuen Arbeitgebers festzunehmen. Dieser schwieg ebenfalls zunächst zu allen Vorwürfen. In seinem VW-Bus wurden bei der kriminaltechnischen Untersuchung Blutspuren unter dem Bodenbelag gefunden. Es handelte sich um Buzottis Blut. Mittlerweile lagen auch die Auswertungen der Banküberwachungskameras vor. Es handelte sich eindeutig um Galacia, der das Konto regelmäßig plünderte. Der Verhandlungsbeginn startete unter dem Motto «Mord ohne Leiche».

Es vergingen Verhandlungstag um Verhandlungstag ohne vorankommen. Jeder spürte, dass hier der Richtige auf der Anklagebank saß, aber wie kam man zu einem Geständnis? Am vierzehnten Verhandlungstag gestand Galacia ein, die Form und auch die Bankcard mit PIN entwendet zu haben, mit einem Verschwinden oder gar Mord habe er aber nichts zu tun. Während des Mittagessens teilten die Mitglieder der Strafkammer mit, ab sofort eine Zermürbetaktik anzuwenden. Und diese sollte aufgehen. Die Kammer ließ die

Lebensgefährtin Scuzarella stundenlang im Zeugenstuhl verharren, stellte hoch selektierte Fragen, immer und immer wieder und baute auf einen Flüchtigkeitsfehler.

«Frau Scuzarella, sie erhielten von Herrn Galacia offensichtlich häufiger größere Bargeldbeträge die sie auf Ihr Konto einzahlten. Der erste Geldeingang in Höhe von 2500 Euro ist am Freitag, dem 8. Dezember verbucht. Haben sie sich nicht gewundert woher das ganze Geld kam?»

«Gewundert hatte ich mich schon, Giuseppe sagte aber, es sei sein Gehalt.»

«Warum sollte er sein Gehalt auf Ihr Konto buchen?»

«Ich weiß es nicht, ich dachte schon daran, dass es kein legal erworbenes Geld sein könnte, habe aber aus Angst nichts hinterfragt.»

«Wovor hatten Sie denn Angst?»

«Ich hatte einfach Angst, das Giuseppe mit seiner Vorgeschichte mit Buzottis Verschwinden in Verbindung gebracht wird, da ich ja wusste das er bei ihm ein und aus ging.»

«Interessant. Wie konnten Sie denn an diesem Freitag bereits wissen, dass Herr Buzotti ab dem Dienstag der darauffolgenden Woche vermisst gemeldet werden wird?»

Jetzt schnappte die Falle zu. Sie gestand alles. Galacia entwendete in der ersten Zeit einige Gegenstände, unter anderem auch die Form aus Buzottis Wohnung und verkaufte einiges auf diversen Märkten, die Form schenkte er Scuzarella. Als Buzotti dahinter kam vereinbarten beide eine Aussprache. Zu dieser kam es nicht, da Galacia Buzotti gleich zu Anfang mit einem Draht strangulierte und die Leiche entsorgte. Wie und wo wisse sie nicht. Um an mehr Geld zu kommen überlegte sich Galacia die Nummer mit dem Hausverkauf. Er gab sich für einige Tage als Buzotti aus und als er der Meinung war genug verdient zu haben, verließ er das Haus, erntete das Konto fraktioniert ab und ging dann wieder seiner regulären Arbeit nach. Mit dem regelmäßig überwiesenen Schweigegeld wurde Scuzarella dann ruhiggestellt.

Nun galt es die Todesursache und den Leichenliegeort herauszufinden um an mehr Beweise gegen Galacia zu kommen. Unter der erdrückenden Beweislast wurde dieser dann nach und nach auch geständig. Er gab an Buzotti mit einer Paketschnur erdrosselt zu haben, da er keinen anderen Ausweg aus den aufgeflogenen Diebstählen sah. Da es im Bereich der Strangulationsmarken zu Einrissen der Haut kam die zu bluten begannen, wickelte er die Leiche in den blutverschmierten Teppich ein und lud das Paket in der Nacht in seinen Bus, um es am Strand von Casalborseti an der Adria zu vergraben.

Am nächsten Tag machte sich ein illustrer Konvoi aus Strafkammermitgliedern, Rechtsmedizinern, dem Angeklagten selbst und Polizisten auf den Weg nach Casalborseti. Galacia zeigte die Stelle an der er die Leiche vergraben hatte. Diese wurde exhumiert und zurück in Bologna obduziert. Von dem netten Konditor war wenig übrig geblieben. Auf dem Tisch lag ein vor Fäulnis grüner und aufgedunsener Körper. Die Augenhöhlen waren mit Maden besetzt, aus Mund und Nase lief bräunliches Sekret, der Draht war noch um den Hals gewickelt. Der Bauch war durch Fäulnisgase massiv aufgetrieben, ebenfalls die Hoden. Durch die Feuchtigkeit waren die meisten Finger- und Fußnägel teilweise oder schon ganz abgefallen. Da unabhängig der Todesursache eine Obduktion immer von Kopf bis Fuß durchgeführt wurde, kam es auch in diesem Fall zur Eröffnung des Schädels mit herauslöffeln des rahmig zerfließenden Hirns, der Eröffnung des Brustkorbes und des Bauchraums sowie der minuziösen Präparation der Fokusregion, des Halses.

Zusätzlich reifte in William die prinzipielle Frage, ob eine Feuerbestattung nicht die sauberere Lösung im Vergleich zur Erdbestattung war, da es unabhängig vom Klima nur eine Frage der Zeit war, als Leiche nach dem eigenen Tod Buzotti zu ähneln. Nur in Ausnahmefällen wie zum Beispiel in trockener, heißer oder salziger Umgebung hatte man die

Chance als natürliche Mumie zu enden und wie die Mumien aus der Kapuzinergruft in Palermo oder Ötzi auch noch nach Jahrhunderten oder Jahrtausenden eine gewisse Popularität zu erlangen. Die Kongregation für die Glaubenslehre unter Papst Leo XIII. untersagte 1886 Katholiken die Feuerbestattung sowie die Zugehörigkeit zu Feuerbestattungsvereinen und nannte diese eine «barbarische Sitte». Das Dekret legte fest, dass für Katholiken, die ihre Verbrennung verfügt hatten, keine kirchliche Begräbnisfeier gehalten wurde und sie nicht auf dem Kirchhof bestattet werden konnten. Mit dem «Codex Iuris Canonici» wurde dies ins Kirchenrecht aufgenommen. Heute war die Erdbestattung empfohlen, eine Feuerbestattung jedoch nicht mehr verboten, sodass sogar Gott mittlerweile einverstanden zu sein schien. William entwickelte eine gewisse Begeisterung für die forensischen Aspekte des Faches, der unmittelbare Umgang mit den Gerüchen und den Anblicken der im weitesten Sinne Patienten war jedoch zu keinem Zeitpunkt gut händelbar.

Eine Sache in dem Fall faszinierte William ganz besonders, nämlich die Tatsache, dass eine Gravur oder Innschrift mitunter der Schlüssel zu einem vorzeigbaren und erfolgreich abgeschlossenen Fall war. Galacia buchte mit seinem aktuellen Werk weitere fünfundzwanzig Jahre Gefängnis, Mord aus Habgier lautete der korrekte Urteilstext.

Ein uraltes Motiv, das seit Menschengedenken die selbigen anregte, Mitmenschen zu beseitigen. Getreu nach Wilhelm Busch «Ein Wunsch, wenn er erfüllt, kriegt augenblicklich Junge» war das Tatbestandsmerkmal «Habgier» auch ein beliebtes Thema im Bereich der Künste. In dem Drama Macbeth von William Shakespeare wird dem Hauptantagonisten Macbeth eine Zukunft als schottischer König vorhergesagt. Angestachelt von seiner Frau, Lady Macbeth, und durch die Vorstellung der möglichen Königswürde wurde er zum Mörder an seinem eigenen Cousin, König Duncan. Hieronymus Bosch malte 1500 den «Heuwagen» nach dem flämischen Sprichwort: «Die Welt ist ein Heuhaufen – ein jeder pflückt davon, soviel er kann.»

Ein weiteres spannendes Feld das William in seiner Zeit in Bologna erleben durfte war der forensische Umgang mit Materie. Hier arbeitete die Rechtsmedizin mit der Kriminaltechnik aber auch vielen anderen Institutionen eng zusammen, die durch diese Kooperation entstehenden Möglichkeiten waren immens und vielfältig einsetzbar. Biologie und Chemie waren in Williams Anfangssemestern unsäglich langweilig, umso mehr war er jetzt begeistert von der Arbeit derer, die in diesen Fächern an der Uni besser aufgepasst hatten als er, wahrscheinlich auch öfter in den Vorlesungen waren und letztendlich diese Fächer zu ihrem Job gemacht hatten. Eine faszinierende Sache war zum Beispiel die Radiokarbonmethode. Sie diente der Altersbestimmung biologischer Objekte oder Spuren. Hierbei wurde die Anzahl radioaktiven Kohlenstoffs bestimmt, der in die Objekte unweigerlich eingebaut wurde. Beim Menschen zum Beispiel zu zwanzig Prozent des Körpergewichtes. Der Gag am Kohlenstoff war, dass er zerfiel, und zwar in 5730 Jahren um genau die Hälfte seines Gewichts. Starb ein Organismus, wurde ab diesem Moment kein neuer Kohlenstoff mehr eingebaut und von nun an tickte die Uhr. Mittels Zerfallsbestimmung des Kohlenstoffs in einem Objekt konnte man also eine Aussage über dessen Alter treffen. Mit Hilfe dieser Methode wurde zum Beispiel Ötzi datiert, aber auch Gemälde, Bilderrahmen oder Skulpturen auf Alter und somit Echtheit hin überprüft.

Die nächste praktische Methode war die Chromatographie. Alle Stoffe haben eine charakteristische molekulare Zusammensetzung. Mit diesem Verfahren wurden Stoffe in ihre Bestandteile aufgelöst und quasi ausgezählt wie viel von welchen Molekülen darin enthalten war. Somit erhielt man eine Art molekularer Fingerabdruck des untersuchten Stoffes. Wenn man zum Beispiel in einer Farbprobe des Bildes «Die Apoptose der Homer» von einem der meistgefälschten Künstler, Salvador Dalí aus den 1940er Jahren moderne synthetische Harzpartikel und Reste von Schwarztee fand, war es offensichtlich, dass es kein Original sondern eine mit neueren Farben gemalte und mit Schwarztee patinierte Fälschung war.

Um ein wenig Tapetenwechsel von den häufig sehr eindrücklichen Beispielen menschlicher Abgründe zu erhalten, zum Erlernen der italienischen Sprache und zum finanzieren vieler Abende und Wochenenden, die er zusammen mit Kommilitonen aus dem Institut in Bolognas Altstadt verbrachte, heuerte William in der «Pinacoteca Nazionale di Bologna» als Aufseher an. Das Museum befand sich in der Via Belle Arti, im ehemaligen Jesuiten-Noviziat des Universitätsviertels. Die Sammlung enthielt wenig Kunst von internationalem Interesse. Sie beherbergte eher regionale Künstler des 13. bis 18. Jahrhunderts aus der Region Emilia. Einige Werke stammten jedoch von Raffael und El Grecco wie zum Beispiel die «Sancta Caecilia» oder das «Abendmahl», beide aus dem 16. Jahrhundert. Es war ein einfacher Job, da alle Besucher Audiosysteme in ihrer Sprache bekamen und es so nur im äußersten Notfall zur Konversation auf Italienisch kommen musste. Zunächst fand William die Arbeit des Museumsaufsehers recht langweilig, dennoch konnte er ihr im Laufe der Zeit etwas abgewinnen. Man saß den gesamten Tag in ein und demselben Raum, starrte die paar darin befindlichen Gemälde an und hatte viel Zeit darüber nachzudenken. Die

Betrachtung erfolgte daher aber auch detaillierter, Details fielen erst auf den dritten oder vierten Blick auf und je länger man sich damit befasste, desto interessanter wurde ein Bild. «Caecilia» zum Beispiel, als Schutzpatronin der Musik wurde von Raffael zum Himmel blickend, mit einer kleinen Orgel in der Hand dargestellt. Vor ihr lagen viele andere Instrumente am Boden. In der damaligen Zeit fand man ziemlich viel am Boden liegend vor, zum Beispiel Müll, Fäkalien oder Aussätzige, sicher jedoch keine wertvollen Musikinstrumente. Da die Orgel als das göttlichste aller Instrumente galt, fand hier wohl eine deutliche graphische Differenzierung, ja sogar Widersagung weltlicher Dinge durch Instrumente symbolisierte statt, dachte sich William. Die einzige Person die fast unentschlossen zu den Instrumenten am Boden schaute war ein Mann mit Schwert in den Händen. Dieses Schwert war sicherlich ein Symbol weltlicher Macht, sodass der sich hieran bindende Mann noch am weitesten vom Himmel entfernt zu sein schien. Alle anderen Menschen blickten sich auf Augenhöhe an und schienen somit indifferent. Interessanterweise auch ein Bischof mit Stabkrumme in der Hand. Wohl ein Zeichen für den alles andere als himmlischen Wandel des Klerus zu dieser Zeit. Zudem fiel William das Motiv inmitten seines Krummenbogens auf. Der genaue Inhalt war nicht dargestellt, erkennbar war allerdings eine angedeutete Figur im Inneren, ganz im Limoges Stil. William war beeindruckt davon, wie viel man bei genauerer Betrachtung eines Kunstwerkes herausfiltern konnte, wenn man sich nur Zeit ließ. Es bedurfte einfach eines gewissen Blickes für die Materie, der reifen musste. Offenbar hatte auch Napoleon Bonaparte diesen Blick zumindest so ausgeprägt, dass er eben dieses Gemälde der Caecilia unbedingt besitzen wollte, und es 1798 nach Paris entführte.

William sollte einer solchen Entführung schneller beiwohnen, als ihm lieb war. An einem Sonntagmorgen bezogen kurz vor Öffnung des Museums alle Aufseher ihre Posten. Vereinzelt waren noch die Reinigungskräfte mit ihren Wägen in den Sälen unterwegs. Die letzten waren noch durch deren gelbe Warnschilder abgesperrt. Der Direktor, Seniore Camillo, ging wie jeden Morgen seine Kontrollrunde bevor er das Hauptportal aufsperrte. Man konnte ihn kräftig über die Raumpfleger fluchen hören als er den noch immer vom Putzkommando abgesperrten Raum sah, doch plötzlich verstummte er. Nun hörte William das Zerbersten des Sicherheitsglases über dem Alarmknopf, der in jedem Raum vorhanden war und unmittelbar darauf schrillte der Alarm auch schon los. Alle Brandschutztüren fielen ins Schloss, die Rollläden von außen fuhren herunter und die Notbeleuchtung ging an. Die Aufseher eilten zu Camillo. Inmitten des Raumes im Erdgeschoss stand ein verlassener Putzwagen, der

Notausgang nach draußen stand weit offen und von den beiden Reinigungskräften fehlte jede Spur. Da waren noch einige Dinge die fehlten: «Jesus und Dismas» von Tizian, der «Triumph von Simson» von Reni und das «Abendmahl» von El Grecco. Von weitem waren schon die Polizeisirenen zu hören als Camillo zusammenbrach. Für William war es hier nur ein Aushilfsjob und von den Sicherheitsstrukturen hatte er bis auf das bei der Einführungsveranstaltung gelernte keine Ahnung. Wovon er allerdings viel Ahnung hatte war die Notfallmedizin. Er begab sich sofort zu Camillo. Dieser war reaktionslos am Boden liegend. Keine Regung auf Ansprechen, Anfassen oder gar das Setzen eines Schmerzreizes. Atmung konnte William ebenfalls keine feststellen. Diese Befunde reichten bis zum Beweis des Gegenteils aus um einen Herz-Kreislaufstillstand anzunehmen. Hierzu waren keine Pulstastung und kein EKG oder ähnliches notwendig. Rudimentäre, manuelle Medizin war hier gefragt, und das sofort und ohne Unterbrechung. Unverzüglich begann William mit der Herzdruckmassage. Er drückte und drückte auf dem Brustkorb herum. Auf eine Beatmung verzichtete er, da er es schon ein wenig befremdlich fand, zwischen dem grauen Vollbart Mund oder Nase aufzusuchen und hineinzupusten. Darüber hinaus war eine Beatmung in dieser Situation auch nicht zwingend notwendig. Bis vor wenigen Sekunden hatte Camillo ja noch normal geatmet und ergo für die nächsten

Minuten noch genug Sauerstoff an Bord um seine Organe zu versorgen. Sein eigentliches Problem war, das niemand mehr da war um den noch im Blut befindlichen Sauerstoff zu den einzelnen Organen zu pumpen. Hier sprang William aktuell als Ersatzpumpe ein. Was um ihn herum geschah bekam er nur am Rande mit. Es wurde signalisiert, dass der Rettungsdienst ebenfalls alarmiert wurde und fest stand relativ schnell auch, dass bis zu dessen Eintreffen die Versorgung Camillos eine One-Man-Show blieb. Ein eintreffender Polizist brachte aus dem Kofferraum seines Fahrzeuges einen Frühdefibrillator. Eine sensationelle Erfindung. Diese Geräte erkannten Kammerflimmern und gaben in diesem Fall einen Stromstoß ab. Man fand sie an immer mehr öffentlichen Plätzen, Flughäfen oder Kreditabteilungen von Banken, da sie mittels Sprachbefehlen durch die Situation führen, nur Strom abgaben, wenn es notwendig war und somit von Laien angewandt Leben retteten, da die Überlebenswahrscheinlichkeit pro Minute Kammerflimmern um zehn Prozent abnahm. Wenn man bedachte, dass ein Rettungsteam erst binnen zehn Minuten am Patienten war, war dieser zumindest rein statistisch schon ziemlich Tod bevor deren Arbeit überhaupt beginnen konnten. Ein Zivilist der unmittelbar in der Nähe war und sich auch noch traute dieses simple Gerät zu nutzen, wurde hier also zum echten Lebensretter. William schloss den Frühdefibrillator an, dieser detektierte Kammerflimmern. Kein großes Wunder, da dies in achtzig Prozent der Herzstillstände vorlag. Das Gerät lud auf und William gab den Strom ab. Der Körper bäumte sich noch mehr auf als bei den Kardioversionen in Cannes. Camillo begann wieder zu atmen, Puls war an den Halsschlagadern auch wieder tastbar, ansprechbar war er jedoch weiterhin nicht. Atmung und Kreislauf waren also wieder da, die Kuh war aber noch nicht sicher vom Eis, da der Kreislaufstillstand immer wieder neu auftreten konnte. Nun traf der Rettungswagen ein. Das angeschlossene EKG zeigte einen riesigen Herzhinterwandinfarkt als Ursache des ganzen Elends. Camillo wurde versorgt, in die Klink transportiert und überlebte.

Das Museum war mittlerweile hermetisch abgeriegelt. Im betroffenen Raum waren die Spurensicherer an der Arbeit. Alle Beschäftigten wurden nach einem William nicht ganz ersichtlichen System separiert und verhört. Er musste sich den Fragen im Foyer des Hauses unterziehen. Es gab in gewisser Weise ein Verdachtsmoment gegen ihn, da er erst seit kurzen hier arbeitete. Mit einiger Routine und Gelassenheit, die er sich passiv während der Gerichtsverhandlungen angeeignet hatte, passierte er die Fragen unemotional. Warum sollte auch Emotion dabei sein, er hatte nichts mit dem Raub zu tun mal abgesehen von Camillos Leben das er rettete. Das war eine ganz gute Schule dieses Bologna, dachte er. Vor dieser Zeit kam in ähnlichen Situationen immer der leicht zu verunsichernde Jungmediziner durch. Irgendwer musste immer schuld sein. Egal ob er sich freiwillig meldete oder zu seinem Anschiss gezwungen werden musste, der Arzt war prädestiniert hierfür, je jünger desto besser. Da hat der böse Arzt dem Patienten das so mühsam gezüchtete Raucherbein mit all den verstopften Gefäßen nicht wieder richtig freigeblasen, jetzt ist es schwarz und muss ab, um nur ein Beispiel der Argumentationskette zu nennen.

Letztendlich war der investigative Aufhänger der Ermittler in der Tat sein erst kurzes Angestelltenverhältnis. Es wäre nicht das erste Mal gewesen, dass jemand die allgemeinen Gepflogenheiten eines Systems auskundschaftete und dann aus diesen Informationen heraus ein Raubplan geschmiedet wurde. Diese Vermutung konnte William den Carabinieri nicht übel nehmen.

Der Fall wurde wie folgt von der Polizei rekonstruiert: Ein Duo, bestehend aus zwei Männern die zwar die Uniform der Reinigungskräfte trugen aber nicht zu deren Team gehörten, betrat kurz vor viertel vor acht den besagten Raum. Sie stellten ihre Schilder auf damit niemand den Raum betreten sollte und hingen zwischen viertel und zehn vor acht die drei Gemälde ab, öffneten die Notausgangstüre nach außen und verluden die Bilder in einen Lieferwagen, der von einem dritten Räuber in

Position gebracht und gefahren und wurde. Es muss absolutes Insiderwissen vorgelegen haben, dafür sprachen sowohl die Kenntnis über den all sonntäglich erfolgenden stummen Probealarm zur Zeit des Raubes als auch die Möglichkeit einen Schlüssel der Schließanlage nachmachen zu können um überhaupt in das Museum zu gelangen.

William stellte sich den Rest des Sonntags die Frage, wann und mit welchem Motiv man Kunsträuber wurde. Es belas sich zu dem Thema und musste feststellen, dass der gemeine Kunsträuber nicht etwa wie angenommen gebildeter oder kunstinteressierter war als andere Räuber. Meist kam es zum unselektierten Raub aus purem, monetären Trieb heraus. Erst nach in Sicherheit bringen der Ware wurde über das weitere Prozedere nachgedacht. Eine Frage war hier essentiell, über die sich William noch nie Gedanken gemacht hatte: Die Frage ob das Bild überhaupt verkäuflich war? No. 5, 1948 von Jackson Pollock, das 2006 für 140 Millionen Dollar von einem unbekannten Privatier ersteigert wurde, würde sicherlich nicht so ohne weiteres zu verkaufen sein. Vielleicht auf einem Flohmarkt wo es niemand kannte, aber hier wäre der Preis wohl das Problem geworden. Einzelschicksale, wenn man bedachte, dass von einem weltweiten Gesamtkunstraubvolumen von 8 Milliarden Dollar pro Jahr ausgegangen wurde. Was machte man also mit einem

Gemälde, bei dem man als Räuber von einer Unverkäuflichkeit ausgehen musste? Zwei Optionen waren hier möglich: Die Angsthasen ließen es wieder auftauchen wie zum Beispiel der «Knabe mit der roten Weste» von Paul Cézanne. Mit einem Wert von 100 Millionen Euro hatte man beim Diebstahl wohl nicht gerechnet und es lieber einmal ziemlich offensichtlich wieder in einem geparkten Auto abgelegt. Die Schlitzohren unter den Dieben gingen einen Schritt weiter, dieser nannte sich dann Kunstentführung. Eine clevere Sache wenn man ausreichend Nervenstärke besaß. Man entführte ein Bild und verlangte Lösegeld. Es war eine Win-Win-Situation. Für die Versicherungen war es weitaus günstiger die Lösegeldsumme zu zahlen als den entstandenen Verlust auszugleichen, der Besitzer konnte sich auf ein in der Regel unbeschädigtes Bild nach Übergabe freuen und die Räuber freuten sich eben über ihr Geld wenn es denn klappte. Dem gegenüber stand der selektierte Kunstraub. Auftragsdiebstähle von solventen Kunstfanatikern oder Kunstfälschern. Die Fusion aus den beiden letzten Motiven ereilte das wohl bekannteste Gemälde der Welt, «La Gioconda», die «Mona Lisa». Diese wurde 1911 von dem Handwerker Vincenzo Perugia im Auftrag gestohlen und blieb zwei Jahre lang verschwunden. Der Auftraggeber wurde nie konkret ermittelt, die Zeit des Bildes bei diesem wurde jedoch genutzt, um sechs passable Kopien des Werkes anzufertigen. Noch heute war unklar, ob es sich bei der

Wiedergewonnenen wirklich um die originale Ehefrau des Francesco del Giocondo handelte. Umso müßiger war in Williams Augen die Suche nach der Person, die da Vinci Model gestanden haben soll. Neben vielen Möglichkeiten wie zum Beispiel der, das gar keine Frau sondern ein Mann zu sehen war, kursierte auch die der Lisa Gherardini del Giocondo als Model, deren Grab sich im ehemaligen Florenzer Kloster Sant Orsola befinden sollte. Vor einigen Jahren wurde dort eine unterirdische Krypta mit Gräbern des 16. Jahrhunderts entdeckt. Aktuell liefen DNA-Untersuchungen der gefundenen Knochen um hoffentlich die Mona Lisa zu finden. Ein völliger Schwachsinn in Williams Augen, man konnte in der DNA eines Menschen so gut wie alles genetisch verankerte wie zum Beispiel Erbkrankheiten, oder Eigenschaften wie Hauttyp oder Haarfarbe detektieren, aber sicher nicht, ob ein Leonardo da Vinci den Träger dieser DNA jemals portraitiert hatte. Wieder einmal eine Verbindung der Naturwissenschaften und der Künste, in diesem Falle jedoch eine unsinnige. Es gab durchaus Parallelen des bolognesischen Raubes zu dem Raub in Paris. Die lokalen Zeitungen waren voll davon, die Bilder waren alle mehrfach abgedruckt, einem Steckbrief gleich.

In der verbleibenden Zeit in Bologna tat sich in dem Fall jedoch schlicht und ergreifend rein gar nichts. Die Bilder blieben wie vom Erdboden verschluckt. Ab und zu wurde

William den Eindruck nicht los, von auffällig unauffälligen Männern in zivil observiert zu werden. Er amüsierte sich darüber und stellte diese oft vor Herausforderungen. Wenn er zum Beispiel am Abend joggen ging, wählte er eine Route aus die nicht ohne weiteres mit dem Fahrzeug verfolgbar war, sodass die Kerle Wohl oder Übel auch joggen mussten. Was für eine Verschwendung von Ressourcen dachte William. Diese vergebenen und ins Leere führenden Bemühungen der Staatsmacht zeigten wie sehr sie in diesem Fall im Dunklen tappten. Es gab offenkundig keine einzige heiße Spur, sodass - bis zum Beweis des Gegenteils- erst einmal alle verdächtigt und aufwändig untersucht wurden.

Die letzte Woche in Bologna begann. Mittlerweile war es Herbst geworden und William fragte sich was die Krumme machen würde. Die Bank buchte die Schließfachmiete regelmäßig ab, so dass bestenfalls einfach alles beim Alten war. Er kehrte aus Bologna zurück zu seinem Elternhaus und genoss noch die letzten Herbsttage auf dem Land, bevor es in die absolut heiße Phase des Examens ging. In Wingham wartete eine freudige Überraschung. Post aus Lérins von Bruder Malachias und Bruder Gregor. Sehr gerne waren diese bereit dem Studenten der Kunstgeschichte Einblicke in deren Archive zu geben um mehr über das dort ansässig gewesene Kunsthandwerk zu erfahren. Zum nächsten möglichen

Zeitpunkt hätte sich William gerne auf den Weg gemacht, wenn er nicht absolut pleite gewesen wäre. Für eine Schiffsreise mit Unterhaltung von Senioren war keine Zeit mehr, sodass er sich im Eilverfahren für einige Notfallkurse meldete und sich dort erneut prostituierte.

Mit einer Verzögerung von zwei Wochen die er zur Geldgewinnung benötigte, machte er sich mit dem Zug auf den mittlerweile bekannten Weg zu den îles de Lérins. Zur effektiven Nutzung der Reisezeit war medizinischer Lernstoff sein Begleiter. Für die Hinfahrt war das Fach Psychologie geplant. Williams Lieblingsthema war die paranoide Schizophrenie. Die kannte er ganz gut, weil er im Rahmen einer Vorlesung mal eine der ausgeprägteren Sorte erleben durfte. Es war ein Banker, Mitte dreißig mit gutem Job und intakter Familie der vorgestellt wurde. Dieser fing plötzlich damit an sein Mittagessen im abgeschlossenen Badezimmer einzunehmen und pfiff dabei. Zunächst wunderten sich die Angehörigen nur, als er das Badezimmer jedoch gar nicht mehr verließ und nur noch am pfeifen war stellte man ihn einem Psychiater vor. Nach einigen Sitzungen war klar, der Banker hielt sich für den gelben Walt Disney Vogel Tweety. Man war der Meinung den Zustand nicht so belassen zu können und startete eine Psychotherapie. Diese ging leider völlig nach hinten los. Denn nach deren Abschluss war er zwar nicht mehr

Tweety, dafür jedoch Roadrunner und sprang anstatt pfeifend im Badezimmer zu sitzen fortan von Dächern, vor Fahrzeuge und so weiter, was deutlich größere Probleme mit sich brachte. Ein sehr komplexes und kaum heilbares, aber durchaus für Außenstehende amüsantes Krankheitsbild. Anders war die Volkskrankheit Depression. Eine ausgewogene Therapie konnte hier viel erreichen. Von Medikamenten über Psychotherapie bis hin zur Elektrokrampftherapie konnten viele Register gezogen werden. Letztere fand William ebenfalls besonders amüsant. Die Patienten wurden kurz narkotisiert und dann das Hirn von außen einem Stromstoß, ähnlich der Defibrillation, ausgesetzt. Eine Art menschliche Festplattenformatierung. Insgesamt war die Psychiatrie ein spannendes Fach wenngleich auch nichts für William. Einer der großen Vorteile waren allerdings die Arbeitszeiten. Während die Chirurgen schon zwei Stunden im OP malochten, kamen die Psychiater immer erst gegen neun Uhr in die Klinik. Die Begründung war recht einfach und plausibel: Der Wahnsinn läuft nicht weg. Nach der Psychiatrie war das Lernen der Administration im Gesundheitswesen an der Reihe. Die nächste erheiternde Feststellung war die der weltweit einheitlichen Verschlüsselung von Diagnosen nach einem bestimmten Code, damit man die Krankheiten auch in einer anderen Sprache kommunizieren konnte und jeder wusste worum es ging. Prinzipiell eine pfiffige Sache, der Inhalt war jedoch noch überarbeitungswürdig wie er fand. Die Diagnosen: «Gebissen oder gestoßen werden von Krokodil oder Alligator» oder «Gerichtlich angeordnete Hinrichtung durch Guillotine, Erschießen oder Gas» zum Beispiel erschienen ihm fraglich relevant.

Die Inseln im Herbst hatten etwas Kontemplatives. Die Touristenströme waren abgezogen und ein in sich ruhender Monumentalbau, durch das Herbstlicht inmitten goldgelb beblätterter Bäume in Szene gesetzt lag vor William. Er hatte nur zwei Tage Zeit, für mehr reichte das Geld nicht. Die Ankunft war zur Zeit der Mittagshore, dem Mittagsgebet. Nach dem Vorzeigen des Briefes an der Klosterpforte wurde ihm Einlass in den den Touristen nicht zugänglichen Teil des Klosters gewährt. Ein Novize brachte ihn zu Refektorium, dem Speisesaal. Es war ihm hochnotpeinlich inmitten der Stille während des Essens hineinzuplatzen. Die zwanzig Mönche nickten jedoch wohlwollend, ihm wurde ein Platz neben Malachias bereitet und er gebeten mitzuspeisen. Es gab eine weißliche Grießsuppe in der zwei rote Würstchen schwammen und ein großer Laib Brot machte die Runde. Dazu stilles Wasser aus einem Tonkrug. Da er jahrelang auf die Universitätsmensa angewiesen war, war William was Essen anging Kummer gewohnt. Ein Obdachloser dem er einmal eine Essensmarke der Mensa schenkte sagte, lieber verhungere er.

Nach dem Essen wurde William freundlich von Malachias begrüßt und Gregor vorgestellt. Beide waren sehr nett. Er musste leider davon ausgehen, alleine wegen des Anlügens der beiden sein Studium betreffend, für mindestens 100-150 Jahre Fegefeuer zu bekommen.

Er wurde in die Bibliothek geführt. Sie befand sich hinter den dicken Mauern des burgähnlichen Vorbaus der der Brandung trotzte. Wände aus grobem Naturstein, der Boden ebenfalls aus grob gehauenen und mittlerweile abgetretenen Natursteinplatten. An den Wänden waren noch die Halterungen für Kerzen oder Fackeln zu erkennen. Alle Bücher lagerten in uralten Eichenschränken. Natürlich fand man Elemente der Neuzeit wie Klimaanlagenöffnungen oder Feuermelder die dem Raum sicherlich einiges an Charme nahmen aber im Sinne der Werke waren. Inmitten des Raumes stand ein massiver Eichentisch, die Tischplatte aus einem einzigen Stück Stamm gearbeitet. Beide nahmen an dem Tisch Platz und Gregor erzählte zunächst einmal, was er über das Kunsthandwerk am Kloster wusste.

Wie William bereits von seinem letzten Besuch her bekannt war boomte das Kunsthandwerk sehr, da von hier aus viele einflussreiche Persönlichkeiten mit den entsprechenden Insignien in die Welt geschickt wurden. Etwa 1370 sandte das zwar weit entfernte, aber dennoch Nachbarkloster Limoges einen gewissen Egbert nach Lérins. Er entstammte der Kunstwerkstatt von Limoges und wurde zur Unterstützung und zum Aufbau des Kunsthandwerks in Lérins auserwählt. Diese Entsendung war Teil des Plans beider Klöster, ihre Macht schneller und effektiver auszuweiten. Der Stil der Krummen beider Werkstätten war ähnlich, was nicht verwunderte. Der Klassiker war im Falle eines Bischofs oder Abtes die Kombination aus Siegelring, Krummstab, Kelch und Weihrauchfass. Es gab jedoch auch einige Sonderkonstellationen. War ein Abt oder Bischof bereits in dieser Position an einem anderen Ort tätig, so wurde der Siegelring zum neuen Amtssitz stets mitgenommen. Bei Exkommunikation oder Tod wurde dieser personenbezogene Ring durch das Einmeißeln eines Kreuzes und gleichzeitiger Zerstörung der Ringform vernichtet. Der Krummstab blieb entweder am alten Aufenthaltsort wenn dieser durch Motiv oder aus historischen Gründen an diesen gebunden war oder wechselte mit dem Besitzer den Standort. Mit Kelch und Weihrauchfass verhielt es sich ebenso, wodurch sehr heterogene Konstellationen entstanden. Sehr häufige Motive, die Klassiker sozusagen waren die drei William bereits bekannten. Von Massenware konnte man sicher nicht sprechen, dennoch gehörten diese Krummen zu den weniger individuellen.

Nun griff Gregor zu einigen auf dem Tisch liegenden Büchern und Rollen.

«Vor Jahren fragte ein Polizist aus Moskau, der in einer Sache in Deutschland ermittelte schon einmal nach einigen Listen, seither kein Mensch mehr.»

William interessierte sich natürlich brennend für diese Ermittlungen. Gregor erinnerte sich an das äußerst unhöfliche Auftreten des Polizisten. Wenn es nicht um eine Ermittlung gegangen wäre, er hätte ihm niemals Einlass gewährt. Um was es genau ging teilte er ihm nicht mit, er war in jedem Fall auf der Suche nach Listen von Insignienkombinationen aus dem 15. und 16. Jahrhundert. Er sei nicht weit gekommen bei über fünfzig Aufträgen dieser Zeit, die auch noch alle in Latein verfasst waren. Helfen hätte er zwar können, wollte er jedoch nicht. Der Mann habe so glaubte er sich zu erinnern die betreffenden Seiten fotografiert und sei dann ohne sich weiter für die Materie zu interessieren wieder verschwunden.

Er wollte unbedingt die Listen sehen, für die sich der Polizist interessierte. Gregor öffnete die entsprechenden Seiten im Band des 16. Jahrhunderts. Am 26. Oktober 1541 ging eine Krummstab mit dem Motiv der Verkündigung Mariens sowie ein Weihrauchfass an Abt Innozenz Wursamb, den neuen Abt der Benediktinerabtei Melk in Österreich. Es gab also hochwahrscheinlich wie vermutet zwei Schlüssel, den seinigen und den im Fass. William ließ sich pro forma auch noch die vielen noch vorhandenen Skizzen der Krummstäbe und der anderen Kunstgegenstände zeigen, seine wichtigste Information hatte er jedoch in der Tasche.

Warum interessierte sich die russische Polizei hierfür und warum sollte sie dies nach über 30 Jahren noch tun? In Bologna hatte William gelernt, dass Fälle aus Mangel an Zeit und Ermittlungspersonal irgendwann eingestellt wurden. Nur vereinzelt wurde mal einer, der einem pensionierten Ermittler gar keine Ruhe ließ, oder in dem es Parallelen zu einem aktuellen Delikt gab wieder aufgewärmt. Es war William in jedem Fall äußerst unrecht, dass potentiell die Möglichkeit bestand von der Polizei oder Kriminellen mit der Krumme in Verbindung gebracht zu werden. Auf der Rückfahrt kam ihm nur eine einzige Verbindungsstelle in den Sinn, an der man auf ihn als Käufer kommen konnte: Die E-Mail Konversation mit Brundé und dessen Wissen. Darüber hinaus war nichts nachvollziehbar. Keine Banktransaktion da Barkauf, kein Briefwechsel, keine Rechnung nichts.

Alles was er in Lérins erledigen wollte hatte er in einem Tag geschafft. Er wusste nicht genau wie, aber irgendwie musste er es schaffen, diese ihn sehr beschäftigende und störende Spur zu ihm zu vernichten. Es war ihm ein inneres Bedürfnis, dann wäre er einfach auf der sicheren Seite gewesen. Da es auf dem Rückweg lag, machte er am zweiten Tag der Reise zum dritten Mal Stopp in Calais. Als er vor Brundé's Haus stand, fand er ein verlassenes und zum Verkauf stehendes Anwesen vor. Verwundert bewegte er sich an dem Gartenzaun entlang um vielleicht etwas durch Blicke auf die Seiten des Hauses zu erkennen. Eine Nachbarin die gerade ihren Garten winterfest machte rief ihm fragend zu, ob er Interesse habe. Er ging auf sie zu und zeigte sich interessiert. Auf die Frage, warum die Vorbesitzer das Haus verkaufen wollen, erfuhr er von einem schlimmen nächtlichen Raubüberfall vor einigen Wochen. Brundé's wurden offenbar im Schlaf von den Einbrechern überrascht. Diese seien sehr brutal vorgegangen. Erstaunlicherweise sei alles durchwühlt worden, aber nichts von Wert gestohlen. Man sagte sie hätten Brundé durchs ganze Haus geschleppt, er habe alle Schränke und den Tresor aufschließen müssen. Am Ende haben sie ihm den Schädel mit einer Eisenstange eingeschlagen während seine Frau geknebelt und gefesselt im Keller lag. Brundé habe schwerstverletzt überlebt und läge seither im Wachkoma in der Charles de Gaules Rehabilitationsklinik. Seine Frau besuche ihn jeden Tag dort und verbrächte Stunden bei ihm, eine Verbesserung des Zustandes sei jedoch bisher nicht eingetreten. Nach all dem Geschehenen könnte Frau Brundé niemals mehr in das Haus zurückkehren und daher stand es nun zum Verkauf an.

Nun wusste William, die Verbindung zwischen ihm und Brundé war diejenige, die ihn früher oder später vermutlich auch das Leben oder zumindest den Verstand kosten würde wenn er sie nicht kappte. Wahrscheinlich wie bei Pensing und jetzt Brundé durch ein Schädel-Hirn-Trauma. Er erinnerte sich: «...aber wenn es mal anbrennt, dann braucht ihr einen richtigen Arzt!» Dies war jetzt ein echter Notfall und diesmal ging es um sein eigenes Leben. In solchen Situationen lange überlegen war suboptimal, Entscheidungen mussten her und zwar die richtigen. Er machte sich auf zur Rehabilitationsklinik. In gewisser Weise war es ein Heimspiel. Nahezu alle Einrichtungen der Patientenversorgung waren ähnlich aufgebaut. Küche und Umkleidebereiche im Keller, Personalrestaurant im Dachgeschoss. An der Rezeption fragte er nach der Zimmernummer von Brundé. Anschließend fuhr er ins Obergeschoß um sich einen weißen Arztkittel von der Garderobe des Personalrestaurants zu entleihen. Im Stationszimmer lief alles routiniert ab. Der Student der hier morgen Prüfung haben sollte musste sich die Patientenakten noch einmal anschauen und durcharbeiten. Das Kliniklogo auf dem Kittel reichte als Eintrittskarte völlig aus. Brundé lag in einem Einzelzimmer und es war William schnell klar, dass dieser in seinem ganzen Restleben kein Wort mehr sagen würde. Weit aufgerissene Augen, ein Blick nach links oben, sabbernd auf der eigenen Zunge herumkauend und bereits die typischen spastisch-gelähmten Kontrakturen an den Händen. William hatte diesen Typus Patient schon oft gesehen und in seiner Rettungsdienstzeit wohl zusammen mit seinen Kollegen auch schon öfter fabriziert. Genau dann nämlich, wenn man nicht früh genug mit der Reanimation aufgehört hatte und die Pumpe des Patienten bei einem mittlerweile irreversiblem Hirnschaden doch wieder angesprungen war. Dieser Patientenzustand nach einem Gewaltdelikt war ihm jedoch neu. Er hatte genug gesehen und verschwand aus der Klinik ebenso schnell wie er gekommen war.

Um einen klaren Kopf zu bekommen irrte William die nächsten Stunden in der Innenstadt von Calais umher und ließ sich in einem kleinen Straßencafé am Boulevard Jaquard nieder. Unter normalen Umständen ein herrlicher Ort. Die Karte bot nahezu all seine Lieblingsgetränke an: Nana Minztee aus Marokko mit einem Schuss Zitrone, dann Ramo, eine Espressosorte aus mittel- und südamerikanischen Arabicas und Robustabohnen und zuletzt Gin Tonic, Ferndinand's mit Gurke. Einzig und alleine ein ordentlicher Bombay Crushed fehlte, der aber generell verdammt schwer zu bekommen war.

Zwei Fragen galt es zu klären: Erstens, ob er es mit seinem Gewissen vereinbaren konnte falls möglich in ein fremdes Haus einzusteigen und eine Festplatte zu stehlen und zweitens, ob er einen Einstieg rein technisch überhaupt schaffen konnte. Er erinnerte sich an Sicherheitsverglasung mit alarmgekoppelten Vibrationsmeldern. Erstaunlicherweise, und mit einem tüchtig schlechten Gewissen tat sich im Laufe der langen Überlegungen doch eine Möglichkeit auf und er beantwortete beide Fragen mit einem «Ja». Seine Vergangenheit im Rettungsgewerbe half hierbei erneut. Obwohl er zwar schon einige krumme Dinge in der Sache gedreht hatte, hatte er dennoch einen Heidenrespekt vor dem Bevorstehenden, vom schlechten Gewissen gar nicht erst zu sprechen. Er ging den soeben fertig gereiften Plan noch einmal im Kopf durch und obwohl gerade erst sechzehn Uhr, mussten anschließend zwei Gin Tonics dran glauben.

Um Punkt achtzehn Uhr stand William vor einer Feuerwache im Stadtteil Coulogne. Das war, wenn er sich an die britischen Gepflogenheiten recht erinnerte, der gewöhnliche Startzeitpunkt. Einige Feuerwehrmitglieder trafen sich zu diesem offenbar weltweit gültigen Zeitpunkt bereits dort. Es handelte sich nicht um eine Berufsfeuerwehr, die 24 Stunden an 365 Tagen im Jahr vor Ort war sondern um eine Freiwillige Feuerwehr. Dieser Unterschied war bedeutend. Die

Freiwilligen gingen tagsüber einem geregelten und meist langweiligen Beruf nach, in ihrer Freizeit engagierten sie sich bei der Feuerwehr. Ein zum Teil schwieriges und nicht ganz spannungsfreies System. Die gleiche Problematik gab es im Rettungsdienst auch. Eine Ausnahme stellte die Polizei dar. Diese fand es wenig erfolgversprechend, wenn der gewöhnliche Immobilienmakler oder Straßenbauer am Abend und am Wochenende die Polizeiuniform und Kanone anlegten um Verbrecher zu jagen. Bei Feuerwehr und Rettungsdienst war dies jedoch ein wenig anders, sicherlich ansonsten auch nicht finanzierbar. Da konnte es schon mal sein, dass der Mann, der einen in diesem Moment mit einer Leiter vom Balkon rettete, bis vor fünf Minuten noch Türsteher eines Swingerclubs oder Bestatter war. Aber für gewöhnlich wurde in diesen Situationen nicht genauer nachgefragt. Wie dem auch sei, die engagierten Mitglieder einer Freiwilligen Feuerwehr trafen sich im Sinne eines Arbeitsdienstes einige Male pro Woche, die Streber jeden Abend in ihrem Spritzenhaus. Wie die Arbeit konkret aussah entschied man meist spontan am Abend und vor Ort. Hierbei gab es jedoch wiederum einige Unterschiede. Die Feuerwehren mit einigermaßen hohem Einsatzaufkommen hatten vieles nachzubereiten, zu reparieren und waren darüber hinaus auch noch gut in Übung und sehr brauchbar. Für die wenige Zeit der Entspannung war an die Fahrzeughalle ein Aufenthaltsraum angebaut in dem man zum

Ausklang noch ein, zwei Bier zusammen trank. Die kleineren Feuerwehren mit wenig Einsatzaufkommen hatten ebensolche Gebäude zu eigen, hierbei handelte es sich jedoch mehr um eine Kneipe mit angebauter kleiner Garage für das Löschfahrzeug, um die Leute im wahrsten Sinne des Wortes bei der Stange zu halten.

Williams Anschein nach handelte es sich um eine mittelgroße Feuerwehr, die ihm für seine Zwecke aber völlig ausreichte. So betrat der Maschinenbaustudent Andy Radscold das Gebäude und traf auf Gerome, einen etwa gleichaltrigen Feuerwehrmann. Er erzählte gleich den Beweggrund seines Besuchs, nämlich dass er für zwei Semester in Calais studieren würde, gleich in der Nähe wohne und er seine Feuerwehr in der Heimat so sehr vermisse, dass er in dieser Zeit sehr gerne hier einsteigen würde. Gerome freute sich über das Interesse. Allen Feuerwehren gleich war zunächst eine Schnupperphase mit anschließendem Entscheidungsprozess. Es gab also am heutigen Abend keinen Grund zur Sorge um einen Identitätsverlust. Die Führung begann in der Fahrzeughalle. William war nie Mitglied in einer Feuerwehr, dennoch waren ihm die verschiedenen Fahrzeuge mit ihren Funktionen von den Rettungsdiensteinsätzen her bekannt. Bedauerlicherweise stand das gesuchte Fahrzeug am Ende der Fahrzeugreihe und ein einstündiger Informationserguss von Kreiselpumpen bis hin zu Kupplungen, Schläuchen, und Maximalausladungen überströmte ihn. Gegen halb acht war es dann endlich so weit. Das rechte hintere Schubladenfach des Fahrzeugs war das Spannende, er hatte es sich gut eingeprägt. Ein kurzer Small-Talk mit weiteren Mitgliedern ließ sich nicht vermeiden, bevor William die Gesellschaft auch schon wieder verlassen musste. Er nutzte die Gelegenheit um noch einmal auszutreten, aus Versehen auf der Damentoilette. Da an diesem Abend jedoch keine Feuerwehrfrauen anwesend waren, fiel dieser Fauxpas keinem weiter auf.

Den restlichen Abend verbrachte er bis etwa ein Uhr nachts im Café. Dann machte er sich erneut auf zur Feuerwache. Durch das zuvor von ihm geöffnete, nur angelehnte und von den Feuerwehrmännern unbemerkte Fenster auf der Damentoilette stieg er ein. Alles was nun noch dazwischen kommen konnte war ein richtiger Alarm bei dem plötzlich alle Mitglieder binnen Minuten an der Wache waren. Er schlich zu besagtem Feuerwehrfahrzeug und öffnete leise das Fach um den «Twistfix» zu entnehmen. Ein handlicher Werkzeugkasten mit einem Spezialwerkzeug, für Autorisierte legitim, zum Öffnen verschlossener Türen. Es war auf portabel getrimmt, was ihm den Transport deutlich erleichterte. Mit dem Koffer in der Hand begab er sich zu dem nur achthundert Meter entfernten Haus der Brundé's. Die Terrassentür im Gartenbereich die er noch in Erinnerung hatte war gar kein Problem für einen Twistfix. Mit Latexhandschuhen die er noch aus der Rehabilitationsklinik mitgenommen hatte, setzte er das Gerät an und drehte manuell das Schloss auf bis es durchdrehte und nicht mehr schloss.

Seine guten Noten in Psychologie waren nicht von ungefähr. Die Situation stellte sich genauso dar wie er vermutete. Die nun körperlich und leider auch geistig alleine stehende Frau Brundé hatte keine Kraft mehr in das alte Haus zurückzukehren, aus diesem Grund auch noch keine Kraft es gänzlich leer zu räumen. Im ersten Stock war das Büro mit dem Computer noch unversehrt zu finden. Mit den Schraubenziehern aus dem Werkzeugkoffer war die Festplatte zügig ausgebaut, das Gehäuse wieder verschlossen und der Rückzug angebrochen. William hinterließ keine Spuren. Er begab sich zügig zurück zum Feuerwehrhaus und nahm den gleichen Weg hinein wie zuvor. Mit einem Druckluftschlauch blies er die ganzen makroskopischen Metallspäne vom Werkzeug in einen Müllsack den er mitnahm. Er verstaute den Werkzeugkasten wieder im Fahrzeug und verschwand.

William wollte den ersten Zug am Morgen nach Dover nehmen um wie geplant zurück zu sein. Er hatte noch eine Stunde die er fernab vom Bahnsteig in einem alten

Weichenhäuschen im Bereich des Güterbahnhofs saß um zur Ruhe zu kommen und über Sinn und Unsinn seines letzten Aktes nachzudenken. Was würde man feststellen? Klare Sache, den Einbruch und den Diebstahl. Man würde auch herausfinden, dass die Tür mit einem Twistfix geöffnet wurde. Alle Twistfixe der Umgebung würden gecheckt werden, wohl auch der der besagten Feuerwache. Die Männer dort hatten einen falschen Namen, es gab erst einmal keine Hinweise auf seine Identität, und Spuren am Werkzeug selbst waren nicht mehr vorhanden sodass William in Summe nicht ganz aus der Nummer raus, diese aber auch ein gutes Stück undurchsichtig war. Der Kürze der Zeit und dem Druck geschuldet ganz in Ordnung.

Am nächsten Morgen kam er sichtlich übermüdet in Wingham an. Er verbrachte die Woche noch dort, bevor er nach London fuhr. Die letzten Herbsttage waren herrlich, im Ort lagen die Cottages von halb kahlen Bäumen umgeben völlig ruhig da. Am Boden ein Teppich aus bunten Blättern. William mochte in dieser Jahreszeit. In dieser Woche konnte sich William noch einmal richtig erholen.

In London zurück, führte trotz allem Lernstress der erste Weg zum Schließfach. Zum einen um zu checken ob die Krumme noch an Ort und Stelle lag, zum anderen um zusätzlich die Festplatte darin zu verstauen, denn er beschloss auch diese erst einmal dort ruhen zu lassen. Die ganzen Reisen hatten das Konto erneut deutlich schrumpfen lassen. Von anderer Stelle, seien es die Eltern oder der Nebenjob konnte er in nächster Zeit keine weiteren Einkünfte erwarten. Er sah sich also gezwungen einen Kredit aufzunehmen. 2000 Pfund würden reichen. Er begab sich zu einem der großen, speziell für Mediziner ausgelegten Versicherungs- und Finanzunternehmen, die einem zu Studentenzeiten beinahe alles schenkten und versprachen und später zu Arztzeiten einen so dermaßen vertraglich banden, dass fast alles zu spät war. Er unterzeichnete einen 2000 Pfund jetzt, Ratenzahlung erst ab Arztsein-Kredit. Es gab keine andere Wahl.

Tag ein Tag aus studierte er fortan die «Last Chance-Lehrbücher» in der British Library. Zweiunddreißig Fächer standen insgesamt an. Dabei war es wie im richtigen Leben. Die Kleinsten nahmen sich am wichtigsten. Randgruppen wie Humangenetiker, Dermatologen oder Arbeitsmediziner waren ganz vorne dabei. Wie sehr die selbstgesetzte Wichtigkeit reichte, konnte William mit drei einfachen Examensfragen darstellen:

Nennen Sie ein Onkogen und Tumor-Suppressor-Gen, welches in Xeroderma pigmentosum wegen der fehlenden Reparatur

mutiert sein könnte? Was sind testpsychologische Methoden für
störungsspezifische Hauterkrankungen? Was sind MAK- und
BAT-Werte für die Arbeitsplatzbelastung durch Bisphenol A?

Es half alles nichts, durch solche Fragen musste William durch. Aber Gott sein Dank nur noch ein Mal in wenigen Tagen, danach war Schluss damit. Da lobte er sich doch die deutlich plastischere Unfallchirurgie. Ein Knochen war kaputt, man packte schlau durchdacht Metall darauf, wartete sechs Wochen und gut war. Zumindest in der Regel. Sicherlich hatte das Fach auch deutlich komplexere Aspekte, aber die Plastizität war stets gewahrt was ihm durchaus sympathisch war.

Drei Tage vor den Prüfungen gingen die Bescheide zu den mündlichen Prüfungsfächern postalisch ein. Hier wurde man ergänzend zu den drei Tagen schriftlicher Prüfung in vier gelosten Fächern auch noch mündlich geprüft. William traf förmlich der Schlag. Chirurgie, Anästhesie und Innere Medizin waren zu verschmerzen aber Neurologie? Das in seinen Augen komplexeste Fach überhaupt. Die Lehre von den ganzen Strippen und Leitungen die durch den Körper zogen war schier uferlos. Er war während des Studiums froh, sich mit den Hauptleitungen und dem Sicherungskasten ein wenig auszukennen. Darüber hinaus war bei ihm aber eher Stromausfall angesagt. In der damaligen praktischen Prüfung hatten er und sein Kommilitone Elmet so wenig Ahnung von der Materie, dass er statt einem frischen, einen alten Schlaganfall mimte und Elmet daraufhin Parkinson erriet. Nur weil der Prüfer keine Lust auf Nachprüfungen hatte kamen beide aller Wahrscheinlichkeit nach durch. Elmet's Erklärung der Darstellung im Nachhinein war simpel. Er tippte auf den Forschungsschwerpunkt des Professors am Max-Plank-Zentrum und der lag nun mal in Bereich des Morbus Parkinson. Mit dem kürzesten Kurzlehrbuch dass er finden konnte informierte er sich über die wichtigsten neurologischen Krankheitsbilder und zeigte deutlich Mut zur Lücke.

Es kursierten Gerüchte welche Krankheitsbilder sehr wahrscheinlich dran kommen würden und welche nicht. Man machte dies meist an dem bisherigen Vorkommen in den Examina fest. Die gleiche Krankheit zwei Mal hintereinander kam jedoch auch schon vor, womit die ganzen Theorien wiederum auf wackeligen Beinen standen. An einem Abend an dem wieder einmal nichts mehr in den Kopf hineinging brauchte William eine Verschnaufpause. Er wusste wenn er mit seinen Nachforschungen anfangen würde, wäre er wieder viel zu leicht und zu lange abgelenkt, weshalb eine Alternativablenkung her musste. In einer Ecke der Library setzte er sich an einen Computer und erstellte ein Dokument mit dem Briefkopf des nationalen Prüfungsamtes für

Humanmediziner. Folgende Krankheiten verewigte er auf dem Papier: Hodentorsion, angeborener Schwachsinn, Perianalabszesse, Mykosen und Creutzfeldt-Jacob. Er druckte die Seite aus und positionierte sie zwischen den Lehrbüchern fürs letzte Staatsexamen im Regal.

Schon am Folgetag erhielt er von einem mitlernenden Kommilitonen den absoluten Geheimtipp, was alles im Examen gefragt werden würde. Jemand habe gute Kontakte zum Prüfungsamt und einen Auszug direkt von dessen Leiters Schreibtisch organisieren können. Die Prüfung sei in diesem Jahr sehr auf Haut- und Urogenitalkrankheiten sowie das neuropsychologische Gebiet ausgelegt. Die absoluten Geheimtipps seine Hodentorsion und angeborener Schwachsinn. Eine Kopie des Dokuments wurde aktuell mit 50 Pfund gehandelt. Da William bekannter Weise zu dieser Zeit andere Dauerausgaben hatte, konnte es sich eine Kopie leider nicht leisten und lehnte betroffen ab. Ein bisschen ärgerte er sich jedoch über das Geschäft das ihm mit der Idee offenbar durch die Lappen gegangen war. Aber wer konnte schon mit einem so lukrativen Kassenschlager rechnen?

Der erste Prüfungstag war gekommen. Überall waren Aufseher die einen sogar bis zu den Waschräumen begleiteten. Hier begann nun wirklich der Ernst des Lebens. Da war nichts mehr mit beschriebenen Toilettenpapierrollen, Lateindeklinationen auf der Wasserflasche oder das Smartphone im Schlüpfer. Mit einem «bestanden, aber keine Ahnung wie»-Gefühl ging William aus den Prüfungen heraus. Am Ende eines jeden Prüfungstages spielten sich immer die gleichen Szenen ab. Alle warteten draußen aufeinander, jeder hatte eine andere Antwort auf die gestellten Fragen, man einigte sich auf eine die einfach richtig sein musste, zumindest bis zu dem Zeitpunkt an dem der Semesterstreber das Spielfeld betrat und völlig anderer Meinung war. Auch die Foren im Internet überschlugen sich mit Antworten, mit Fragen die falsch gestellt wurden und somit gestrichen werden mussten und den ersten Androhungen juristischer Schritte gegen das Prüfungsamt. Eine hochemotionale Angelegenheit also. William wartete geduldig die Ergebnisse ab, Zeit sich verrückt zu machen hatte er auch überhaupt keine, die Entscheidung, ob Arzt oder nicht hing ja schließlich noch von ein paar Synapsen ab.

Zwei Wochen nach den schriftlichen Prüfungen wurden die Ergebnisse verteilt. Er hatte eine glatte Zwei. Nicht übel. Etwas entspannter, dennoch alles andere als tiefenentspannt lernte er strukturiert auf den 15. Februar hin. Um Punkt acht Uhr stand er mit drei weiteren Prüflingen vor dem Büro des Prüfungsvorsitzenden. Braune Captoe Derbys, eine graue

Anzughose, hellblaues unifarbenes Hemd mit weißem Kragen und weißen Ärmeln, dunkelblaue Manschettenknöpfe, eine dunkelblau-grau diagonal gestreifte Krawatte. Darüber das wichtigste: Der Kittel. Strahlend weiß und so glattgebügelt wie nie zuvor. Alle anderen hatten sich ähnlich herausgeputzt. Manche geschmackvoll, andere übel. Man konnte fast auch schon ein wenig die späteren Fachrichtungen erkennen. Wenn man eine in Dritte Welt Farben gehaltene Ringelstrumpfhose auf einen Leinenrock und eine Strickwickelweste trug, konnte nichts anderes als die Richtung Naturheilverfahren oder Alternative Medizin mit vielleicht Spezialisierung auf Hydrocolontherapie herauskommen. Bei dieser wurde einem schlicht und ergreifend so lange therapeutisch Wasser in den Enddarm gepumpt, bis es zu den Ohren wieder herauskam. Nur eben durch ärztliche Hand und zum 3,5-fachen Krankenkassenhonorar. Das es jemandem nach Entleerung am Ende einer solchen Prozedur besser ging als zuvor und man sich erleichtert fühlte wenn der ganze Druck wieder abgelassen war, war nur zu gut zu verstehen. Eine sehr gefragte Heilmethode in alternativen Kreisen.

Der Vorsitzende hatte sich vier Patienten aus der Klinik ausgesucht. Alle Prüfer und Prüflinge standen um das Bett herum und jeder wurde jedes Fach anhand des echten Krankheitsmusters des Patienten geprüft. Diese waren natürlich dementsprechend ausgewählt und so krank, dass man ein ganzes Semester lang Facharztprüfungen an ihnen hätte abhalten können. William schlug sich nicht schlecht. Sogar in praktischer Neurologie konnte er die meisten der geforderten Reflexe auslösen. Einzig und alleine der Kremasterreflex blieb aus, hierbei zogen sich die Hoden für gewöhnlich beim Bestreichen der Oberschenkelinnenseiten zurück. Der Prüfer meinte, es könne aber auch an einer anderen Ursache bei dem 92-jährigen Patienten liegen und brach diesen Teil der Untersuchung ab. Ein Mitprüfling war der absolute Rohrkrepierer womit jedoch zu rechnen war, die anderen einschließlich ihm, schlugen sich nach Williams Meinung genauso wie sie das ganze Studium über waren. Eine ziemlich beeindruckende Erkenntnis, wie eine Prüfungssituation doch zumindest überwiegend das Können eines Prüflings real abbilden konnte. Die mündliche Prüfung hatte auch nichts mehr mit den stupiden Auswahlfragen zu tun, hier waren schon Verständnis und Kontext gefragt was deutlich praxisnäher war und gute von schlechten zukünftigen Ärzten differenzierte.

Am zweiten mündlichen Prüfungstag saß man ähnlich gekleidet nur ohne Kittel in einem Konferenzraum. Hier ging es nur noch um den Feinschliff. Die Kollegin mit den markanten Strumpfhosen lehnte sich hier ziemlich weit aus dem Fenster. Alle, inklusive der Prüfer waren von so viel

Indolenz beeindruckt. Der prüfende Internist war Professor für Kardiologie und Chefarzt eines großen Herzzentrums. Seine ersten Fragen waren natürlich kardiologischer Natur. Als er dann Mrs. Leggins -wie die restliche Gruppe sie nannte- ansprach:

«Gehen wir nun einmal weg von der Kardiologie, hin zu anderen Bereichen der Inneren Medizin...»

fragte diese:

«Wie? Gehen Ihnen die Fragen aus?»

Eine Totenstille lag über der Gruppe. Der Vorsitzende ergriff nach einiger Zeit das Wort und mahnte sich sein Grab nicht allzu tief zu schaufeln, was jedoch bereits erfolgt war und zwar in der Dimension einer ganzen Gruft. Ab jetzt wurden für Frau Kollegin nur noch die allerfeinsten Kardiologie Fragen aufgetischt. Aktuelle Studien, Therapieregime, hoch spezialisierte Diagnostikverfahren. Sie kam deutlich ins Wanken und am Ende kostete sie die Aktion sogar eine ganze Note. William war in einer unbequemen Situation, da es dem Chirurgen stets ausreichte bei einer Fraktur zu sagen «muss operiert werden» oder «Man verplattet die Fraktur» ohne weiter ins Detail gehen zu müssen, wohingegen der Neurologe doch deutlich tiefer in die Stromkreise einstieg. Grausam. In Unfallchirurgie hätte er brillieren können und durfte nicht, in Neurologie wurde ein großes Spektrum verlangt und er konnte nicht. Am Ende der Prüfung wurden alle für dreißig Minuten rausgebeten und die Kommission beratschlagte die Noten. William bekam am Ende wie im Schriftlichen eine glatte Zwei. Zwei Kommentare waren nach Beglückwünschungen durch die Prüfer und Gruppenfoto bemerkenswert: William wurde nahegelegt kein Neurologe zu werden und Mrs. Leggins öfter mal die Klappe zu halten.

William war fortan Arzt. Das Gefühl war prinzipiell das Gleiche wie zuvor, vielleicht ein Stück weit entspannter ab nun einen Beruf zu haben und Geld verdienen zu können. In den nächsten Tagen waren die Nächte lang und der Alkoholfluss konstant, viele Kommilitonen verabschiedeten sich hiernach jedoch zügig aus der Stadt oder gar aus dem Land um wo anders Fuß zu fassen. Die Ausdünnung des Semesters erfolgte rasch. Zufrieden zog er selbst sich zunächst aufs Land nach Wingham zurück. Viele Kommilitonen hatten schon im Vorfeld Stellensuche betrieben, die meisten wurden auch bereits fündig. An diesem Punkt ließ es William allerdings ein wenig schleifen. Wahrscheinlich auch weil er dachte, er könnte sein Hobby in der Zeit zwischen Examen und Arbeitsbeginn wieder aufnehmen. Realistischer Weise wurde dieses jedoch mittlerweile durch einen Kredit finanziert und die notwendig werdenden weiteren Reisen wollten ebenfalls finanziert werden. Also musste Geld her und somit auch

Arbeit. Er bewarb sich am Royal London Hospital da es ihm dort gefallen hatte, er sich seiner Meinung nach dort auch nicht ungeschickt angestellt hatte, und die Noten in deren geforderten Zielbereich lagen. Er wusste dass die Rekrutierung der Neuärzte überwiegend aus dem Pool der Studenten des Praktischen Jahres der eigenen Klinik erfolgte und Wiedererkennung sowie persönliches Erscheinen sehr geschätzt wurden. Daher machte er sich höchstpersönlich auf den Weg die Bewerbung abzugeben und hatte großes Glück. Beim Betreten des Chefarztsekretariates stand der Chef persönlich am Dresen der Sekretärin um Korrespondenzen zu unterzeichnen. Von der Situation ein wenig überrumpelt, übergab William Prof. Masher die Bewerbung. Dieser gab zumindest einmal vor, sich noch an ihn zu erinnern und sich die Bewerbung anzusehen. Am nächsten Freitagmorgen bekam William in Wingham einen Anruf vom Personaloberarzt mit der Frage ob er heute Zeit habe.

«Natürlich, für ein Vorstellungsgespräch habe ich immer Zeit, ich mache mich gleich auf den Weg. »

«Nein Mr. Todt, dafür ist es ein wenig zu spät, Sie müssten den Vertrag bis 14 Uhr unterschrieben haben, da die Personalverwaltung dann schließt und Sie nur so am Montag bei uns starten könnten!»

Montag! Das ging ein wenig schnell, William war gerade einmal eine Woche lang Arzt und jetzt schon gleich richtige Patienten? Da man das Schicksal ja nicht herausfordern sollte, was er in der letzten Zeit ohnehin schon eifrig tat, entschied er sich dazu lieber einmal pünktlich um 13 Uhr zum Unterzeichnen in der Personalverwaltung des Royal London Hospital vorstellig zu werden.

Der Start ins Berufsleben war hart. Die Schwestern, vor allem die jungen und rotzigen, die ihr halbes Leben, also meist etwa acht Jahre in Raucherecken von Hauptschulen und in Piercingstudios verbracht hatten, nutzten den Vorteil schon länger im Haus zu sein als die jungen Ärzte maßlos aus. Ein paar nette waren schon dabei, diese trugen jedoch allenfalls zur Schadensbegrenzung bei. Abgesehen vom medizinischen Aspekt war die Organisationsarbeit furchtbar anstrengend. Wo meldet man welche Untersuchung an? Welcher Terminkalender ist wofür? Wie leitet man die Sprechstunden? Zudem ständige Konfrontationen. Botengänge waren nicht Aufgabe der Schwestern, also mussten es die Ärzte machen. Half mal eine der netten Schwestern aus, wurde sie stante pede zur Oberschwester Monika zitiert und musste geloben, dass dies nie wieder vorkommen würde. Hatte eine der Grazien aber aus Versehen mal einem Patienten die fünfzigfache Dosis eines Medikamentes gespritzt, dann war William plötzlich wieder ein guter alter Kumpel der das arme Stück Mensch irgendwie zum Überleben bringen und bitte nichts über den Fehler der Schwester verlauten lassen sollte. Das Operieren hingegen war hervorragend. Man war ein Team, die Sache hatte etwas Kontemplatives und auch wenn Prof. Masher ab und zu, wohl auch seinem Alter geschuldet, mal einen völligen Ausraster im Operationssaal hinlegte, empfand William diesen Part insgesamt als hochangenehm und befriedigend. Dummerweise kamen auf eine Stunde Operation sechs Stunden sonstige Arbeiten. Das war ein ähnliches Verhältnis wie das zwischen Hubschrauberflugzeit und notwendiger Wartung bei Piloten.

Einen weiteren positiven Effekt hatte das Berufsleben ohne Zweifel: das monatliche Gehalt. Nach den ersten beiden Monaten konnte er den Kredit ablösen, und sich in ein nettes 50 qm Appartement in der Whitechapel Road einmieten. Der Hauptraum war ein Wohn-Esszimmer. Hier hatten sein Schreibtisch, das Sofa und der Fernseher sowie ein Esstisch mit vier Stühlen Platz. Das zweite Zimmer nutzte er als Schlafzimmer, das Badezimmer war hell, mit Fenster und schön geräumig. Nach einem halben Jahr Arbeit war das Konto zumindest so ausgeglichen, dass an Mobilität und Wiederaufnahme des Hobbys zu denken war. William erfüllte sich einen lang gehegten Traum, einen 70er Austin Healey MK IV, 65 PS in British Racing Green, Lederverdeck, hellbraunen

Ledersitzen, Speichenfelgen und Chromaußenverkleidung. Da er zwar Arzt war, es aber bei weitem kein Ober- oder gar Chefarztgehalt war das er verdiente, mussten einige Abstriche gemacht werden. Die Sitze waren ziemlich abgesessen, die Motorleistung im unteren Bereich und der Lack etwas abgestumpft. Dennoch eine Augenweide. An einem freien Wochenende mietete er sich in eine Selbstmontageautowerkstatt ein und fing an den Lack mit sündhaft teurem Carnaubawachs aufzupolieren und den Sitzen eine Lederpflege zu spendieren. Der Erfolg ließ sich sehen. Der Healey glänzte wie eine Speckschwarte. Der Unterboden und der Motorraum waren astrein. Kein Rost, generalüberholter Motor. Da dieser weitere Schatz in seiner Sammlung von Investitionen nicht mehr ins Schließfach passte mietete William im Nachbarhaus einen Duplexgaragenstellplatz an. Das Fahrzeug wurde dort mit einem Softcover abgedeckt parkiert.

Während eines Nachtdienstes entdeckte William im Keller des Hospitals eine große Gitterbox mit Computerschrott, Rechner und Monitore die zwar meist noch intakt waren aber dennoch ausgemustert wurden. Im darauffolgenden Dienst fuhr er die wenigen Meter von zu Hause aus mit dem Auto zur Arbeit und ein Set aus Rechner, Monitor und dem dazugehörigen Kleinkram wanderte in den Kofferraum. Als er am Morgen die Klinik verließ fuhr er am Schließfach vorbei um die Festplatte zu holen. Zu Hause begann er gleich mit dem Aufstellen des Computers und dem Austausch der Festplatten in den an kein Netzwerk angeschlossenen und somit vor externen Zugriffen geschützten Computer. Es gelang ihm den Rechner hochzufahren, jedoch war ab dem Zeitpunkt der Passwortaufforderung erst einmal eine Zwangspause angesagt. Nahezu zwei Wochen lang versuchte William alle nur erdenklichen Kombinationen und Worte. Nichts. Er zerbrach sich schier den Kopf darüber. Er schätzte Brundé in den geistig noch fitten Zeiten als absolut logisch und systematisch denkend ein. So würde sicherlich auch sein Passwort funktionieren. William hatte die blöde Angewohnheit wenn er über etwas grübelte, ihm dies keine Ruhe mehr ließ, auch nicht in der Nacht. Er ging alles im Traum noch einmal durch, es ergaben sich die verrücktesten Passwortkonstellationen die meist absolut unrealistisch und auch falsch waren. Nach vielen ergebnislosen Nächten kam ihm eine Idee. «Mein wertvollstes und absolutes Lieblingsbild...» Er startete den Computer erneut. «*Seeschlacht*». Treffer. Diese simple Verknüpfung von Gehörtem und Gesehenen hatte ihn zwei Wochen seines Lebens gekostet und dabei hatte er theoretisch schon ab Minute Zwei des ersten Kennenlernens Brundé's das Passwort zu dessen Computer ohne es zu wissen. Wenn jetzt jede Datei ebenso verschlüsselt war wie der Account, war William in

Rente bis er alle Dokumente durchgesehen hatte. Dieses Schicksal blieb ihm jedoch erspart.

Vor einer Suche in fremden Datenquellen empfahl es sich erst einmal die Funktion «Versteckte Ordner anzeigen» zu aktivieren, das hatte er einmal irgendwo aufgeschnappt. Nachdem er nun den Begriff «Krumme» in die Suchfunktion eingab, erhielt er eine versteckte Datei. Sie lagen in einem Ordner «Antiquitäten» der wiederum in «Alte Sammlung» und «Gemälde» unterteilt war. Alles versteckt. Eine doch sehr verstaubte Methode Daten zu verbergen, wenn man an all die Möglichkeiten des modernen Hackings dachte. Die Tatsache, dass alle Dateien zu seiner Sammlung versteckt waren deutete auf keine vermutete oder wissentliche besondere Brisanz einzelner Stücke wie die Krumme hin. Es war wohl eher als eine globale Sicherungsmaßnahme zu werten. Bei der Datei zur Krumme handelte es sich um ein eingescanntes Dokument, die sorgsam geschriebene Quittung mit Blaupapierdurchschlag die Brundé damals auch im Original noch irgendwo besaß. Von Pensing's Erbengemeinschaft gestempelt, der Preis betrug damals 2600 Deutsche Mark. Mit Inflation und Umrechnung in Euro also etwas weniger als William im letzten Jahr dafür bezahlt hatte. Dann war da noch Brundé's Adresse als Rechnungsanschrift notiert. Lange saß William davor. Zoomte, entzoomte, änderte Helligkeiten und Kontraste. Alles schien schlüssig zu sein und zugleich auch wieder etwas zu fehlen.

Wollte man bei einem Röntgenbild mehr Weichteile sehen, so erhöhte man die Helligkeit und verringerte den Kontrast. Wollte man mehr Knochen sehen genau umgekehrt. William fand es immer hochamüsant wenn bei fetten Leuten eine Aufnahme des Beckens zu beurteilen war. Erst erkannte man nichts außer Schneegestöber, wenn man durch Korrigieren nachhalf kamen hinter all dem Fett ein Beckenknochen und die Hüftgelenke hervor. Ein Bild im Bild also. Was, wenn hier auch so ein Bild-im-Bild-Effekt vorlag, nur etwas komplexer als in schwarz-weiß? Es blieb ihm nichts anderes übrig als die gleichen Schritte immer und immer wieder für die einzelnen Farben vorzunehmen. Die Bearbeitung der Schwarztöne der vorgedruckten Linien ergab ebenso wenig wie die des Stempelblau und der Schrift. Einige rot gedruckte Elemente führten ebenfalls zu nichts. Prinzipiell hatte er alle Farbaspekte ohne weiteren Erkenntnisgewinn durch. Der Farbton des Blaupapiers fehlte nach einigen Überlegungen aber doch noch. Es schien so, als gäbe es eine kaum erkennbare aber dennoch vorhandene Überlagerung oder Farbübertragung mehrerer hintereinander liegender Quittungen. William überlegte, in welcher Konstellation eine solche Übertragung zustande kommen könnte. Es glich einem Palimpsest, einem antiken Schriftstück von dem aus Kostengründen der aktuelle Text entfernt und das Papyrus überschrieben wurde. Somit entstanden praktisch mehrere Werke übereinander. Das Verfahren der Lasermikroskopie, mit der verschiedene Papyrustiefen analysiert werden konnten, brachte hier Licht ins Dunkel und zum Beispiel das älteste Schriftstück des neuen Testaments zum Vorschein, ein kleines Bruchstück Papyrus aus der Zeit von 100-125 nach Christus, bei dem es sich um eine Abschrift des Johannesevangeliums handelte. Er kam zu dem Ergebnis, dass wenn die Rückseite des Blaupapiers durch mehrmalige Nutzung -wie es früher üblich war- im Laufe der Zeit mit Blaupartikeln in Kontakt kam, dieses von der eigentlichen Funktion des Durchdruckschutzes zum ungewollten Kopiermedium wurde. Die schemenhaft erkennbaren Bereiche enthielten an den entsprechenden Stellen wahrscheinlich die gleichen Informationen wie die zuvor liegende Quittung. Wenn man nun von dem Verkauf der Krumme im Set ausging, bestand eine geringe Chance, dass es sich bei den entdeckten rudimentären Lettern um die Quittung des Fassverkaufs handelte.

Die Suche im Internet wie Durchschriften am besten zu rekonstruieren seien ergab, dass nicht nur die exakte Farbwahl sondern auch die genaue Kontrastierung der einzelnen Druck- oder Schriftniveaus auf dem Papier notwendig waren. Somit war also mitentscheidend, ob man den Referenzpunkt zum Beispiel auf der Ebene der Bedruckung oder auf der Ebene der durchgedrückten Handschriftkonturen setzte. Nach Umsetzung der vorgeschlagenen Einstellungen waren immer noch nicht alle Areale erkennbar und letztendlich war die Ausbeute auch nach langem Experimentieren mager. Mit viel Phantasie konnte William die Worte «Ostrog» und «Thuri» erkennen, jedoch nicht, ob es sich hierbei um einen Namen, einen Ort oder sonst etwas handelte. Mit den Worten beziehungsweise den Fragmenten musste William auf die Onlinerecherche zurückgreifen, da ihm weder der eine, noch der andere Begriff etwas sagten. Im russischen bezeichnete man eine hölzerne Festung aus Palisadenwänden als Ostrog. Viele Städte vor allem in Richtung Sibirien waren aus solchen Festungen heraus entstanden. Sie boten Schutz und sichere Versteckmöglichkeit bei Angriffen. William sah sich erneut als alter, grauhaariger Mann nach Jahrzehnten vergebener Suche immer noch durch Russland irren, um das passende Ostrog zu suchen. Ein weiterer durchaus spannenderer Treffer war allerdings ein serbisch-orthodoxes Kloster namens Ostrog in Montenegro. Diese Spur gefiel William deutlich besser, ohne die andere außer Acht lassen zu wollen. Es handelte sich um ein in den Berg gebautes Kloster aus dem 17. Jahrhundert. Thuri schien der Vorname des Käufers zu sein, da die Internetsuche eine Reihe von Persönlichkeiten mit diesem Vornamen preisgab. Keiner dieser gefundenen Herrschaften schien so richtig im Zielbereich der Fahndung zu liegen jedoch gab es sicherlich noch mehr Thuris als die hier angegebenen. Eventuell ging der Name auch noch weiter, dies ließ sich jedoch nicht genau sagen. Nach Sichtung aller Ergebnisse schien die heißeste Spur wirklich das Kloster in Montenegro zu sein, vorausgesetzt es handelte sich bei der Quittung überhaupt um die des richtigen Gegenstandes. Schlaflose Nächte folgten erneut. Könnte es etwa der Name eines Mönchs sein?

Es musste einfach das Kloster in Montenegro sein, es lag relativ nah an Russland, hier stammte der angebliche Polizist her der Gregor vor Jahren aufsuchte. Die unmittelbare Nähe zweier Orte, nämlich Limoges und den îles de Lérins, hatte ihm schon einmal Glück gebracht. William war so fest hiervon überzeugt, dass er eine Reise ans adriatische Meer buchte. An seinen nächsten freien Tagen flog er nach Dubrovnik. Mit dem Nachtzug ging es durch die dämmende gebirgige Landschaft nach Danilovgrad. Er saß alleine im Speisewagen und ließ sich Burek, ein balkantypischer Strudel der mit Käse und Hackfleisch gefüllt war servieren. Das Kloster lag noch etwa fünfzehn Kilometer vom Bahnhof entfernt. Er legte die Strecke mit dem Taxi, einem alten Lada zurück. Die Ausstattung war vorzüglich: Selbstgestrickte Sitzbezüge, ein überquellender Aschenbecher und das halbe Wohnzimmer des Taxifahrers auf der Rückbank. Gegen neun Uhr am Morgen kam der Kunstgeschichtestudent aus London an der Klosterpforte an. Nach einigen überwundenen Sprachbarrieren stellte man ihn eher in der Funktion eines Eindringlings als der eines Gastes dem Touristenbeauftragen Mönch Dušan vor. Das Kloster war offenbar eine Pilgerstädte der serbisch-orthodoxen Kirche und auf den ersten Blick sehr auf Tourismus und den Verkauf von Devotionalien ausgelegt. Bruder Dušan konnte gottlob Englisch und in Kombination mit dem Verständnis des Grundes der Reise wechselte die angespannte Situation ob des «Eindringlings» alsbald in eine immer noch reservierte aber dennoch vorhandene Konversation. William erklärte ihm den genauen Grund seiner Reise. Bei seinen wissenschaftlichen Recherchen sei er in Zusammenhang mit Insignien aus Lérins auf den Namen einer Person gestoßen die eventuell im Kloster lebt oder gelebt haben könnte. Er stellte die Frage, ob ein Mönch namens «Thuri» hier lebte.

«Einen Thuri hatten wir hier nie, dafür aber eine Vielzahl an Thuriferar, sie wechseln täglich» lachte der Mönch, verschwand und rief ihm noch nach:

«Einen Thuri hätten sie ohne weiteres auch in London finden können, ohne durch ganz Europa zu reisen.»

William war unklar, wie er diese Information werten sollte, er brauchte Bedenkzeit. Er zog sich in die von Ikonen an Wänden und Decken übersäte Kapelle zurück und nahm aus seiner ledernen Aktentasche noch einmal alle Unterlagen hervor um sie in Anbetracht der neuen Erkenntnisse zu studieren. Pedes et Thuribules! Auf der Liste in Lérins stand dies über der Liste der Krummstäbe und Weihrauchfässer. Thuribulum war der lateinische Begriff für Weihrauchfass. William war also womöglich goldrichtig hier an diesem Ort. Er erzählte dem Mönch nach erneutem Aufsuchen in etwa die gleiche Geschichte wie Gregor, mit der Hoffnung sich in der Schatzkammer des Klosters umsehen zu dürfen. Doch diesmal wurde nichts daraus. Seit Jahren bestand ein absolutes Besichtigungsverbot für alle ordensfremden Personen. William fragte nach, und versuchte alles um trotz des Besuchsverbotes Zugang gewährt zu bekommen. Er erfuhr von einem mysteriösen Überfall vor einigen Jahren. Nach Ende der Öffnungszeit der Schatzkammer war der Antiquar des Klosters, ein gewisser Bruder Zorhan noch mit Umräumarbeiten beschäftigt, als er in der bereits abgeschlossenen Schatzkammer des Klosters von einem Besucher, der sich in einem der Wandschränke versteckt hielt überfallen wurde. Letztendlich schien es sich um einen banalen Straßenräuber gehandelt zu haben, da er scheinbar keine Kenntnisse über den Wert einiger Ausstellungsstücke hatte. Es sah eher nach einem unselektierten Mitnehmen aus. Zorhan wurde gefesselt und geknebelt, als er gefunden wurde war der Dieb bereits über alle Berge. Der Zufall wollte es, dass dieser von den Zollbehörden an der bosnischen Grenze aufgegriffen und verhaftet wurde. Wegen Kunstraub wurde er in Montenegro zu einer mehrjährigen Freiheitsstrafe verurteilt und die Kunstgegenstände dem Kloster zurückgegeben. Offenbar wollte der Dieb in die Schweiz flüchten, da er ein Flugticket von Dubrovnik nach Genf mit sich führte. Mehr wusste Dušan von dem Vorfall nicht mehr.

Es handelte sich sicherlich nicht um einen Straßenräuber. Viel mehr fand hier die Suche nach etwas Bestimmtem, aber dennoch nicht genau Bekannten statt. Es war das ähnliche Muster wie in Frankfurt und Calais. Nach dem gehörten war sicher auch der Polizist der in Lérins auftauchte kein echter Polizist. William fragte noch einmal explizit nach dem Diebesgut. Einige wertvolle Dinge waren wohl schon darunter, aber auch Sakralkunst die in Relation von wenig Wert war wurde entwendet. William musste nun einfach nach vorne preschen. Er fragte, ob ein vor Jahrzehnten in Deutschland erstandenes Weihrauchfass ebenfalls unter dem Diebesgut war. Tatsächlich wusste Dušan von dem Fass. Es war in guter Erinnerung geblieben, da dies von seinem Deutschen Besitzer als Dauerleihgabe einem ehemaligen Kommilitonen und heutigen Mitbruder an das Kloster gegeben wurde. Es wurde von ihnen auf etwa 100.000 serbische Dinar was etwa 1000 Euro entsprach geschätzt und damals gestohlen.

Eine direkt daneben stehende Monstranz im Wert von mehreren Zehntausend Euro wurde hingegen zurückgelassen. William konnte hier erst einmal nichts mehr ausrichten, die Informationen waren jedoch reiche Beute auch ohne das Fass gesehen zu haben.

Am Abend bezog er ein Zimmer in einer Pension in Danilovgrad. Er hatte noch vier Tage Zeit an das Fass heran zu kommen und musste noch mehr Fahrt aufnehmen. Am nächsten Morgen fuhr er erneut mit einem Taxi zum Kloster und bat an der Pforte um ein Gespräch mit Dušan. Er flehte ihn inständig um eine Möglichkeit an, zumindest das Weihrauchfass aus Deutschland sehen zu dürfen, da es sehr wahrscheinlich in Lérins gefertigt wurde und er über die dortige Handwerkskunst promovierte, es müsse aber eine «Summa cum laude» Arbeit mit vielen Highlights und somit auch dem Fass werden um eine Anstellung an den Musei Vaticani, den Vatikanischen Museen zu bekommen. Er rekapitulierte einen Monolog über nahezu alles Kunstwissen das er im Laufe seiner Suche auf diesem Gebiet erlernt hatte. Dušan ließ sich überzeugen, vorausgesetzt der Abt war einverstanden. Am Abend lag das Einverständnis vor und William durfte das Fass mit weißen Baumwollhandschuhen in der Ausstellung vor Dušan in Augenschein nehmen. Er wusste genau worauf zu achten war und so bestand kein Zweifel daran, dass für ihn eine Nachricht in einem Hohlraum zwischen dem Boden der Rauchkammer und dem Fassfuß hinterlegt war. Dieser war aus zwei halben Messingplatten gearbeitet die sich in der Mitte an einer Nahtstelle trafen. Die Naht war nicht verlötet. Wahrscheinlich musste man wieder beide Platten genau an der Nahtstelle auseinander treiben um den Hohlraum einsehen zu können.

«Ehrwürdiger Pater, ich möchte mich in aller Form für die nun folgenden Ereignisse entschuldigen und bitte um Vergebung!»

Blitzschnell packte William das Fass in seine Aktentasche und begann zu laufen. Der alte Mönch wusste nicht wie ihm geschah. Er rief mit zitternder Stimme: «Überfall! Überfall!»

doch in unmittelbarer Nähe war kein Ohr das den Hilferuf hätte empfangen können. William rannte den Weg zum Ausgang entlang, den er sich im Vorfeld für den soeben eingetretenen Fall der Fälle bereits gut eingeprägt hatte. Kurz vor dem Ausgang bemerkte er einige Mönche die mittlerweile durch Dušans Geschrei alarmiert zusammenliefen. Er passierte den Mönch an der Pforte halb anrempelnd und verschwand die lange, sich an den Berg schmiegende Treppe hinunter in der Dunkelheit. In seine Pension konnte er nicht mehr zurückkehren. Das Zimmer hatte er im Vorfeld bar gezahlt, der

Check-in lief darüber hinaus auf den Namen Andy Radscolt sodass zunächst keine direkte Verbindung zu ihm vorlag. Auf die paar zurückgelassenen Kleidungsstücke verzichtete er lieber in Anbetracht der Gefahr gefasst zu werden und der Strafe, die sein Vorgänger nach dem Diebstahl immer noch absaß. Er musste das Land so schnell wie möglich verlassen. Die Serpentinenstraße zum Kloster war als einziger Zugangsweg zu gefährlich, sodass William quer Feld ein durch die vom Vollmond erhellte, hügelige Landschaft lief. Um die Orientierung nicht zu verlieren blieb er stets in unmittelbarer Nähe der Straße. Die völlige Abgeschiedenheit und das unwegsame Gelände hielten ihm zwar erst einmal die Polizei vom Hals, waren aber auch gleichzeitig eine riesige Hürde. Nach der ersten Kreuzung wagte er daher seine Flucht auf der praktisch unbefahrenen Straße. Durch seine Position auf einer Anhöhe konnte er in der Ferne die Lichter eines Ortes erkennen, an denen er sich orientierte. Erst nach etwa dreißig Minuten Fußmarsch näherten sich die Lichter eines ersten Fahrzeugs. Es war ein Polizeiwagen. William versteckte sich im Wald. Nach weiteren 15 Minuten ein zweiter Streifenwagen. Nach drei Stunden Marsch machte William auf einer Lichtung Pause und plante das weitere Vorgehen. Er wollte unbedingt mit einem der ersten Züge das Land Richtung Bosnien und dann Kroatien verlassen. Im Grenzbereich sollte er auf keinen Fall mehr im Besitz des Weihrauchfasses sein und für den Fall einer Entdeckung der Beute sollte sich die Inschrift auch nicht mehr in der Nähe des Fasses befinden. Mit der Taschenlampe seines Smartphones und einem Multifunktionstool begann er vor Ort die beiden den Fassfuß bildenden Messingplättchen auseinander zu biegen. Im Inneren konnte er ein Metallplättchen mit Buchstaben erkennen. Er dehnte die Naht weiter auf bis er es mit der Zange greifen konnte. Nun hatte er den zweiten Schlüssel in Händen:

«FECIT IN LERINUM, ABBAS INNOCENTIUS WURSAMB, CLAVUS SECUNDUM»

«Gefertigt in Lérins, dem Abt Innozenz Wursamb als zweiten Schlüssel.»

Auch hier befanden sich halbierte Buchstaben am durchtrennten Nahtrand. William war seit diesem Moment endlich Besitzer der beiden Schlüssel. So gut es mit dem vorhandenen Werkzeug ging, brachte er den Fuß des Weihrauchfasses wieder in die ursprüngliche Position uns setzte den Fußmarsch fort. Schon längere Zeit hatte er keinen Streifenwagen mehr gesehen, sodass es sich offenbar nicht gerade um eine Großfahndung handelte. Dennoch blieb er vorsichtig. Mehrmals musste er in Deckung gehen, weil ein vorbeistreunendes Tier auch ein Polizist mit Hund hätte sein können. Gegen drei Uhr in der Früh erreichte er Danilovgrad.

Durch kleine Seitenstraßen schlich er sich bis zum Bahnhof. Dieser lag verlassen in der Dunkelheit. Der erste Zug nach Dubrovnik ging in einer Stunde. An einem Brunnen am Bahnsteig reinigte er Schuhe, Kleidung und Gesicht notdürftig, sodass zumindest ein wenig Zivilisation erkennbar war.

Bereits eine halbe Stunde von Abfahrt wurde der Zug am Gleis bereitgestellt. Es waren nur ein Ehepaar und eine ältere Frau am Bahnsteig. William bestieg den Zug und sperrte sich sofort in einer Toilette ein. Mit dem Tool öffnete er die Deckenklappe der Klimaanlage, wickelte das Weihrauchfass in eine gefundene leere Einkaufstüte ein und deponierte es im Lüftungsschacht. Danach verließ er wieder den Zug, kaufte ein Ticket und setzte sich in einen Großraumwagen. Alles verlief reibungslos. Bis kurz vor Dubrovnik waren keine Sicherheits- oder Zollbeamten in Sicht. Nach passieren der Grenze wurde William entspannter, stellte aber auch fest, dass es unmöglich war mit dem Diebesgut durch die Flughafenkontrollen zu gelangen. Es blieb ihm nichts anderes übrig als sich auf eine längere Zugreise einzustellen. Von Dubrovnik aus ging es sechs Stunden lang bis nach Zagreb, von dort aus acht Stunden lang mit dem Eurocity über Ljubljana und Salzburg nach München. In München nach kurzem Aufenthalt über Stuttgart und Paris nach Calais, der Trip mit dem Eurostar nach Dover und von dort aus nach London war nur noch ein Spaziergang.

Bis nach Deutschland praktizierte William das Versteckprocedere in jedem neuen Zug. Während der knapp 36 Stunden Zugfahrt ließ sich Schlaf nicht vermeiden. Er versuchte immer zu den neuralgischen Phasen an Grenzübergängen wach zu sein und im Inland ab und an die Augen zu schließen. Kritisch wurde es an der slowenisch-österreichischen Grenze. Hier wurden intensive Personen und Zugkontrollen gemacht. William war zum Notausstieg bereit. Zöllner gingen mit Hunden durch den Zug, öffneten Klappen und potentielle Verstecke. Sie hatten offensichtlich ein sehr traditionelles Verständnis von Kriminalität, da ihr Fokus ausnahmslos auf phänotypischen Bürgen neuer oder Nicht-EU-Mitgliedsstaaten lag. Weder er noch sein Versteck fielen auf. In London angekommen deponierte er unverzüglich die Beute im Schließfach und fuhr zu seinem Apartment. Den gesamten vorletzten Tag seines Dienstfrei verschlief William.

Irgendwann in der Nacht wachte er auf und begab sich vor den Computer. Mit der Photosoftware optimierte er zunächst die fotografierten Bilder des neuen Plättchens und fügte anschließend die beiden Inschriften an den Nahtstellen zusammen. In diesem Fall gestaltete sich die Übersetzung ebenfalls leicht.

«*SEPULCRUM AUGUSTINUM*»

«*Die Grabstätte des Augustinus*»

126

Zunächst fiel William natürlich der Hl. Augustinus ein. Dieser war Klostergründer und Bischof in Hippo im heutigen Algerien. Nach seinem Tod am 28. August 430 wurden die Gebeine über Sardinien nach Italien gebracht und in San Pietro in Ciel d'Oro in Pavia beigesetzt. Als Sarkophag diente ein aufwändig gestalteter Altar aus Marmor, der von 95 Figuren und 50 Marmorreliefs verziert war. Es handelte sich alleine schon vom Äußeren Erscheinungsbild her um ein imposantes Grabmal. Man konnte sich ohne weiteres ein damit verbundenes Geheimnis vorstellen. Wahrscheinlich sogar auch damit verbundene Verbrechen wie William sie erlebt hatte. Die nächste Reise schien also in die Lombardei zu gehen, einzig der Beruf stand dem Ganzen noch im Weg.

Als William am ersten Arbeitstag nach der Freiperiode wieder im Hospital zurück war wurde er sehr schnell in die Realität des Jungarztes zurückgeholt. In der letzten Zeit hatte sich die Personalsituation deutlich verschärft. Die Verwaltung strich nach und nach immer mehr Arztstellen, der Arbeitsdruck wuchs ins Unermessliche und somit auch die Arbeitszeit und natürlich auch die Zahl der Behandlungsfehler. Eben diese Verwaltung reduzierte sich selbst aber auch die Wochenarbeitsstunden bei gleichem Lohn und hatte einen 9 to 5, freitags 9 to 1 Job. Einige seiner Kollegen konnten die Zustände nicht mehr verantworten und kündigten, was die

Lage noch mehr dramatisierte. Leider hatte heute auch niemand der Klinikoberen mehr den Schneid, als dass er den Verwaltungsdirektoren Contra geben wollte. Dieser Misstand war der vorherigen Chefarztgeneration geschuldet. Diese hatten die Administration noch in allen Belangen selbst unter sich. Aufgrund der damals noch guten Einahmen in der Medizin wurde ihnen die Administration irgendwann Leid, Geld war ja genug da, und so beschäftigten sie sich lieber mit den Dingen die Spaß machten wie zum Beispiel das Operieren oder Golfen und stellten sich zur Administration Betriebswissenschaftler ein, die zuvor bei einem Reifenhersteller oder Zahnpastakonzern gearbeitet hatten, und medizinisch nicht mal einen Autoverbandkasten bedienen konnten. Genau diese hatten sich aber mittlerweile strategisch positioniert. Sie hatten jetzt die totale Entscheidungsgewalt über das «Medizin machen» und das zum Leidwesen von Arzt und Patient. Es war ein wahrlich mieses Leben als Assistenzarzt. Spaß machte der Job unter diesen Unständen schon lange nicht mehr. Umso verärgerter war William als ihm mitgeteilt wurde, aufgrund der Personalsituation zum wiederholten Mal auf eine Überwachungsstation zu müssen, die ihm für seine operative Laufbahn rein gar nichts brachte. Alles in allem eine absolute Zeitverschwendung. William dachte an Kündigung, konnte dies jedoch aufgrund der laufenden Ausgaben und der anstehenden Pläne nicht ohne weiteres tun. Darüber hinaus bestand zwischen den Chefärzten eine Art mafiöses Netzwerk. Verscherzte man es sich bei einem, wurden die anderen gleich darüber informiert. Eine probate Methode seine Angestellten klein und im eigenen Laden zu halten. Seinen Chef schätzte er zwar nicht so ein, gewiss war man jedoch nie.

William steigerte sich so in die Missstände seiner Gilde, dass er sich nach den ersten beiden Arbeitstagen bedauerlicherweise krank melden musste. Schwere Gastroenteritis, aufgrund der Aufregung wahrscheinlich. Der Flug nach Mailand bei strahlendem Sonnenschein sowie die Zugfahrt nach Pavia zwei Tage später waren herrlich. Er inspizierte den Altar des Hl. Augustinus genau. Er nahm davor Platz und betrachtete ihn eine lange Zeit von allen Seiten, wie er es sich in Bologna beigebracht hatte. Ein weiterer Inhalt neben den Gebeinen des Hl. Augustinus war durchaus vorstellbar. Das etwa vier Meter hohe Grabmal war in eine Apsis eingelassen und fungierte als Altar. Insgesamt handelte es sich um eine beeindruckende Kirche. Eine weitere dort bestattete Persönlichkeit war Severinus Boethius, der eine tragende Rolle in Dante Alighieri's Göttlicher Komödie innehatte.

Er bemerkte einen Priester in der Sakristei, deren Tür offen stand. Er klopfte vorsichtig an und trat hinein. Monsignore Pietro war erstaunt, als er die Geschichte eines Anthropologiestudenten hörte, der über die Gebeine in Reliquien promovierte. Pietro war von einem Studenten der offenbar extra aus London anreiste um das Grab zu besuchen sehr angetan. Er wollte ihn nicht einfach so mit einer Broschüre über die Kirche abspeisen. Beide begaben sich zu dem Grab. William erfuhr von einer Umbettung Augustinus' Gebeine an die heutige Stelle im Jahre 720. Wie die Gebeine seit ihrer Ankunft aufbewahrt wurden war nicht klar, fest stand jedoch, dass das Grabmal in der heutigen Form erst im 14. Jahrhundert durch Gian Galeazzo Visconti, einem Spross der berühmten Mailänder Herscherfamilie in Auftrag gegeben wurde.

William fragte ihn, ob, und wenn ja welche Analysen die Gebeine betreffend schon gelaufen seinen, da dies ja sein Spezialgebiet sei. Pietro konnte von keinerlei Untersuchungen am Grabmal berichten. Zumindest nicht in seiner Amtszeit. Die Krux war der nicht ohne Demontage mögliche Zugang zu dem eigentlichen Reliquienbehältnis. Man hätte den gesamten Altar demontieren müssen um ins Innere zu gelangen. Es gab lediglich die Dokumente aus der Erbauungszeit, die von einer großen Umbettungszeremonie berichteten. William war über den aktuellen Stand des Nicht-Wissens sichtlich verwundert. Er erwähnte die vielerorts zur Anwendung kommende Endoskopietechnik in solchen Fällen. Pietro hielt das Bohren eines Loches zum Einführen einer Kamera zum einen undenkbar und selbst wenn möglich, man nicht wisse auf welcher Höhe man bohren sollte. Am Ende würde das Grabmal aussehen wie ein Schweizer Käse und Keinem wäre geholfen. Er hatte offenbar schon einige Male einen Antrag auf wissenschaftliche Aufarbeitung und Dokumentation nach Rom geschickt, bei der Vielzahl an Reliquien und Kunstschätzen der katholischen Kirche gab es jedoch eine unendliche Warteschlange, deren Anfang noch lange nicht in Sicht war. Die eigene Kasse war viel zu knapp um überhaupt an etwas wie eine Analyse zu denken.

William betonte noch einmal seine Expertise bezüglich des Inneren von Sakralbauten und -gegenständen sowie der darin befindlichen Gebeine. Zudem verwies er auf die bereits abgeleisteten Einsätze in Frankreich, Deutschland und den Balkanstaaten. Er fragte Pietro, ob er wohl einer Untersuchung zustimmen würde, durch die keinerlei Zerstörung am Objekt passieren würde und keine Kosten auf ihn zukommen würden. Pietro war überrascht. Wenn er bei der Untersuchung dabei sein durfte und die Versprechen eingehalten werden würden, würde er einwilligen. William versprach zu sehen, was er machen könne und sich wieder zu melden.

Noch am gleichen Abend kontaktierte er Alex, einen Briten, der im London Royal Hospital regelmäßig die Wartungen der Röntgengeräte vornahm. Mittlerweile kannten sie sich ganz gut und William scheute sich nicht, eine etwas außergewöhnliche Frage zu stellen. Er erkundigte sich nach einem anmietbaren, mobilen Röntgengerät für Großtiere. Prinzipiell sind diese Geräte verfügbar und auch vom Hersteller anmietbar. Schwierigkeiten bereitete jedoch der Ort an dem ein solches benötigt wurde. Für ein paar Flaschen Guinness versprach Paul sich zum einen um eine Lösung zu kümmern, zum anderen im Hospital die Klappe zu halten. Am nächsten Tag kam der Bescheid über ein Gerät das in Mailand stünde und binnen zwei Tagen mit der nötigen Hardware nach Pavia geliefert werden könne. Die 1200 Euro Tagesmiete und Frachtkosten zahlte William bereitwillig gerne, wenn er nur ans Ziel kommen würde.

Die Idee den gesamten Altar zu durchleuchten war nicht etwa seine. Ein Landsmann von ihm hatte ganze Flugzeuge, Busse oder Radlader Stück für Stück geröntgt und dann graphisch die Bilder zu einem großen Ganzen als Kunst zusammengefügt. Warum sollte dies auch nicht mit einem Altar gehen. Pietro war von der Idee sehr begeistert. Besonders die substantielle Unversehrtheit des Objektes gefiel ihm zudem die Gewissheit über das Vorhandensein und die Position der Gebeine Erkenntnisse zu erlangen. Zwei Tage später wurde das Gerät geliefert und in Position gebracht. Mit einer Art in alle Richtungen beweglicher Teleskoparm wurden auch die Ecken des Altars erreicht. Man entschloss sich für das Arbeiten in der Nacht, da man so den Touristenströmen und etwaig auftretenden Fragen aus dem Weg ging.

Williams Plan stand. Die systematische Durchleuchtung des Altars von vorne und von seitlich. Auf dem Monitor wurden die aufgenommenen Bilder digital angezeigt und gespeichert. Sollte etwas zu sehen sein, was nicht für Pietros Augen bestimmt war, würde William blitzschnell das Vorgängerbild einblenden und somit trotz des Zuschauers ein eventuelles Geheimnis für sich behalten können. Von jeder Seite waren etwa dreißig Aufnahmen notwendig. Zunächst erfolgten zur Optimierung der Dosis und des korrekten Abstandes einige Probeaufnahmen bevor es losging. Von Oben nach Unten folgte Bild für Bild. Die Qualität war erstaunlich gut. Hohlräume oder Fremdkörper waren sicher erkennbar. Das Grab war sozusagen viergeschossig aufgebaut. Zu unterst ein etwa ein Meter hoher Sockel auf den hausbauartig drei Etagen mit Reliefen und Figuren verziert aufbauten. Bis zur ersten

Etage stellten sich die Röntgenbilder unspektakulär homogen dar. Keine Einschlüsse, purer Stein durch und durch. Die erste Etage enthielt den erwarteten Reliquienschrein. Man konnte mehrere Röhrenknochen und einen Schädel eindeutig erkennen. Pietro zitterte vor Aufregung. William versprach ausreichend Bilder zu schießen und fuhr bis zum Boden fort. Es zeigten sich keine weiteren Besonderheiten, auch nicht in der zweiten Röntgenebene. Soeben hatte er also wahrscheinlich 1200 Euro in den Sand gesetzt. Wenn es das richtige Zielobjekt war konnte das Gesuchte nur noch unterhalb des Altars liegen oder es sich schlicht und ergreifend um ein weiteres, neues Rätsel durch Figuren oder Reliefe vermittelt handeln. Frustriert speicherte er alle Bilder auf seiner und Pietros Festplatte, fotografierte den gesamten Altar noch einmal rundherum und zog sich dann zurück. Das Gerät wurde am nächsten Tag abtransportiert.

Der Petersdom in Rom wurde auf dem Grabe Petri erbaut, die Geburtskirche in Bethlehem über der mutmaßlichen Geburtsstätte Jesu und die Grabeskirche an der überlieferten Kreuzigungsstelle. Warum sollte also der Altar hier nicht ebenfalls genau über dem Gesuchten stehen? Eine Krypta unter diesem Bereich existierte nicht, soviel konnte Pietro sagen und an Abriss des Altars war zumindest zu diesem Zeitpunkt nicht zu denken. William musste also unverrichteter Dinge abreisen.

In London zurück, hing er die Bilder der Reihe nach an seinen Wänden auf und starrte sie wie bei den Ermittlungen zuvor schon so oft, wieder tagelang ohne Ergebnis an. Er kam einfach nicht weiter. Da die Gastroenteritis auch irgendwann einmal vorbei sein musste, beschloss er wieder arbeiten zu gehen.

Aufgrund seiner plötzlichen Erkrankung musste der Dienstplan erneut ziemlich über den Haufen geschmissen werden. Seine Stelle auf der Überwachungsstation war anderweitig notbesetzt worden. Für William war nur noch Platz als Notarzt, was in den Augen seines Chefs eine völlig abwertende Position war. Ihm machte der Job jedoch sehr viel Spaß und somit war die neue Position gar nicht so schlimm. Medizinisch korrekt konnte man von einem primären Krankheitsgewinn sprechen: Dem Konflikt durch Krankheit aus dem Weg gehen und sogar noch davon profitieren.

Die Tätigkeit als Notarzt war sensationell. Man war sein eigener Herr, was jedoch auch bedeutete, dass man der einzig Verantwortliche war. Zudem konnte man regelmäßig der Menschheit unverstellt ins Gesicht schauen was meist sehr aufschlussreich war. Kamen die Patienten mit einem Wehwehchen in die Klinik, bestand für selbige meist noch die Zeit sich ein wenig herzurichten, Wasser und Seife zu nutzen oder unangenehme Dinge wie schmutzige Unterwäsche,

Piercings an kritischen Stellen oder Waffen und Drogen abzulegen. Im Notarztdienst war dies anders. So plötzlich wie die Patienten erkrankten war an Aufräumarbeiten nicht zu denken. Man stolperte unmittelbar in eine Momentaufnahme. Das Klientel war auch sehr heterogen und man musste sich binnen kurzer Zeit auf verschiedene Intellekte und Kulturen einstellen können. Sagte man zu einem Penner:

«Hätten Sie die Güte, Ihren Oberkörper zu entkleiden, damit wir ein EKG anlegen können...»

ging dieser davon aus, dass man sich über ihn lächerlich machte und schnell konnte eine gewaltgeladene Situation entstehen.

Würde man zu einer Privatierswitwe in Notting Hill sagen:

«Komm Alte, steh mal auf!»,

wäre das Geschrei ebenfalls sehr groß gewesen.

Eine ganz besondere Einsatzabfolge ließ diese Problematik oder besser gesagt, die Kunst sie nicht aufkommen zu lassen sehr exemplarisch nachvollziehen: Am dritten Diensttag wurde William in eine Sauna in Chelsea zu einem Beinbruch gerufen. Die gesamte Ecke mit ihren Bars, Geschäften und Publikum auf der Straße sah bereits beim Aussteigen recht homophil aus. Die Sauna entpuppte sich als ein Club für Schwule der Extraklassen. Im Keller des Clubs war ein Raum mit Sanitäranlagen untergebracht. Dieser Raum hatte zwei

Besonderheiten: Erstens fehlten die Dinge die Intimsphäre ausmachten wie Trennwände oder Kabinentüren, zweitens war keines der sehr heruntergekommenen Porzellane an die städtische Abwasserentsorgung angeschlossen. Stattdessen erschien der Fußboden verdächtig feucht. Beim Betreten der Szene verließen schon einige Gäste peinlich berührt den Raum. Offenbar war es zwischen zwei Gästen zu Meinungsverschiedenheiten bezüglich Abgabe- und Aufnahme von Körperflüssigkeiten gekommen, so dass der edle Spender sein Opfer mit schweren Stiefeln zusammentrat. Hierbei kam es wiederum zu einer offenen Unterschenkelfraktur der allerfeinsten Sorte. Nach Gabe von Schmerzmitteln, Verband und Schienung des Beines transportierten sie das Opfer ins Hospital. Der Schaden an den Weichteilen war immens und eine Hauttransplantation wurde notwendig. Zudem rief am nächsten Tag der Clubbesitzer mit der Nachricht an. Ein Putzmann habe ein Stück Knochen gefunden, ob man es noch brauchen könne? Im vorliegenden Fall gestaltete sich die Transplantation der Haut etwas komplexer da man in solchen Fällen ein besonderes großes Hautstück aus dem Schulterbereich benötigte. Wenn man nun jedoch den gesamten Rücken mit Phallussymbolen tätowiert hatte wie besagter Patient, fiel die Wahl der Hautregion für den Unterschenkel sehr schwer. Es blieb nichts anderes übrig, als ein Stück Haut mit Phallus zu transplantieren. Andere Menschen würden nach solch einer Haut- und gleichzeitigen Motivtransplantation nie wieder kurze Hosen tragen, dieser Patient war jedoch mit dem Transplantat am Unterschenkel unter seinesgleichen der King.

Gleich nach diesem Clubbesuch ging es für William zu einem Charity-Konzert in den Royal Mews. Der weltberühmte Pianist Boa Glades trat auf, die Eintrittskarte kostete mindestens 500 Pfund. Bei einer emeritierten Wirtschaftsprofessorin kam es zu einem neu aufgetretenen Vorhofflimmern. Die Herzaktion war so ungeordnet, dass ab und zu nicht genug Blut im Gehirn ankam und ihr kurzum die Lampen ausgingen. Die Patientin war sehr eloquent und so beharrlich. Wie es bei den meisten Londoner Ladies dieser Gattung der Fall war sah sie es nicht ein, das Konzert wegen einer ihrer Meinung nach banalen Erkrankung zu verlassen. Sie schilderte regelmäßige Kreislaufschwächen die ihr in ihrem hohen Alter von 86 Jahren wohl zustünden. Für gewöhnlich therapierte sie sich selbst mit einem Glas Pol Roger Rosé Champagner, der sei milder und runder als der normale Brut. Ein wohltemperiertes Glas des edlen Getränks wurde auch schon durch ihren Chauffeur aus der Minibar des Rolls Royce Phantom zu ihrem Logenplatz hertransportiert. Es war ein Phantom mit einigen bemerkenswerten Accessoires: Die Spirit of Ecstasy war in der Massiv-Silber Version gewählt, im Heck ein beleuchteter Glasschrank zwischen den Sitzen eingebaut, das Kühlbox- und

Kristallgläsersystem im Kofferraum eingelassen und die Initialen der Besitzerin in den Rückenlehnen verewigt. William wusste, dass er sie niemals von hier weg bekommen würde. Er klärte sie daher wie so viele andere zuvor und sicher noch viele danach auf den Tod als potentielle Folge einer Nichtbehandlung auf, ließ sie die Verweigerung unterschreiben und zog sich mit seinem Team wieder zurück.

Dies waren nur zwei Beispiele der teilweise extremen Patienten, die einem Notarzt im urbanen Gefüge begegneten. Man hätte Bände schreiben können. Vom Suizidenten der sich ein Messer vor seinen Kindern tief in den Bauch rammte, dem Junkie der mittlerweile zu wenig Hirn zum Schuss dosieren hatte und jetzt jede Woche mit Atemstillstand aufgrund einer Heroinüberdosierung kurz beatmet und dann wieder laufen gelassen werden musste, über die Baronesse die glaubt eine Fischvergiftung von Harrod`s Austern zu haben aber in Wirklichkeit nicht wahrhaben wollte, dass auch Adlige Verdauung haben, bis hin zum einigermaßen normalen Patienten mit Bürojob und vernünftigen Herzinfarkt oder Straßenbahnfahrer mit einem sauber ausgekugelten Schultergelenk, die durchaus auch ab und zu vorkamen.

Zwischen den Einsätzen hatte William ein wenig Zeit sich zu entspannen. Die Mahlzeiten wurden immer gemeinsam auf der Feuer- und Rettungswache eingenommen. Das war stets ein freudiges Ereignis. Es ging dort eher rustikal zu, sowohl bei den Mahlzeiten als auch beim Verhalten der Mannschaft. William liebte jedoch genau dieses Verweilen in dieser Gemeinschaft. Irgendwie waren alle Berufsfeuerwehr- und Rettungsdienstangestellten vom gleichen Schlag Mensch. Die meisten wohnten außerhalb der Stadt und gingen in ihrer Freizeit Zweitberufen nach. Mit der High Society und A-E Promis konnten sie nichts anfangen, dafür waren sie zu bodenständig geblieben. Häufig waren es Hobbyagriculturisten die kräftiges Anpacken durchaus gewohnt waren, was in dem Job auch oft notwendig war. Starke Kerle die dennoch einiges auf dem Kasten hatten. Diese Kombination war hier gefragt und darauf basierte wohl auch der Erfolg, dass insgesamt viel Schaden von der Bevölkerung abgewandt werden konnte, gleichzeitig aber niemand aus den eigenen Reihen zu Schaden kam. Es entstand zumindest im Einsatzdienst den William überblicken konnte ein Teamgeist, der ihn viele kritische Situationen leicht meistern ließ.

In einer längeren Pause zwischen zwei Einsätzen, die mit Tischfußball und Fernsehen überbrückt wurde, zog sich William in den Leseraum zurück um sich der berufsspezifischen aber auch der weltlichen Lektüre zuzuwenden. Es hatten sich im Laufe der Zeit einige

Zeitschriften angehäuft, da viele Mitglieder oder Auszubildende anderer Berufsfeuerwehren und Rettungsdiensten -auch aus dem Ausland-, zu Ausbildungszwecken her kamen und oft einige Utensilien wie zum Beispiel ihre Lektüre in der Muttersprache bei Abreise zurück ließen. So fand er auch eine fast aktuelle Ausgabe der italienischen Zeitung «La Nazione», die ihren Sitz in Florenz hatte. Er wollte einmal austesten, wie viel italienisch er nach seinem Aufenthalt dort noch konnte, respektive verstand.

Er staunte nicht schlecht, als er über einen Artikel eines Gemälderaubes aus der Pinacoteca Nazionale di Bologna stolperte. Es gab nun zwar einen Alarm zu einem ausgelösten Feuermelder in einem Hochhaus, er nahm die Zeitung aber vorsichtshalber einmal mit. Letztendlich ereigneten sich diese Meldungen zigmal am Tag und meist war außer einer in der Nähe des Brandmelders gerauchten Zigarette nichts dahinter. Irgendwie waren richtige Feuer aufgrund des modernen Brandschutzes mittlerweile Gott sei Dank rar geworden. Und damit hatte der Job des Feuerwehrmanns, der ja nun mal geboren wurde um Feuer zu löschen auch frustrierende Aspekte. Man konnte mit ausgelösten Brandmeldern ohne Feuer abends bei seinen Kindern eben wenig punkten. «Heute sind wir fünf Mal zu einer Brandmeldung ausgerückt, aber gebrannt hat es nie...» klang in den Ohren eines

Feuerwehrmanns in etwa so gut wie «Heute hat meine Freundin fünf mal nackt neben mir im Bett gelegen, aber....» Doch diesmal war es anders. Diesmal brannte sogar etwas im zwanzigsten Stock. Nichts weltbewegendes aber dennoch Grund für die Einsatzleitung genug, einen Notarzt vor Ort zu halten. Patienten sah William bei diesem Einsatz keine, hatte dadurch also genug Zeit es sich auf der Trage im Patientenraum des Fahrzeuges gemütlich zu machen und den Artikel zu studieren. Wenn er alles richtig verstand war der Raub zumindest teilweise aufgeklärt.

Die Räuber waren ein Antiquitätenhändler aus der Region, sein Bruder und sein Schwager der das Fluchtfahrzeug fuhr. Die Schwägerin arbeitete im Reinigungsteam des Museums und hatte Zugang zu Schlüsseln und Bekleidung. Durch den Beruf des einen und das Insiderwissen der anderen wusste das Trio in etwa, welche Gemälde Geld bringen würden und wie die Tagesabläufe im Museum waren. Beide Haupttäter betraten am Morgen mit dem regulären Reinigungspersonal das Museum. Dort bedienten sie sich der notwendigen Requisiten, der Rest war bekannt. Offenbar gingen sie bei der Veräußerung der Gemälde sehr plump und unwissend vor. Erst im Nachhinein bemerkten sie den Medienrummel um den Raub. Auch die beträchtlichen Werte überraschten sie, was ihnen das Veräußern deutlich erschwerte. Wahrscheinlich war genau dies auch die Problematik, aufgrund derer der Haupttäter einen schlecht laufenden Antiquitätenladen besaß und nicht bei Unternehmen wie zum Beispiel «bei denen die Straße runter» arbeitete. Irgendwie baute sich ein gewisser Druck bei den Dieben auf und das oberste Ziel war es die Werke wieder so schnell wie möglich los zu werden, auch wenn es keine Höchstpreise dafür gab. So kontaktierten sie vermutlicher Weise einen einschlägig bekannten, illegalen Kunsthändlerring und einige Wochen später kam ein Treffen mit zwei dubiosen Kunstsammlern zustande. Beide hatten Kontakte zur Mafia und bezogen daher auch ihre Reichtümer. Den Behörden waren die wohl schon häufig durchgeführten illegalen Kunstgeschäfte bekannt, nachweisbar war bis dato jedoch keines lückenlos. Offenbar ein sehr ausgeklügeltes und gut funktionierendes System. «Jesus und Dismas» und den «Triumph von Simson» wurden sie an die Sammler los. Jeweils für 325.000 Euro. Lachhaft, wenn man die geschätzten Einzelwerte beider Gemälde, die im siebenstelligen Bereich lagen, betrachtete. Daran merkte man wie sehr den Dieben das Gesäß brannte. Das «Abendmal» war jedoch selbst den beiden gerissenen Kunstsammlern zu heiß. Deren Schweigesystem war ebenso simpel wie effektiv, sagte man. Für jedes Aufflackern auch nur des kleinsten Gerüchtes, sie hätten etwas mit einem Raub oder gar dem Besitz eines gestohlenen Kunstgegenstandes zu tun, wurde stets ein Familienmitglied der Räuber oder Verkäufer getötet. Es war unklar, ob es in zurückliegenden Fällen schon soweit kommen musste. Die Arbeitsweisen der beiden Paten waren aber so sauber und deren Weste vordergründig so rein, dass man davon ausgehen konnte auch ohne etwas mitbekommen zu haben. Offenbar waren es auch die beiden, die den Dieben für die Weitervermarktung des «Abendmahls» den Modus operandi einer Kunstentführung nahelegten. Offenbar sehr primitiv fädelten sie diese dann im Verlauf ein. Ein Anwalt aus Bologna sollte die Verhandlungen und die Lösegeldübergabe führen und danach das Werk an einem Platz der nach Erhalt des Geldes mitgeteilt werden würde abholen. Nach einigen anonymen Telefongesprächen wurde ein Betrag von 1,5 Millionen Euro als Lösegeld vereinbart. Der Anwalt wurde am Übergabetag zunächst mit dem Auto etwa eine Stunde lang kreuz und quer durch die Stadt geschickt, dann schließlich sollte er über die Nordtangente wieder stadteinwärts fahren und plötzlich an der Autobahnbrücke die über den Fluss Reno führte anhalten um das Paket ins Wasser zu werfen. Natürlich war das Fahrzeug von Polizisten umgeben und natürlich konnten diese sich eine Übergabe in der Nähe eines Gewässers denken, da eine wasserdichte Verpackung ausdrücklich gefordert wurde. Letztendlich wurden die beiden Räuber die vor Ort waren mit jeweils einem Oberschenkeldurchschuss der Scharfschützen, die allesamt strategisch gut in der Nähe von Gewässern positioniert waren, zur Strecke gebracht und verhaftet. Es war sehr gut vorstellbar, dass auch die beiden Paten von der Festnahme erfuhren und wohl «not amused» ob dieser Tatsache waren, da man fortan mit plaudern rechnen musste. Wie dem auch immer sei, nachdem am Übergabeabend das Lösegeld im Reno schwamm, schwamm am nächsten Tag der dritte Räuber und gleichzeitig Schwager des Antiquitätenhändlers ebenfalls in selbigem und zwar mit einem aufgesetzten Kopfschuss versehen. Es sollte wohl eine Art Erinnerung an das Abgemachte sein. Der Antiquitätenhändler hatte durch die Ereignisse offenbar soviel Angst, verschuldet oder unverschuldet einen weiteren Angehörigen dran glauben lassen zu müssen, dass er sich als Zeichen das Schweigen strikt einzuhalten, am Folgetag in der Zelle erhang. Das Fazit des gesamten Raubes bisher war also: Ein wieder aufgetauchtes Gemälde, zwei andere die weiterhin verschwunden waren sowie eine Reduktion der Anzahl der Täter auf einen. Laut Presse schwieg der übriggebliebene Angeklagte beharrlich zu dem gesamten Vorfall, was den Prozess deutlich erschwerte. Das Feuer war mittlerweile aus, es ging wieder zurück zum Stützpunkt.

Der nächste Einsatz ging am späten Abend in die London Underground. Dort war ein alkoholisierter Tourist aus Neuseeland ins Gleisbett gestiegen und fand es günstig, dem Zug durch den Tunnel schon einmal entgegenzugehen.

Irgendwo auf halber Strecke traf man sich dann. Der Tourist hatte einigermaßen Glück. Er wurde lediglich zwischen Triebkopf und Tunnelwand eingeklemmt, aber nicht überrollt und getötet wurde. Die Versorgung gestaltete sich da kein rechtes Herankommen an ihn möglich war schwierig. Der Zug wurde mit aufblasbaren Kissen unterfüttert und nach deren Befüllung war eine Verdrängung des Zuges zur anderen Tunnelwand hin möglich. Der Patient konnte in Folge befreit werden. Diese Prozedur dauerte jedoch einige Zeit, indes versuchte William ihn zu stabilisieren. Er war den Umständen entsprechend in einen guten Zustand. Das Rettungskonzept in diesen Fällen war stets das Gleiche. Erst wurden die Atemwege untersucht und falls notwendig behandelt, dann die Atmung, danach wurde sich um den Kreislauf gekümmert und so weiter. Erst wenn ein Punkt abgeschlossen war wurde zum nächsten Übergegangen. Dieses Vorgehen verhinderte ein voreiliges fokussieren auf offensichtliche, aber schlechtesten falls nicht die schlimmsten Verletzungsaspekte. Eventuell tödliche Verletzungen könnten so außer Acht geraten. Zudem vergaß man durch das systematische Abarbeiten keinen relevanten Bereich. Der Patient war zwar soweit stabil, dass die Rettung und die Umsetzung des Zuges schonend erfolgen konnten. Nach der Befreiung ging es ihm jedoch schnell deutlich schlechter. Er hatte plötzlich eine massive Atemnot. In diesen Fällen sah das Versorgungsschema vor, wieder ganz vorne anzufangen, um eine neu aufgetretene Störung systematisch zu finden. Die Atemwege waren frei, soviel konnte William feststellen. Die Atmung war jedoch nicht mehr in Ordnung. Im Bereich des linken Brustkorbes konnte William kein Atemgeräusch hören. Ein Zeichen für einen Kollaps der Lunge. An dieser Stelle half nur eines, die Einlage einer Drainage in den Brustkorb. Somit konnte die Lunge sich wieder entfalten und die Atemnot war therapiert. Nachdem William diesen Eingriff an Ort und Stelle durchgeführt hatte besserte sich der Patientenzustand rasch. Er konnte ihn stabil in der Klinik abliefern.

Auf den Rückfahrten von aufwändigeren Einsätzen praktizierte William stets eine kritische Selbstreflexion. Was war gut? Was hätte er anders machen sollen? Hatte er Fehler gemacht? Plötzlich kamen ihm ganz andere Gedanken. Es sei wohl gar nicht so dumm, das soeben angewandte Konzept auch auf seine Suche anzuwenden: Bei Komplikationen oder wenn man nicht mehr weiter kam wieder von Vorne anzufangen. Am «*SEPULCRUM AUGUSTINUM*».

Nach Dienstende begab er sich daher gleich wieder an den Computer. Neben dem Heiligen Augustinus gab es allerdings keine wirklich heißen Spuren die mit der Sache hätten in Verbindung gebracht werden können. Daher versuchte er die Recherche zu verfeinern, suchte fortan nach einer Kombination aus Augustinus und Innozenz Wursamb und wurde scheinbar fündig. Eine Liste der Äbte des Klosters von Melk führte einen Augustin von Obernals, der 1480 Abt dort war. Sollte die Inschrift etwas mit dessen Grab zu tun haben? Melk war bevorzugte Grablege des österreichischen Adelsgeschlechts der Babenberger. Die gesamte Klosteranlage stand seit Jahren unter Denkmalschutz, sodass es eine berechtige Wahrscheinlichkeit gab auch noch alte Gräber dort zu finden. Online kam er kaum weiter. Er musste also Melk als nächstes Reiseziel avisieren. Die nächste Runde Dienstfrei nach zehn Arbeitstagen in Folge bot insgesamt vier Tage um diese Reise zu bewerkstelligen. Er buchte einen Flug nach Wien, von dort aus sollte es mit dem Mietwagen weiter gehen. Da er große Lust auf ein vernünftiges Fahrzeug hatte und es in Österreich durchaus gebirgig war, mietete er einen schwarzen, hervorragend motorisierten Range Rover.

Bei klarem Himmel setzte der Airbus der Austrian Airlines am Vienna International Airport auf. Der Wagen passte ausgesprochen gut zu Williams schwarzen Anzug, den schwarzen Kalbslederderbys und dem weißen Hemd. Hier zeigte sich wieder einmal eine der wenigen positiven Seiten seines Jobs. Obwohl man phasenweise das letzte Aas war, war der Lohn britischer Ärzte im Vergleich zu denen in Resteuropa zumindest noch so gut, dass ein gewisser, wenn auch bescheidener Lebensstandard gehalten werden konnte und sowohl die Kleidung als auch der Flug, Fahrzeug und Hotel William nach einiger Zeit im Job und den jährlichen Gehaltssteigerungen wenig weh taten. Die Zeiten in denen man nur über Nebenjobs an verschiedenen Orten in die selbigen kam und «low budget» leben musste waren ehrlicherweise vorüber. Für eine Omega Speedmaster die er so gerne besessen hätte reichte es zwar auch wieder nicht, auch nicht für die mittlerweile notwendig gewordene professionelle Generalsanierung des Austin Healey, der Trip nach Melk war jedoch durchaus drin.

Das Stift Melk am rechten Ufer der Donau auf einer Anhöhe gelegen war einer der imposantesten Anlagen die William je gesehen hatte. Inmitten einer wabenartigen, mehrgeschossigen Klosteranlage thronte die Stiftskirche, die die ohnehin schon hohen Gebäude nochmals überragte. Die Anlage beherbergte mehrere Innenhöfe. Die Sehenswürdigkeiten überhäuften sich: Marmorsäle, Bibliotheken, Parkanlagen, Türme, Fassaden, Flügel, eine nicht endende Reihe. Klöster oder zumindest Sakralbauten gab es auf dem Klosterhügel seit der Römerzeit, die heutige Anlage wurde jedoch erst in der Barockzeit Anfang des 18. Jahrhunderts errichtet.

Zunächst deckte sich William mit mehreren Büchern zur Geschichte des Klosters ein. Ein wichtiger Punkt war die Errichtung der heutigen Klosterform im 18. Jahrhundert, etwa 250 Jahre nach Abt Augustin von Obernals. Anfang des 15. Jahrhunderts war das Stift hoch verschuldet, die Mönche untereinander zerstritten und die Moral zerstört. Das Konzil von Konstanz legte eine grundlegende Reformation der Benediktinerklöster fest. Durch die Neueinführung der Klosterdisziplin erlangte das Stift erneute kulturelle Bedeutung, wirtschaftlich lag es jedoch nach wie vor am Boden zerstört da und war den zudem schwelenden Streitigkeiten des Adels ausgesetzt. So kamen auch Augustin von Obernals Rücktritt und die Bevorzugung eines von Friedrich III. gewünschten Nachfolgers zustande.

Obwohl das Kloster in der heutigen Form lange nach Augustin von Obernals errichtet wurde, waren einige Teile nie abgerissen sondern lediglich ausgebaut und erweitert worden. In einem der Öffentlichkeit zugänglichen Kryptabereich waren viele Gräber oder zumindest die Grabplatten der im Kloster verstorbenen Äbte dieser Zeit erhalten. Es waren mehrere verzweigte Räume die den Dimensionen des gesamten Klosters durchaus entsprachen. Anhand der Informationstafeln begab sich William in den Bereich der Äbte des 15. Und 16.

Jahrhunderts. Die Beleuchtung war spärlich und das Gewölbe erinnerte an einen alten, aus Bruchsteinen gemauerten Weinkeller. Der Unterschied war lediglich, dass in den Mauern keine edlen Weine sondern Gebeine lagen. Nach einiger Zeit fand er die gesuchte Grabplatte in den Boden eingelassen. Die Äbte die später verstarben mussten aus Platzgründen in die Wand ausweichen.

«*HIC RESURRECTIONEM EXPECTAT*»
«*Hier erwartet die Auferstehung*»

stand in großen Lettern über Augustinus Namen. Es war keine besondere Grabplatte verglichen mit den anderen. Einfacher, roter Sandstein, Standardtext. Nach außen hin wie erwartet keinerlei Hinweise die William hätten weiter bringen können. Er stand also diesmal ohne den Umweg des überirdischen Röntgens gleich vor dem Problem sich offenbar ausschließlich unterhalb der Erde befindlicher Dinge von Wert und Interesse, was ein wenig dem Prinzip von Himmel und Hölle widersprach, aber so zu sein schien. Er hatte also das Grab gefunden. Weiter war er noch nicht, wusste aber, dass wenn eine der beiden Spuren die richtige war er fortan definitiv unterhalb der Oberfläche suchen musste. Zur Mittagszeit ließ er sich auf einer Bank in einem der prächtig bepflanzten Innenhöfe nieder und studierte erneut die vor Ort erworbenen

Informationen, zudem durchforstete er erneut seine selbst mitgebrachten. Die Liste der Äbte schien ihm länger als die der Gräber. Dies war schon einigermaßen plausibel da der Ruf eines Abtes zu einer höheren Position oder an einem anderen Ort damals auch schon Usus war. Dennoch ging William auch hier streng nach dem Patientenversorgungskonzept vor und stürzte sich eben nicht direkt auf das Offensichtliche. In der Zeit in der die Äbte im betreffenden Bereich bestattet wurden kam es zu drei Rücktritten. Johann III. Flämming, Augustin von Obernals und Wolfgang II. Linzer. Zudem wurde Johann IV. von Schönburg Bischof und wechselte nach Gurk in Kärnten. Hier lag die Besonderheit. Von allen Gegangenen war lediglich Augustins Grabmal in Melk zu finden. Er recherchierte mittels Smartphone im Internet. Zurückgetretene Kleriker dieser Zeit hatten kein Anrecht auf eine Bestattung innerhalb des ehemaligen Regierungssitzes. Eine Bestattung innerhalb dieser Mauern war in diesem Fall sogar sehr unüblich, da ja meist ein Vorfall mit negativem Beigeschmack, selbst oder fremd verschuldet, die Bande zwischen Kirche und betreffender Person zerrissen hatte.

Beide Spuren, die in Pavia und die in Melk waren bisher nahezu gleich heiß. Die aktuelle vielleicht einen Hauch heißer, da es ja Ungereimtheiten bezüglich der Bestattung und Grablege trotz des unfreiwilligen Rücktritts gab. Er ging erneut in die Krypta. Es waren nur vereinzelt Touristen in den Räumen, zudem gab es keine Überwachungskameras oder Aufseher, da ja außer der fest in Mauerwerk und Bodenbelag eingemauerten Grabplatten und einigen Kerzenständern nichts zu stehlen vorhanden war. Der Fokus dieser zweiten Begehung lag auf der Einbettungsart der Platte. Sie war in einem Guss mit den großen Steinplatten des Fußbodens verfugt und es bestand kein Anhalt auf eine zwischenzeitliche Öffnung.

Beim letzten Mal waren ihm durch die rasche Kontaktaufnahme zu dem Hausherren die Hände sehr gebunden, Pietro wich ihm während der gesamten Untersuchungen in Pavia nicht mehr von der Seite. Daher beschloss William zunächst alleine zu agieren. Er hatte sich die Fugenbreite genau betrachtet und schätzte sie auf etwa 15 mm. Den Nachmittag verbrachte er damit eine Niederlassung eines Endoskopiegeräteherstellers ausfindig zu machen. Er fuhr nach Salzburg und gab dort an, für seine Praxis ein Gastroskop testen zu wollen. Dies war ein dünner Schlauch mit Fiberoptik zur Durchführung einer Magenspiegelung. Die Strategien und Ungangsformen von und mit Außendienstmitarbeitern von Medizinfirmen waren ihm aus der Klinik nicht fremd. Grundsätzlich waren es arme Schweine, die Tag ein Tag aus bei den Ärzten Klinken putzen mussten obwohl diese einfach nie die Zeit und Muße hatten, sich wirklich mit ihnen zu beschäftigen. Sie mussten stets devot sein und zu allem «Ja» und «Amen» sagen, da der Arzt sonst zur Konkurrenz gehen könnte. Letztendlich kauften aber sowohl die Kliniken als auch die niedergelassenen Kollegen doch immer nur dort, wo es die besten Verträge oder jahrelange Bekanntschaften gab. William nannte einfach die Adresse einer Gemeinschaftspraxis die mit einer Neueröffnung in den nächsten Wochen im Internet warb und schon lag ein Potpouri der neusten Gastroskope vor ihm. Er suchte sich eines ohne viel Gekabel aus, das absolute Basismodel. Der Schlauch, eine batteriebetriebene Lichtquelle an dessen Ende und ein Objektiv zum durchgucken. Er vereinbarte es in den nächsten Tagen postalisch zurückzuschicken. Natürlich war die Probe kostenlos. Im Anschluss ging es in einen Baumarkt. Das Gastroskop hatte einen maximalen Durchmesser von 12 mm, William erwarb einen Steinbohrer 500x14 mm, einen vernünftigen Akkuschrauber, Schnellmörtel und eine Taschenlampe.

Am nächsten Nachmittag begab er sich erneut ins Kloster. Im Rucksack befand sich das Equipment. Er war entschlossen aufs Ganze zu gehen und trat eine halbe Stunde vor Torschluss in die Krypta hinein. Hier wandte er die bereits erprobte Trennungstaktik von heiklem Material und Person an. In den engen Zwischenfluren zu den einzelnen Kryptaräumen waren entlang der Wände alte, offene Sandsteinsarkophage aufgestellt. Unter einem versteckte er den Rucksack, zwischen Wand und einem anderen Sarkophag positionierte er sich. Es war unwahrscheinlich entdeckt zu werden da das sowieso schon wenige Licht in den Fluren noch spärlicher war. Sollte er entdeckt werden konnte er immerhin noch etwas von einer Mutprobe, Gruselmanie oder sonst einer psychiatrischen Ursache erzählen. Die Krypta leerte sich und lange Zeit passierte nichts mehr. Von weitem hörte er plötzlich schlurfende Schritte in den Gemäuern. Es handelte sich offenbar nicht um den fittesten der Mönche, der diese letzte Runde ging. Es ähnelte eher einem Gang bei Morbus Parkinson wie er als Hobbyneurologe diagnostizierte. Nach und nach wurde es dunkler, schließlich war es Nacht um William und nur noch das Schließen eines Schlosses zu hören. Er kramte zunächst einmal sein Handwerkszeug hervor und wartete eine gute Stunde in der Dunkelheit ab. Von Außen drang kein einziges Geräusch ein. Auch die von William im Vorfeld geschätzte Position und Isolierung der Räume im Klosterkomplex ließen eine gute Geräuschabsorption vermuten. Vor Augustins Grab suchte er sich eine gute Stelle aus um mit der Bohrung zu beginnen. An einer Ecke der Grabplatte begann er in einigem Abstand zu dieser mit niedriger Drehzahl und somit auch wenig Geräuschkulisse eine Fuge im 45°-Winkel Richtung Platte aufzubohren. Eine Geduldssache, aber es war ja die ganze Nacht Zeit und ein

Ersatzakku auch zur Hand. Millimeter um Millimeter fraß sich der Bohrer in die Tiefe. Etwa dreißig Minuten später gab es einen Widerstandsverlust. Er schien also in einem Hohlraum gelandet zu sein, sofort stoppte der Bohrer. Es war die gleiche Handbewegung wie beim Bohren in Knochen. War man durch den Knochen durch musste ebenfalls gleich gestoppt werden, da sich der Bohrer ansonsten ins dahinter liegende Gewebe fraß, was im Falle von dort befindlichen Nerven oder Gefäßen hochproblematisch werden konnte. Nun führte er das Endoskop ein. Tatsächlich war er in der richtigen Tiefe, denn durch das Loch war eine Kammer zu sehen wie sie bei dieser Form Gräber zu erwarten war. Doch von einem Sarg, dessen Reste oder Gebeinen fehlte jede Spur. Stattdessen waren lediglich zwei hölzerne Kisten, etwa 35x25x30 Zentimeter zu sehen. Diese schienen noch sehr intakt zu sein. So gut es ging betrachtete er sie von allen Seiten und auch den Rest der Kammer, die darüber hinaus jedoch völlig leer war. Es gab keine Möglichkeit in die Kisten hineinzusehen. Irgendwie musste er aber dennoch an diese herankommen. Die Platte zu bewegen war nicht möglich, ein Zugang von der Seite her schon eher. Die an die aufgebohrte Fuge und die Grabplatte angrenzende Fußbodenplatte war etwa 35x35 Zentimeter groß. Solange die Akkus hielten, bohrte er die restliche Nacht im Schneckentempo im Abstand von 3-4 Zentimetern und parallel zum ersten Loch etwa 10 Löcher pro Bodenplattenseite entlang der Fugen. Anschließend versiegelte er die Eingänge der Löcher mit Mörtelplomben. Die feuchten Plomben überzog er mit dem angesammelten Bohrstaub, sodass kein Farbunterschied zur Originalfuge erkennbar war. Mit seiner Jacke verteilte er den restlichen Bohrstaub im gesamten Raum. Er versteckte sein Werkzeug wieder unter dem Sarkophag und legte sich auf seine Ausgangsposition. Mittlerweile war es vier Uhr morgens. Er stellte den Wecker seines Smartphones auf sechs Uhr und konnte trotz der Aufregung ein wenig schlafen.

Gegen acht Uhr war er schon lange wieder wach und hörte wie die Tür wieder aufgeschlossen, aber nicht geöffnet wurde. Das Licht ging an. Nachdem sich zehn Minuten nichts tat, schnappte er sich den Rucksack und verließ die Krypta und das Kloster. Dieses war ebenso wie er zwar schon lange erwacht, die Tourismusbereiche in einem derer er sich befand wurden jedoch gerade erst eröffnet und waren noch kaum besucht. Im weiteren Tagesverlauf erwarb er im erneut aufgesuchten Baumark eine billige große Reisetasche und einen Toilettensaugnapf. Am Abend nutzte er das gleiche Zugangsprocedere in die Krypta wie am Vortag was erneut gut funktionierte. Zunächst entfernte er die Mörtelplomben, dann positionierte er den Saugnapf auf der Bodenplatte. Das letzte noch zu bewerkstelligende Drittel der Bohrungen verlief komplikationslos. Nachdem die Bodenplatte zirkulär umbohrt war fing William an die noch bestehenden Fugenstege ebenfalls mit Bohrungen zu versehen. Somit wurden die Platte und deren Fundament immer instabiler, plötzlich brachen alle Stege und das jetzt lose Element verkantete sich in dem geschaffenen Zugang. Mit dem Saugnapf konnte William den gesamten Block nach oben auslösen und ein Zugang in die Kammer war geschaffen. Er konnte mit seinem Arm und Teilen der Schulter so tief hineingreifen, bis er beide Kisten fasste und zu sich her zog. Mit seinem Multifunktionstool öffnete er die erste Kiste. Er hätte mit allem gerechnet, mit sechs schwarzen Glasflaschen die im weitesten Sinne an Weinflaschen erinnerten jedoch niemals. William war ein weinig enttäuscht, baute aber auf die zweite Kiste. Leider war deren Inhalt identisch. Es waren keine Etiketten aufgeklebt und lesbar war ansonsten auch rein gar nichts. Auch die Kisten selbst boten weder eine Inschrift, weiteren Inhalt oder, und darauf achtete er besonders, einen doppelten Boden oder Holraum. Die Kisten ließ er zurück, die Flaschen verpackte er in der Reisetasche. Auch die Wände, Boden und Decke der Kammer konnte er mit dem Smartphone in guter Qualität filmen, erkannte beim Durchsehen der Aufnahmen aber nichts weiter Interessantes. Nun galt es Spuren zu beseitigen. Er setzte den Block wieder ein wenig verkeilt ein was jedoch bei einer insgesamt bestehenden Bodenunebenheit nicht weiter auffiel. Die Bohrlöcher füllte er mit einer gehörigen Portion

Mörtel wieder auf, komprimierte diesen gut, die Fuge bildete er erneut mit Bohrstaub farbecht nach. Er versteckte sein Handwerkszeug, die Beute und sich selbst anschließend wieder hinter dem Sarkophag. Um sechs Uhr morgens kontrollierte er die Fuge. Der Mörtel war soweit angetrocknet, dass zumindest mit seinen bescheidenen Beleuchtungsmöglichkeiten kein Unterschied der Fugen mehr erkennbar war. Zwei Stunden später wurde pünktlich aufgeschlossen und wie am Vortag geschah erst einmal nichts. Er hatte diesmal recht schwer zu tragen und war sehr langsam unterwegs. Da aber ebenso wenig los war wie am Tag zuvor fiel er erneut nicht weiter auf. Man musste sich ernsthaft die Frage stellen, ob der ganze Aufwand, die ganzen Ausgaben, Mühen und Ängste lohnenswert waren. Alkohol gab es im Supermarkt deutlich billiger und wollte man einen ganz edlen Tropfen verköstigen musste man eben eine Vinothek aufsuchen, was aber immer noch weniger kostspielig und strapaziös gewesen wäre als sein Unterfangen.

Am Auto angekommen inspizierte William seine Beute detaillierter. zwölf Flaschen aus dunklem Glas gefertigt, wahrscheinlich mundgeblasen da keine der anderen glich. Verschlossen waren sie allesamt mit einer Art Korken der scheinbar aus einem festeren Holz gefertigt worden war. Im Gegenlicht waren alle Flaschen noch mit einer Flüssigkeit gefüllt. Ohne sich mit altem Wein oder Spirituosen explizit auszukennen war ein Ursprung in Wursamb's Epoche durchaus denkbar. Zurück im Hotel beschloss William nicht zurückzufliegen sondern den Range Rover länger zu mieten und mit diesem zurück nach Großbritannien zu fahren. Es war ein schönes Fahrzeug mit dem er ohne weiteres längere Strecken gerne zurücklegte und außerdem war es undenkbar mit diesem Volumen an Flüssigkeiten durch Sicherheitskontrollen und Zölle der Flughäfen zu kommen. Da noch einige Tage übrig waren beschloss er ab und zu Stopps auf der Strecke einzulegen.

In München besuchte er die Pinakotheken, die ein bedeutendes Repertoire an Gemälden ausstellten. Das Deutsche Museum, die Frauenkirche, der Viktualienmarkt und die Maximilianstraße gehörten ebenfalls zu seinem Programm. Danach ging es in die in unmittelbarer Nähe gelegene Leopoldstraße mit ihren Monumentalbauten. Hier befand sich auch die Bayerische Staatsbibliothek. Ein riesiger Komplex von dem er während seiner Recherchen schon des Öfteren gelesen hatte. So lagerten hier zum Beispiel viele Unterlagen über die Krummstabkultur von Limoges. Beeindruckt betrat der die riesige, mit Marmor, meterhohen Skulpturen, Säulen und Rundbogenfenstern ausgestattete Eingangshalle. Es befanden sich knapp 10 Millionen Werke im Inneren und neben der British Library war sie die zweitgrößte

Zeitschriftenbibliothek Europas. Ihn überkam ein leidenschaftlicher Forschungsdrang. Die Lesesäle entsprachen der Größe derer in London. Riesige Glasfassaden, die architektonisch hervorragend als Anbau an die historische Bausubstanz angeschlossen wurden trennten das Innere von gebäudehohen Buchen und Eichenbäumen draußen. Mit einem Bibliothekswagen durchforstete er die Bücherregalreihen. Er lud sich eine beträchtliche Anzahl Bücher auf und suchte sich einen Leseplatz. Fokus der Recherche war die Geschichte des Weins und des Biers sowie deren Abfüllung. Andere Arten alkoholischer Getränke waren in Wursamb's Generation noch unbekannt. Es musste sich um eine der ersten Abfüllungen in Glasflaschen gehandelt haben die jemals erfolgten, denn diese tauchten erst im 16. Jahrhundert vereinzelt auf und wurden sicher nicht mit irgendeinem Fusel befüllt. Dies ließ William hoffen. Auch die Flaschenkorkenproduktion steckte damals noch in den Kinderschuhen und der Verschluss erfolgte eher mit einer Art weichen Gehölz.

Bis zum Beweis des Gegenteils ging William von folgender Theorie aus: Innozenz Wursamb war Besitzer dieser Flaschen und aus irgendeinem Grund war es notwendig oder lohnenswert diese zu verbergen. Als Abt von Melk hatte er scheinbar die Macht und Möglichkeiten, eine Grablege für Augustin von Obernals trotz dessen unrühmlichen

Ausscheidens anfertigen zu lassen. Offenbar war es ihm auch möglich, ohne größere Kenntnisnahme der Umgebung nicht Gebeine, sondern die Kisten zu bestatten. Für einen gewissen Wert sprach auch der Aufwand ein Rätsel zur Auffindung der Flaschen in seine Insignien Krumme und Weihrauchfass einarbeiten zu lassen. Dies war Grund genug, sich als nächstes der Person Wursamb und seiner Vita zu widmen. Das Vorhaben gestaltete sich allerdings ein wenig schwierig und die Erstellung eines lückenlosen Lebenslaufs war gar undenkbar. Die Zeit ab 1551 in Melk war einigermaßen vernünftig dokumentiert, die Zeit davor war allenfalls skizzierbar. Offenbar kam Wursamb aus Würzburg in Deutschland. Dort wurde 1252 durch Herrmann von Lobdeburg ein Kloster mit turbulenter Geschichte errichtet. Durch Aufstände zerstört, erlangte es ab 1582 durch Fürstbischof Julius Echter neue Blüte. Wursamb's Zeit im Kloster war also noch eine zerrüttete und arme Phase, die wenig mit dem sakralen Prunk der funktionierenden Klöster zu tun hatte. Wahrscheinlich war dies auch der Grund warum Ansprüche und Wertvorstellungen sehr schlicht waren. Weinbau wurde sowohl in der Region Franken in der Würzburg lag, als auch in der Wachau um Melk betrieben. Riesling, Grüner Veltliner und Neuburger gehörten zu den Toprebsorten Österreichs, Riesling, Müller-Thurgau und Silvaner Deutschlands.

In einem Werk über die Geschichte des Weins wurde William auf einen Hinweis aufmerksam, der vom zeitlichen Aspekt her sehr interessant war. Nach einem äußerst trockenen und sonnigen Jahr wurde 1540 in Würzburg der Wein gelesen. Mit den überwiegend vertrockneten Reben wurde versucht dennoch ein Wein zu keltern. Dieser Versuch erwies sich im Nachhinein als Glücksgriff. Der 1540er Würzburger Stein galt als erster Lagenwein der Welt, durch seinen hohen Zuckergehalt als erste Spätlese der Welt und einer der besten Weine des zweiten Jahrtausends nach Christus. Die letzte bekannte Flasche wurde im Bürgerspital zum Heiligen Geist in Würzburg aufbewahrt. Eine Abbildung der Flasche glich den seinigen ungemein. Die Behältnisse der Wachau zu dieser Zeit bestanden noch aus Ton und waren mit Hanfpfropfen verschlossen. Sollten es etwa Flaschen mit dem Inhalt 1540er Würzburger Stein sein? Wursamb könnte diese während seiner Zeit in Würzburg erworben oder geschenkt bekommen haben, bemerkte dann eine gewisse Wertsteigerung oder der Wert war für die damaligen Verhältnisse bereits beträchtlich hoch, und zog es vor diese als Kapitalanlage mit nach Melk zu nehmen und dort erst einmal sicher zu deponieren. Noch heute war hochrangigem Klerus ein Jahreskontingent an Weinen zustehend, wenn deren Bistümer noch im Besitz von Weinbergen waren.

Die vielen offenen Fragen konnten nur durch ein Verfahren geklärt werden: die Gaschromatographie. Er fand einen Hinweis, dass einer der führenden Weinkritiker weltweit vor etwa 10 Jahren die zweite noch vorhandene Flasche des 1540er Würzburger Steins öffnete und verkostete. Erstaunlicherweise war er noch genießbar, wenn auch «*rustikal und mit flachem Bouquet*».

Er erinnerte sich, von publizierten Analysen gefundener antiker Lebensmittel, Werkstoffen oder Überresten des Lebens gelesen zu haben. Seine weitere Onlinerecherche in München war für ihn als Laien uferlos und führte leider zu nichts. Er musste an dieser Stelle auch abbrechen da er ja nur auf der Durchreise war. So gut es ging versuchte er die Flaschen für die Weiterfahrt noch besser zu polstern als zuvor. Er hoffte auf sein Gespür und die Wunschgedanken.

Während der Arbeitstage in denen er mittlerweile wieder auf einer unfallchirurgischen Station eingesetzt war versuchte er durch mehrere verschiedene Suchansätze weiter zu kommen. Ein Nagel vom Kreuze Jesu, das Grabtuch von Turin oder die blutigen Tränen einer weinenden Madonna auf Malta wurden auf ihre Zusammensetzung hin untersucht und wissenschaftlich publiziert. Weine waren den Wissenschaftlern scheinbar zu langweilig, da hierzu auch nach längerer Recherche keine einzige Publikation zu finden war. Völlig unerwartet stolperte er jedoch über einen Artikel einer Weinzeitschrift über die Öffnung der besagten vorletzten Flasche, die in der Fachwelt ein vielbeschriebenes Ereignis war. Eine der Hauptfragen dieser Zeit war natürlich die Echtheit des edlen Tropfens. Nach wachsender Kritik wurden einige Milliliter des Weines zur «Altersbestimmung» in ein Labor gesandt. Um die Zweifler verstummen zu lassen wurden alle getätigten Analysen abgedruckt und erklärt, zudem viele Tabellen und Grafiken abgebildet um die zweifellose Echtheit zu bekunden. Mittels Gaschromatographie wurde erst einmal nachgewiesen, dass es sich um Wein handelte. Um die angewandten Analyseverfahren den 99% der weininteressierten Gesellschaft die sich nicht damit auskannten näher zu bringen, wurde auch das Original-Chromatogramm abgedruckt und erklärt. William hatte plötzlich tatsächlich den chemischen Fingerabdruck des 1540er Würzburger Steins vor sich liegen. Mit einer feinen Punktionsnadel, mit der man sonst Biopsien kleiner Organe vornahm, punktierte er eine Flasche durch den Korken hindurch und zog einen Milliliter ab um ihn im laborchemischen Institut gaschromatographieren zu lassen.

Der nächste Tag veränderte sein Leben mehr als alle bisherigen. Nach dem Erhalt des Untersuchungsergebnisses stieg die Anzahl der verbleibenden Flaschen des 1540er Würzburger Steins von eins auf dreizehn! Weine mit historischem Hintergrund wurden in Auktionen versteigert, die Preisentstehung war William jedoch völlig schleierhaft. Der teuerste je versteigerte Wein war ein 1869er Château Lafite-Rothschild der bei Northby's 230.000 Dollar brachte. William kam Barnsby in den Sinn, der sich trotz der Möglichkeit durch krumme Geschäfte zu Geld zu gelangen für ein bodenständiges, ehrliches Leben entschied.

Das Schließfach war mittlerweile so voll, dass nicht eine Flasche mehr hinein passte und er sich somit dazu entschloss, die Flaschen im Kellerabteil seines Apartment zwischen zu lagern. Dort suchte sicherlich niemand nach ihnen. In den folgenden Tagen dauerten die Operationen ewig und er kam nicht vor 22 Uhr aus der Klinik. Um wie andere Arbeitnehmer an wenigsten einem Tag der Woche vor 18 Uhr aus der Klinik zu kommen musste er sich bei den Oberen für das frühe Abtreten entschuldigen und darum bitten, was es ihm aber durchaus Wert war. Es brannte noch Licht in dem kleinen Antiquitätenladen am Bedford Square. William war von der vollständig unveränderten Inneneinrichtung nicht sonderlich überrascht, es sah exakt so aus wie bei seinem ersten Besuch. Sogar das Wetter war das Gleiche, strömender Regen.

Auch Barnsby selbst war seinem Stil treu geblieben. Außer der Krawatte die diesmal ganz im British Green gehalten war, konnte William keine Veränderung feststellen. Der gleiche Tee, der gleiche Pfeifentabak.

«Sie waren doch der junge Mann der so interessiert an Sakralkunst war, richtig?»

kam Barnsby auf William zu.

William fühlte sich gleich wieder von der speziellen Atmosphäre die das gesamte Setting ausstrahlte gebannt und heimisch zugleich. Er bekam wie beim letzten Mal gleich einen Stuhl und einen Tee angeboten. Es war ein «Hight tea», der zwischen 17 und 19 Uhr eingenommen und normalerweise zu herzhaften Hauptspeisen gereicht wurde mit der Modifikation, dass Barnsby als Hauptspeise das Gebäck des «Light tea» servierte. Sie sprachen zunächst über Gott und die Welt. Normalerweise müsste doch wenn ein Kunde den Laden betrat der Verkauf oberste Priorität haben. Natürlich bekam man beim Kauf eines BMW mal ein Glas Sekt oder beim Kauf eines Aston Martin auch zwei Gläser Champagner, aber in diesen Preissphären schwebte Barnsby's Inventar nicht annähernd und dennoch bot er bereitwillig Verköstigung an. William bekundete erneut Interesse an der Sakralkunst und Barnsby rezitierte mit wachsender Begeisterung Auszüge seines umfangreichen Wissens hierüber. Nach etwa einer Stunde merkte er an, schließen zu müssen. In seinem Laden herrschte Ordnung, auch wenn es nicht so aussah. Und daher war um Punkt 19 Uhr Ladenschluss. William entschuldigte sich, ihn solange aufgehalten zu haben und plante eigentlich ihn im Laufe der nächsten Woche noch einmal aufzusuchen um konkreter zu werden.

«Ich bitte Sie mein junger Freund, bleiben Sie, ich habe noch genug Tea da, für später stehen auch noch genügend Pfeifentabak oder alternativ einige Cohibas Siglo I sowie ein Highland Park 26 Years Single Malt zur Verfügung. Wenn Sie weiter nichts vorhaben würde ich die nette Unterhaltung gerne fortsetzten. Man trifft nicht alle Tage jemanden aus Ihrer Generation der sich für mein Gewerbe interessiert!»

Die Sympathien schienen auf Gegenseitigkeiten zu beruhen und obwohl das Geschäft nur mäßig florierte hatte Barnsby eines, einen guten Geschmack was Genussmittel anging. Er erzählte davon, wie viele Kunden ihn mit einem Pfandleihhaus verwechselten, andere mit einem Flohmarkt und dass er aber auch etwa alle zehn Jahre ein wirklich gutes Geschäft im vierstelligen Bereich machte. Der große Coup hatte ihn nie ereilt. Verheiratet war er auch gewesen, mit Magret, die vor einigen Jahren an einem Tumorleiden verstorben war. Seither bewohnte er die kleine Wohnung über dem Laden alleine, zu der in der letzten Ecke eine schmale hölzerne Wendeltreppe hinaufführte. Über ein richtig großes Geschäft hätte er sich sicherlich gefreut, auf der anderen Seite wäre er dann aber auch den Ängsten um Raub und Einbruch ausgesetzt gewesen. Dies blieb ihm bei seiner Art der Schaufensterauslage und des Inventars bisher erspart und war wiederum von Vorteil. Vereinzelt zog er auf den ersten Blick langweilig wirkende Gegenstände aus den Regalen und wusste spannend viel über Herkunft und den Weg des Objektes bis es zu ihm gelangte. Er blühte richtig auf und ließ die subjektiven Hochzeiten seines Ladens Revue passieren. Mittlerweile waren sie bei Whiskey und Pfeife angekommen, William rauchte eine Cohiba. Das warme, etwas schummrige Licht der Stehlampen schuf zusammen mit dem Rauch in dieser Kulisse eine herrliche Atmosphäre. Nun fing William an über sich zu erzählen. Das Medizinstudium und die Arbeit als Arzt. Wie es sich für einen Arzt gehörte wurde er in der kommenden halben Stunde mit sämtlichen Wehwehchen Barnsby's konfrontiert und musste hierzu Stellung nehmen. Dies fiel ihm nicht besonders schwer, da er es einfach gewohnt war in seiner Freizeit von Freunden, Bekannten und Familie mit seinem Beruf verbunden zu werden.

«Nun mal zum Wesentlichen! Wieso sind sie eigentlich hier? Sie möchten nichts kaufen, davon gehen ich aus!»

William wurde eines der wenigen Male in seinem Leben rot im Gesicht. Es war verrückt, er hatte soviel daran gesetzt alles bisher Geschehene keiner Menschen Seele preiszugeben und jetzt sollte er einem Fremden alles erzählen, da er offenbar auf dessen Hilfe angewiesen war? Irgendetwas in ihm ließ ihn spüren Barnsby vertrauen zu können, die Rationale sagte allerdings noch «Nein».

«Ich komme zu Ihnen, weil ich vorhabe etwas bei Northby`s zu ersteigern, bin aber völlig unwissend was die Gepflogenheiten eines so renommierten Auktionshauses angeht und wollte Sie daher kontaktieren, wie man am besten vorgeht und wo überall Stolpersteine liegen?»

Barnsby glaubte ihm kein Wort da er genau wusste, welche Werte die «die Straße runter» handelten und in etwa, was einem Assistenzarzt zur Verfügung stand. Selbst mit dem doppelten des geschätzten Gehalts wäre es noch eng geworden. Er ließ sich aber nichts anmerken und berichtete von dem, was er noch in Erinnerung hatte und was er von Freunden gehört hatte. Letzten Endes konnte Barnsby nichts Schlechtes über das Haus sagen. Seine Geschichte war die Konsequenz eines Unternehmens mit weißer Weste, das Negativpublicity gar nicht erst aufkommen ließ. William erfuhr von einem großen Geschäftszweig der sich mit anonymen Verkäufern und Käufern beschäftigte. In den höchstpreisigen Auktionen wollten beide Parteien in der Regel unerkannt bleiben was nur zu gut nachvollziehbar war, da beide durch ihr Bekanntwerden noch mehr Angst vor Diebstahl haben mussten als zuvor. Alles lief offenbar hochprofessionell ab.

«Ich glaube kaum, dass Sie den Service der Anonymität des Hauses in Anspruch nehmen müssen, oder haben Sie doch vor, «Die Goldene Adele» von Klimt zurückzukaufen?» und lachte.

William musste daraufhin auch herzhaft lachen. Er war von einem Profi enttarnt worden, das erste Mal seit er in die ganze Sache involviert wurde. Das war ein Zeichen!

«Ich bin im Besitz einiger Weinflaschen die ich veräußern möchte. Es besteht kein Zweifel daran, dass es sich um einen sehr wertvollen Wein handelt, von dem es bisher offiziell nur noch eine Flasche gab!»

Er erklärte Barnsby die Geschichte des Würzburger Steins und die Analyse der Gaschromatographie. Barnsby schwieg zunächst. Er nahm einen kräftigen Schluck Whiskey und zog einige Male in eine Ecke schauend an der Pfeife.

«Hast Du die Flaschen und deren Inhalt gefälscht?»

«Nein.»

«Woher hast Du sie?»

«Durch einen Zufall gefunden!»

«Hast Du Dich dabei strafbar gemacht?»

«Ja!»

Erneut schwieg Barnsby für Minuten und wirkte aufgebracht.

«Warum bist Du Dir so sicher, dass ich nicht zur Polizei gehe?»

William verstand, warum der Recht schaffende Mann der ihm gegenüber saß nun eine wirklich plausible Geschichte hören musste, andernfalls würde die zarte Bande des Vertrauens sofort wieder zerreißen. Er fing daher ganz von vorne mit dem Kauf der Krumme in Calais an und endete mit den Flaschen im Kellerabteil. Barnsby hörte gebannt zu und bekam während des zweistündigen Monologs immer größere Augen. Nach dessen Beendigung schwieg er zum dritten Mal, dann nickte er mehrfach und sagte:

«Respekt mein Sohn... Du hast Dich in dieser Sache zu weit aus dem Fenster gelehnt, nicht nur eine, sondern gleich mehrere Straftaten begangen und bist nicht mehr Wert, als ein räudiger Taschendieb... wenn ich in Deinem Alter gewesen wäre, hätte ich allerdings alles genauso gemacht wie Du!» Er begann zu grinsen. «Mein ganzes Leben lang habe ich auf so einen Coup gewartet der nie eingetreten ist. In meinem eher kürzeren als längeren Restleben werde ich in so eine Sache auch sicher nicht noch einmal verwickelt werden. Das heißt für

Dich mein Junge, du kannst mit dem alten Knaben rechnen, Chears!»

Beide stießen an. Barnsby hatte viele Fragen zu Details des bisher Geschehenen. Man konnte spüren, wie er alleine schon in den Erzählungen und der geistigen Mitfahrt auf den Reisen durch halb Europa aufging. Es war mittlerweile tiefste Nacht und sie saßen immer noch im Laden und sprachen. Barnsby versicherte einen alten Freund zu rekrutieren den er noch aus Studienzeiten kannte um den ersten Kontakt mit Northby`s aufzunehmen. Die Freundschaft bestand nur unter der Hand, da das Auktionshaus als Arbeitgeber des Freundes Namens Ben hiervon nicht begeistert gewesen wäre. Dennoch hielt sie seit über 50 Jahren, was bezeichnend war.

Zwei Abende später saßen beide in mittlerweile bekannter Umgebung erneut zusammen. Barnsby hatte Ben für später eingeladen. Er hatte am Vortag Kontakt zu ihm aufgenommen und ein Kommen vereinbart. Barnsby sah es als den richtigen Moment an, William das «Du» anzubieten. John genoss die Zeit mit William und dem aktuellen Abenteuer. Wie gerne hätte er William bei seinen bisherigen Touren begleitet. Nach einiger Zeit klopfte es an der verschlossenen Ladentür, es war wieder einmal weit nach Ladenschluss. Ben war vom gleichen Schlag Mensch wie John, das sah man sofort. Einzig seine Bekleidung war deutlich edler. Schwarzer Bowler Hat, schwarzer Flanell Trench Coat und Kalbsleder Loafer, diese sahen handgefertigt aus. Details wie Montblanc Manschettenknöpfe und eine Jaeger-LeCoultre Master zeugten von einem recht passablen Einkommen. Dennoch machte die Fassade ihn kein Stück arrogant und er lag mit John absolut auf einer Wellenlänge. Es war eine angenehme Runde bei Whiskey und Zigarren. Sobald es ans Geschäftliche ging wurde Ben gleich ein Stück weit ernster was aber nicht unangenehm war sondern eher von angebrachter Professionalität zeugte. Vom Ablauf her wurde die Ware üblicherweise an den Händler übergeben und zunächst einmal geschätzt. Natürlich verlief dies alles nach dem Treuhandprinzip. Woher die Ware kam war dem Hause egal, die Überprüfung der Herkunft lag in der Verantwortung des bearbeitenden Händlers. Eine heikle Angelegenheit für Ben, wenn man ihm Johns Rechtsverständnis unterstellte. Auf der anderen Seite musste man ihm auch Johns Abenteuerlust unterstellen, was sich bestätigte als er einwilligte.

«Die Vorgeschichte habe ich nie erfahren, für mich handelt es sich um einen Zufallsfund und somit sind wir auch schon in einem gewissen Ermessensspielraum der Abwicklung.»

Wo hingegen wenig Spielraum war, war die Bürokratie und die Provision. William musste seine gesamten Personalien offen legen und sich verpflichten die Provision von 20% des erzielten Wertes nach Geschäftsabschluss zu zahlen. Fortan war Schluss mit Andy Radscold, einem Anagramm zu Scotland Yard, das sich William während einer der Zugfahrten erdachte. Wahrscheinlich um sein Gewissen zu beruhigen und seinen richtigen Namen nicht zu gefährden.

William hatte sich in den letzten zwei Tagen zusätzlich selbst über die Diskretion und gebotenen Immunität des Auktionshauses informiert. Er hatte wenig Zweifel. Außerdem würden die Daten einer Auktion, die bestenfalls einige tausend Pfund bringen würde in Anbetracht von Millionengeschäften alsbald in einem wahrscheinlich sehr sicheren Archiv verschwinden und auf ewig dort zu unterst ruhen. Am nächsten Abend erfolgte die Übergabe der Ware. Ganz frei von Zweifeln war William dann doch nicht, er sah aber keine Möglichkeit jemals über alle Restzweifel erhaben zu sein. Mit den beiden Jungs hatte er es offenbar wirklich gut getroffen, sodass er es nun durchzog. Die Formalitäten wurden erledigt und die Flaschen nach einer kurzen Sichtung in Ben's Auto gebracht. Die Schätzung würde wohl eine knappe Woche in Anspruch nehmen, die Runde verabredete sich für die gleiche Uhrzeit eine Woche später wieder bei John. Beim nach Hause fahren konnte William noch sehen wie Ben mit seinem Fahrzeug in die bewachte Tiefgarage bei «denen die Straße runter» fuhr und sich das massive Eisentor dahinter verschloss. Dies beruhigte ihn ein wenig.

In den folgenden sieben Tagen waren seine Gedanken eher im Auktionshaus als in der Klinik. So kam die örtliche Betäubung am falschen Finger einer Patientin mit Bluterguss unter dem Fingernagel auch nicht von ungefähr. Aus dieser Erfahrung heraus mied er in dieser Woche den Einsatz im OP. Die falsche Betäubung ließ nach 20 Minuten wieder nach, ein falsch amputiertes Bein hätte ein Leben lang gefehlt. Auch von einem schräg zusammen geschraubten Oberarm hätte niemand etwas gehabt. Er zog es vor Stationsarbeit zu verrichten und Arztbriefe zu schreiben. Eine Woche später saß das Trio wieder um den Tisch, Ben brachte zusätzlich zum Umschlag des Schätzungsergebnisses eine Magnumflasche Laurent-Perrier Limited Edition Grand Siècle mit. William öffnete den Brief:

«Sehr geehrter Dr. Todt,

vielen Dank für Ihr Vertrauen in Northby's. Nach Überprüfung Ihrer übersandten Flaschen durch unseren externen Gutachter für historische Spirituosen Prof. Konstantin in Luzern, besteht kein Zweifel an der Echtheit der Abfüllung des 1540er Würzburger Steins.

Aufgrund der Rarität und Exklusivität Ihrer Ware wurde das Mindestgebot pro Flasche mit 190.000 Britischen Pfund festgelegt. Sollten alle Flaschen im ersten Auktionszyklus versteigert werden beträge der Mindestauktionswert 2.280.000 Britische Pfund...»

Williams Herz schlug mit einer fast ans Kammerflimmern reichenden Frequenz und es verschlug ihm die Sprache. Ben war einigermaßen gelassen da er Beträge in diesen Größenordnungen nahezu täglich behandelte. John war einfach nur überglücklich Teil des Ganzen zu sein und beglückwünschte William freudig. Williams Zustand hätte man als Schockstarre bezeichnen können. Es war einfach nicht im Ansatz fassbar was hier gerade passierte. Den Champagner, den er sich eben nur schmerzhaft hätte leisten können machte nun nur noch 0,0002% des zu erwartenden Vermögens aus. Die Auktion sollte nächsten Woche publiziert werden und 14 Tage nach dem Datum der Einstellung beginnen.

Diesmal war William wirklich krank. An einen normalen Tagesablauf war nicht zu denken und so blieb er der Arbeit erneut fern. Mittlerweile war es ihm sehr peinlich, aber selbst ein Rausschmiss hätte ihn in dieser Zeit kalt gelassen. Nachts war er wach, tagsüber irrte er in der Gegend herum. Seit dem Examen hatte er nicht mehr soviel nachgedacht wie in diesen Tagen, kam aber auch selten zu so wenigen Ergebnissen. Die Abende verbrachte er mit John und Ben im Laden. Sie saßen oft Stunden lang in der Sitzgruppe ohne ein Wort zu wechseln. Vereinzelt war jedem ein Grinsen abzugewinnen, vor allem Ben. 456.000 Pfund gingen alleine an ihn und Northby's. Ein ordentlicher Batzen Geld für den William aber auch eine sichere Anonymität erfahren durfte. Laut Ben sprach nichts dagegen, als Verkäufer bei der Auktion im Saal zu sein. In diesen Preisklassen war es jedoch nicht möglich sich zufällig im Vorbeigehen für ein Beiwohnen zu entscheiden sondern es musste eine Akkreditierung im Vorfeld erfolgen. Ben organisierte eine solche für William.

Am Auktionstag saß er dem Anlass entsprechend in der gleichen Montur in der er das mündliche Staatsexamen abgelegt hatte auf einer Bank vor dem Auktionshaus. Es kamen neben historischen Spirituosen noch antike Kunst Asiens und russisches Tafelsilber zum Aufruf. Im Laufe der Zeit fuhr ein beachtlicher Fuhrpark vor dem Haupteingang vor und aus den Limousinen stieg ein sehr illustres Publikum. Um 14 Uhr begann die Spirituosenauktion. In einem mehrere Meter hohen Raum mit Fischgrätparkett und hohen Stuckdecken fanden etwa sechzig Personen Platz. Der Auktionator stand auf einer Bühne und die aufgerufenen Gegenstände wurden hinter Panzerglasscheiben präsentiert. Im rechten Winkel zum Auktionator war eine Reihe Telefonisten mit Headsets positioniert die Kunden in der Leitung hatten die nicht kommen konnten oder wollten. Neben William saß ein älterer und sehr gepflegt erscheinender Herr, der sich an seinem Handy fürchterlich über die Standgebühr für Privatjets am Heathrow aufregte und aus Trotz entschied, wieder frühzeitig mit seiner Embrarer Phenom abzuheben und das Abendprogramm nach Korsika umzudisponieren. Unter normalen Umständen wäre William über die Maßen beeindruckt gewesen, in Anbetracht seiner bevorstehenden Auktion war dies natürlich nur bedingt möglich. Vor den Weinflaschen stand noch die Auktion einer Flasche Wodka auf dem Programm. Eine Flasche der Marke Zarewna durch Diamanten destilliert und mit einigen Einkarätern in und auf der Flasche verziert, wechselte für 510.000 Pfund den Besitzer der mit im Raum saß. Es war ein unscheinbarer Asiate, der allerdings links und rechts von zwei asiatischen Muskelpaketen umsäumt war. Unmittelbar nach der erfolgreichen Auktion verließ das Trio den Raum, der Wodkaliebhaber wirkte selig.

Nun kamen endlich Williams Flaschen zum Aufruf. Nüchtern wurden die Eckdaten zu diesen vorgetragen, ebenso wie das

Mindestgebot von 190.000 Pfund pro Stück. Niemand der Anwesenden und auch niemand am Telefon machten überhaupt Anstalten hier Flaschenweise zu bieten. Der erste Bieter aus dem Publikum signalisierte direkt 2.300.000 Pfund, also mit dem ersten Gebot bereits 20.000 Pfund über dem Mindestauktionswert. William war fassungslos. Im Raum gab es Gebote aus verschiedenen Ecken, in der Telefonecke glühte nur ein Draht, dieser aber dafür hochrot. 2.350.000 Pfund, 2.400.000 Pfund, 2.500.000 Pfund. Ab jetzt dezimierte sich die Zahl der Bieter. Es gab ein Kopf an Kopf Rennen zwischen einem schlanken, großen und sehr gediegen wirkenden Gentleman und einem anonymen Telefonbieter. Mittlerweile war man bei 3.000.000 Pfund angekommen. Nun stieg der Anwesende aus. Bei einem Betrag von 3.100.000 Pfund erhielt der anonyme Bieter den Zuschlag und schon war der Deal perfekt.

Williams konnte das soeben erlebte in keinster Weise einordnen. Prinzipiell war der jetzt ehemaliger Besitzer der Flaschen seit soeben mehrfacher Millionär, doch von dem Gefühl dass er der Besagte war, war keine Spur. Nur am Rande bemerkte er, dass der Rivale des neuen Flaschenbesitzers sichtlich um Kontenance ringend den Saal verließ. Mittlerweile war auch der Platz neben ihm frei geworden, was er gar nicht bemerkte. Erst als Ben neben ihm Platz nahm und ihm

«Glückwunsch, mein Freund!» und «Um 19 Uhr bei John, black tie!» zuflüsterte, war William wieder halbwegs bei der Sache. Die Auktionen liefen bereits weiter als wäre nichts gewesen. Es stand erneut irgendeine Flasche auf dem Podest, schon wieder war man in einer Größenordnung von 800.000 Pfund.

Ab 19 Uhr stieg eine legendäre Party im Bedford Square. John eröffnete einen Raum der durch eine verborgene Tür in einem der Regale zu erreichen war und in dem die Zeit scheinbar stillstand. Ein beeindruckendes Kaminzimmer kam zum Vorschein. Alle drei waren pünktlich und im Smoking erschienen. Aus einem Grammofon tönten leise Mozarts Hornkonzerte, das Feuer brannte und jeder hatte eine Zigarre oder Pfeife in Händen, was der Atmosphäre einen unbeschreiblichen Geruch verlieh. Diesmal gab es Whiskey und Laurent Perrier Champagner, Ben ließ die Veranstaltung durch The Ritz Restaurant catern. Alle beglückwünschten sich gegenseitig. Eine völlig surreale Situation, denn William war bis kurz vor dem Ziel sowohl der geistige als auch praktische Alleinakteur in dieser Mission und nun feierten gleich drei Menschen zusammen. Er war eben auf die Hilfe der beiden alten Knaben angewiesen ohne die das Finale nie hätte stattfinden können und somit war es auch legitim, dass beide an der Freude teilnahmen. Außerdem hatte er wirklich den

Eindruck, sie zehrten lediglich von der Tatsache, geistig involviert und Teilnehmer des spannenden Abenteuers gewesen zu sein.

Spätestens bei der Scheckübergabe durch Ben bestanden keine Zweifel mehr. William hielt einen auf sich ausgestellten Scheck über 2.644.000 Pfund -die Courtage war bereits abgezogen- in den Händen. Da er mit der Lloyd Bank und seinem Schließfach dort durchaus gute Erfahrungen gemacht hatte, plante er hier auch ein Konto zu eröffnen. Mit dem Scheck ging er am nächsten Tag an den Bankschalter. Die Angestellte staunte nicht schlecht, als er nach dem Aufruf seiner gezogenen Nummer mit dem Papier vor ihr stand. Sie verschwand kurz und kam mit einem sehr offiziell wirkenden Herrn der sich als Direktor vorstellte zurück. William wurde in dessen Büro gebeten. Es ging in einen dunklen holzvertäfelten Raum der mit Seidenteppichen ausgelegt war. Mr. Ween war sehr bemüht seine Bank zu bewerben, berichtete von Diskretion über Anlageoptionen bis hin zu Personal Service für Executive-Privatanleger. Zumindest nach außen hin wurden auch hier keine Anstalten gemacht, die Frage zu klären woher der Scheck kam beziehungsweise aus welchem Geschäft sein Erlös stammte. William deponierte bis auf 100.000 Pfund alles auf dem neu angelegten Depot. Am Abend im Laden erhielt John während der Manöverkritik 100.000 Pfund als

Dankeschön damit nicht nur Ben und William auf der monetären Seite von dem Coup profitierten. Ben mahnte William zur Vorsicht, dass in diesen Kapitalsphären zu viel Erzählen aber auch Nachfragen äußerst ungesund sein konnte und nannte mehrere Beispiele für «schwieriges» Kapital, das in seriösen Banken lagerte und durch unüberlegtes Nachfragen oder darüber Reden immer mal wieder unerwünschter Weise von den Medien aufgeschnappt und thematisiert wurde. Zum Beispiel das Nazigold welches in Schweizer Banken lagerte ohne das diese etwas davon wissen wollten oder die Finanzierung der Solidarnosc-Bewegung in Polen durch die Vatikanbank, die nie offiziell stattgefunden hatte. Daher hatten sich die Banken in einem gewissen Kundenstamm, und William gehörte seit gestern noch zu den kleinen Fischen in diesem Teich, auf so wenig Fragen wie nötig beschränkt, was Ween's Verhalten erklärte. William war sehr interessiert daran wer der Telefonbieter war, doch so viel er nachbohrte, Ben hielt dicht. Er machte gar keine Anstalten Ausflüchte wie «Weiß ich nicht, kann mich mal erkundigen!» hervorzubringen. Er teilte mit, den Namen zu kennen ihn aber nicht preiszugeben. Punkt. Prinzipiell profitierte William ja auch von dieser Verschwiegenheit in eigener Sache und so ließ er es gut sein.

Die nächste Zeit in der Klinik verlief etwas geregelter, da William für sechs Monate in eine Forschungsabteilung wechselte. Forschung gehörte eben auch zu den Aufgaben im Heilgewerbe und hatte den Vorteil eines geregelteren Arbeitstages ohne Nachtdienste und mit freien Wochenenden. Zudem war die Arbeitszeit während der Woche einigermaßen flexibel einteilbar. Seine Aufgabe war es spezielle Strukturen der Muskulatur der unteren Extremitäten zu untersuchen. Die Forschung und ihre Gepflogenheiten waren eine völlig neue Welt für ihn und er musste sich hier erst einmal wie bei seinem Berufsstart in der Klinik zurechtfinden. Zunächst ging es darum Untersuchungsmaterial zu organisieren. Der Leiter der Forschungsabteilung berichtete von einer langjährigen Zusammenarbeit mit einer Firma in den Vereinigten Staaten, bei der man Leichenpräparate seinen Wünschen entsprechend ordern konnte. Diese hätten auch einen passablen Bestand auf Lager, sodass man auch ausgefallene Wünsche durchaus erfüllt bekam. Sie besprachen die Bestellung von zwanzig Paaren Beine. Junge, alte, Männer und Frauen. Ein gesunder Mix durch die Population. Die Bestellung lief über einen Mittelsmann der die ganzen Einreiseformalitäten und internationalen Forschungsabkommen en detail kannte und sich darum kümmerte, wobei «Einreiseformalitäten» wohl auch der falsche Begriff hierfür war. Die komplette Lieferung der 800 kg erfolgte vier Wochen nach Bestellung. Anhand der Papiere konnte William rekonstruieren warum diese so lange brauchte. Drei Spender hatten zur Zeit der Bestellung noch gelebt, einer von ihnen sogar bis zwei Tage vor «Abreise». Das Geschäft um die Präparate war scheinbar genauso hart umkämpft wie das um Automobile oder Möbel. Seit dem Kontakt mit dem Mittelsmann stand William nicht nur mit der amerikanischen Firma in Kontakt sondern ungewollter Weise auch mit einer Firma aus dem Nahen Osten, die ihm immer mal wieder ein Bein für 400 statt 600 Dollar anbot. Ein sehr verlockendes Angebot, bedauerlicherweise konnte die günstigere Firma das Vorliegen aller Papiere, insbesondere der Einverständniserklärung der Menschen postmortal zerlegt und verschickt zu werden, nicht in jedem Fall garantieren. Die Seinigen waren zumindest über deren postmortales Procedere aufgeklärt und zeichneten sich zu Lebzeiten einverstanden. Erstaunlicherweise erhielten diese oder ihre Familien nicht einmal Geld für die Körperspende, diese Menschen tätigten die Körperspende offenbar wirklich ausschließlich zum Wohle der Wissenschaft. Die Bestattungskosten entfielen zwar, sich dafür jedoch zerlegen und in Einzelteilen in die Welt verschicken zu lassen schien emotional ein doch sehr hoher Preis.

Die Beine waren einzeln verpackt, in Eukalyptustücher eingeschlagen und mittels Trockeneis tiefgefroren. Jedes Paar hatte einen kleinen Beipackzettel anbei in dem die kurze Krankengeschichte des ganzen Menschen abgedruckt war. Letztendlich hatten alle lange Krankenhausaufenthalte hinter sich, meist litten sie an nicht heilbaren Krankheiten. Besonders die jüngsten beiden, ein 18-jähriger Mann und eine 19-jährige Frau litten unter üblen Tumoren. Einige Beine wiesen Tätowierungen auf die auf das Leben des Menschen überraschend gut rekapitulieren ließen. Ein «Patient» hatte zum Beispiel die Namen Mexikanischer Drogenhochburgen tätowiert was gut mit seiner Todesursache «Schussverletzung» korrelierte. Ein anderer hatte sein Leben einem Kreuzweg ähnlich in Stationen auf beiden Beinen tätowiert. Die letzte Station bildete ein Grab, Name und Geburtsdatum waren tätowiert, lediglich das Sterbedatum fehlte.

Es waren mehrere Untersuchungen mit den Präparaten geplant was einiger Logistik bedurfte. Der Grundzustand war stets bei -20 °C eingefroren, für jeden Untersuchungs- oder Präparationsschritt war jedoch ein Auftauprozess notwendig, der das Gewebe nicht gerade frischer machte. Zum besseren Transport machte William zunächst einmal drei Teile aus jedem Bein: Oberschenkel, Unterschenkel und Fuß. Hierzu musste man noch kein Arzt sein, was die ganzen Straftäter die sich der sogenannten defensiven Leichenzerstückelung bedienten um einen Körper transportabler zu machen bewiesen. Wenn man sich einigermaßen an den Gelenken orientierte war es kein größeres Problem, auch für den Laien. Diesen defensiven Zerstücklern gegenüber standen die

Leichenzerstückler aus sexuellen Motiven, mit ihren speziell präferierten Zonen. Dann waren da noch die psychotischen Zerstückler, die ebenso so skurril schnitten wie es in ihrem Hirn aussah.

Besonders delikat war das Leichenwasser das sich während der einzelnen Auftauprozesse bildete und sich in den durchsichtigen Beuteln in denen die Präparate eingeschweißt waren absetzte. Je öfter aufgetaut wurde, desto mehr wurde die Haut durch dieses Sekret aufgeweicht und löste sich ab. An einem Freitagnachmittag wurde William aufgrund einer sehr aufwändigen Präparation nicht rechtzeitig mit seinem Präparat fertig und deponierte es statt in der Tiefkühlkammer nur in einem Kühlschrank. Damit konnte er sich die Wartezeit des Auftauens am Montag sparen. Montags und dienstags musste jedoch er bei einem anderen Projekt aushelfen. Mittwochs, als er das Präparat wieder aus dem Kühlschrank entnahm rächte sich die Idee von Freitag schmerzlich. Über der gesamten Präparation lag ein unerträglicher Verwesungsgeruch. Das Gewebe begann sich stark zu zersetzten und die Flüssigkeit war nun ein Mix aus Wasser, Blut und Fettaugen. Während der gesamten Zeit dachte er sich, dass Gott zwar ein hervorragender Außen- und Innenarchitekt war und es sich bei dem Menschen, auch wenn es oft auf den ersten Blick schwer nachvollziehbar war, um ein Kunstwerk handelte, er sich aber wenig Gedanken über Recycling gemacht zu haben schien. Und damit war er erneut bei der Frage nach dem Verbleib seiner eigenen sterblichen Überreste nach seinem Ableben angekommen. Die Tendenz ging einmal mehr in Richtung Feuerbestattung.

Zum Ausgleich der Arbeit unter der Woche widmete sich William an den Wochenenden ästhetischeren Dingen. Er gönnte dem Healey eine Generalüberholung. Neue Lackierung, wieder im British Racing Green, neue Sitzbezüge in braunem Vachettelleder, ein neues Armaturenbrett aus Nussbaumwurzelholz, ein neues Verdeck in dunklem braun und eine Aufarbeitung von Motor und Chassis. Die Arbeiten ließ er in einer Werkstatt für britische Oldtimer in Charlton für 12000 Pfund durchführen. Sie waren jeden Penny wert, der Healey erstrahle in neuem Glanz. Mittlerweile war es Sommer geworden und es gab reichlich Gelegenheit den Wagen auszuführen. An einen Job mit freiem Wochenende, ohne Nachtdienste und einigermaßen humanen Feierabendzeiten konnte man sich durchaus gewöhnen. Ab und zu schaute er bei John vorbei, dem man die 100.000 Pfund mehr auf dem Konto nicht anmerkte. Sein Leben änderte sich überhaupt nicht, was vorhersehbar und sympathisch war. William hatte zwar schon die eine oder andere Ausgabe getätigt, von Verschwendung konnte man aber auch hier in Anbetracht der Gesamtsumme nicht sprechen.

Nun war auch die Zeit gekommen um Dinge wieder gut zu machen. Er nahm das Weihrauchfass aus dem Schließfach mit nach Hause. Mittels Wattestäbchen reinigte er es über mehrere Abende von Fingerabdrücken. Er kontrollierte das Ergebnis seiner Arbeit mit einer UV-Lampe. Dann rollte er Banknoten im Wert von 10.000 Euro die er wechseln ließ zusammen und schickte alles inklusive einem Papierausdruck auf dem stand:

«Ich bitte Vielmals um Verzeihung für diese nicht entschuldbare Tat, sie war dennoch notwendig!»

in einem versicherten Packet mit dem Absender eines französischen Altenheims von einem kleinen Postshop in Greenwich aus zu Dušan nach Montenegro. Zumindest materiell sollte dieses Kapitel somit abgegolten sein.

Nach Abpräparation der Haut war der Umgang mit den Präparaten schon angenehmer. William blickte jetzt nur noch auf Muskeln und Knochen. So ein gehäuteter Unterschenkel hatte auf den ersten Blick einiges von einer Rehkeule. Bedachte man die Verhältnisse zur damaligen Zeit, leistete Bartolomeo da Varignana 1302 bei seinen Sektionen härteste Pionierarbeit. Bei William war zumindest eine annähernde Form von Kühlkette vorhanden, damals startete der unaufhaltbare Zersetzungsprozess schon unmittelbar nach dem letzten Herzschlag. Wahrscheinlich fanden auch die Ägypter, Griechen und Römer diesen Prozess der Autolyse unangenehm, vor allem wenn man an einen Tag X glaubte, an dem man wieder auferstehen, aufwachen oder reinkarnieren sollte. Aus dieser Problematik heraus wurden wohl auch die vielen verschiedenen Verfahren der Leichenkonservierung etabliert. Kein einfaches Handwerk, da man sehr viel Können und Geschick an den Tag legen musste, um einen Leichnam bis in die Haarspitzen zu konservieren. Wurden Regionen nicht erreicht, fand hier Fäulnis statt und das Gesamtkunstwerk hatte einen Schönheitsfehler. Daher lag wahrscheinlich auch die postmortale Konservierung der Stellvertreter Christi auf Erden seit 200 Jahren in den Händen einer Konservatorenfamilie in Rom, die ihren Job überaus gut machten. Johannes XXIII. sah nach 37 Jahren noch aus wie an seinem Todestag.

Der Tod eines Papstes lief grundsätzlich nach anderen Regeln ab. Zunächst wurde der Kardinal-Kämmerer, der Camerlengo vom Präfekten des päpstlichen Hauses über den Tod des Papstes informiert. Dieser stellte dann den Tod zusammen mit dem Zeremonienmeister, den Prälaten, dem Sekretär und dem Kanzler der Apostolischen Kammer fest.

Laut Protokoll bedurfte es hierbei keines Arztes. Der Camerlengo stellte die Sterbeurkunde aus wobei weder eine Todesursache genannt werden musste, noch eine Autopsie in Frage gekommen wäre. Johannes Paul II. schaffte ein Ritual ab, das bei seinem Vorgänger noch zur Anwendung kam: Mit einem Hämmerchen aus Elfenbein wurde noch bis zu Johannes Paul I. dem Papst dreimal auf die Stirn geschlagen, und dieser bei seinem Taufnamen gefragt:

«*Albine, dormesne?*»

- «*Albino, schläfst du?*»

Kam keine Antwort war der Tod bestätigt.

William bekam am Nachmittag einen Anruf von John der um ein Treffen am Abend bat. Er betrat um 18 Uhr den Laden indem auch schon Ben saß. Es kam am Tag nach der Auktion zu einem Vorfall der erst jetzt bekannt wurde. Die Leiterin des Clearing Office bei Northby's wurde in ihrer Mittagspause von einem maskierten Mann in einen geparkten schwarzen Van gezogen und gezwungen bis zum nächsten Tag die Verkäuferliste aller Auktionen des Vortages in einen Mülleimer in der Brook Street zu werfen, anderenfalls würde ihre Tochter die sich zu einem Auslandsaufenthalt in Neu Delhi befand erschossen werden. Sie tat wie befohlen ohne Northby's oder die Behörden zu informieren und nun waren alle Kontaktdaten der Verkäufer des besagten Tages in den

Händen Unbekannter. Scotland Yard war involviert, es gab allerdings bisher keine Erkenntnisse. Der Mülleimer war so gewählt, dass weit und breit keine Überwachungskameras waren. Prinzipiell wurden an diesem Tag noch weitaus höherpreisige Auktionen abgehandelt die von größerem Interesse sein durften, William lag aber dennoch im Auktionsmittelfeld und seine Daten waren fortan nicht mehr geschützt. Die Mitarbeiterin habe nach Vollendung der Übergabe versucht sich zu Hause zu erhängen, wurde aber von ihrem Ehemann noch lebend gefunden und gerettet. William war außer sich vor Wut. Wie konnte so etwas passieren? Für den Fall, dass man es auf genau seine Auktion abgesehen hatte musste er ab sofort den Tätern einfach immer einen Schritt voraus sein und dazu benötigte er den Käufernamen. Ben war in einem Konflikt, er wusste nicht wie er handeln sollte. Auf der einen Seite waren bereits ausreichend Daten verbreitet worden, auf der anderen Seite hatte er auch eine gewisse Bringschuld.

«Wir kennen den Käufer nicht persönlich, er heißt Ivan Cruz-Pogenie und bietet immer nur telefonisch mit. Er ist einer unserer ausschließlichen Sakralkunstkunden. Seine Transaktionen kamen stets unverzüglich und von einem Nummernkonto in Genf. Intern war er mit dem «Code Orange» geführt, was einer undurchsichtigen Person die nach dem

Verständnis der internen Recherche keinerlei nachvollziehbare Existenz hatte und es bis auf die Transaktionen noch nie zu einem Kontakt kam, entsprach. Die Lieferungen erfolgten immer an eine Adresse in Montreux.»

Als wären dies nicht schlechte Nachrichten genug gewesen wurde er am nächsten Tag auch noch zu Mr. Ween zitiert, der ihm von einem außergewöhnlichen Vorfall einer unautorisierten Kontostandsabfrage berichtete, die von den Sicherheitssystemen der Bank jedoch problemlos herausgefiltert und abgefangen wurde. Es gäbe keinen Grund zur Sorge. Die Sicherheitsabteilung habe einen Server auf Laos ausfindig gemacht, es handelte sich allerdings um einen anonymen Server der die wichtigen Informationen nicht Rückverfolgen ließ. Ihm wurde noch einmal die Sicherheit seines Kontos bestätigt, nur er war autorisiert Transaktionen zu veranlassen.

Somit stand fest, die ganze Aktion galt ihm. Zumindest war er mitbetroffen. Er war von einem Zusammenhang des Mordes an Pensing, Brundé's aktuellem Zustand, dem Raub in Montenegro und den Geschehnissen dieser Woche überzeugt. Es mussten fortan Sicherheitsvorkehrungen getroffen werden, da er nicht so enden wollte wie die anderen beiden. Seine Adresse war bekannt, davon war auszugehen. Er ging ebenfalls davon aus in der nächsten Zeit ungebetenen Besuch in seiner Wohnung zu bekommen, weshalb er aufrüsten musste. Zunächst mietete er eine gerade freigewordene Wohnung im vierten Stock seines Appartementhauses an. Sie war nahezu vollständig leer. Es standen nur ein Schreibtisch und eine Liege in dem Zimmer. In einem Elektronikhandel in der Baker Street kaufte er zwei WLAN Kameras mit Mikrofonen sowie ein Tablet-PC mit großer externer Festplatte zum speichern der Aufnahmen. In der neuen Wohnung richtete er sich notdürftig ein, die eigentliche Wohnung stattete er mit den versteckten Kameras aus. Somit war eine Dokumentation der Ereignisse in seinen eigenen vier Wänden schon einmal gesichert. Der Eigenschutz war jedoch noch lückenhaft. Daher sah er sich gezwungen, als Alumnus den Sportschützen der University of London beizutreten um somit legitim Schießtraining zu erhalten. Das Training fand auf einem Schießstand in der South Audley Street in Mayfair statt. Es war ein rechtes Idyll. Man betrat durch einen Kalksteinbogen mit schwarzem Stahltor den Innenhof des roten Backsteingebäudes. Der Schießstand war in dämmeriges Licht gehüllt, der Boden mit Parkett ausgelegt. Die Wände verzierten Bilder und Portais von Ehemaligen die sportlich und wissenschaftlich bemerkenswerte Leistungen erbrachten. Ihn hatte ein gewisser Ehrgeiz gepackt. Nahezu jeden Abend besuchte er das freie Training, Zunächst erhielt er einige Unterrichtsstunden von Pat dem Trainer, relativ rasch entwickelte er sich zu einem guten Schützen. Er versuchte sich bei im Holster sitzender Waffe mit dem Rücken zur Zielscheibe Situationen vorzustellen und binnen Bruchteilen von Sekunden zu entscheiden ob diese Situationen nur eine Bedrohung oder eine absolute Lebensgefahr für ihn darstellten. Je nach dem zielte er anschließend blitzschnell auf Areale die er im Vorfeld als Kopf und Rumpf oder Extremitäten definierte.

Die beiden stillen Wasser mit denen er in letzter Zeit so viele Abende verbracht hatte waren doch nicht so ganz still wie sich im Verlauf herausstellte. Zumindest konnte John eine SIG P220 mit gefülltem Magazin und Holster organisieren, die William fortan nahezu regelmäßig bei sich trug. Es war gar nicht so einfach einen Kompromiss zwischen schneller Erreichbarkeit der Waffe und Unauffälligkeit zu finden. Daher wurde William in der folgenden Zeit zum passionierten Maßanzugträger eines Herrenausstatters in der Savile Row. Unter dem Sakko war das gute Stück hervorragend aufgehoben. Er war so gut wie nie zu Hause. Entweder befand er sich auf der Arbeit, im Laden oder im Training, ab und an war er auch mit Kollegen unterwegs. Sobald er zurück im angemieteten Appartement war wertere er die Aufzeichnungen aus ohne das sich je etwas spannendes regte.

Etwa drei Wochen später war William nach einem längeren Vorabend im Laden noch relativ lange am Vormittag zu Hause bevor er sich ins Labor aufmachte. Im Treppenhaus fiel ihm ein Handwerker mit Werkzeugkoffer und Klemmbrett auf, der scheinbar eine Wohnung suchte. William fragte, ob er helfen könne, der Handwerker erwiderte jedoch erschrocken im falschen Haus zu sein. Die Situation kam William spanisch vor und nachdem der Handwerker das Haus eher eilig wieder verlassen hatte begab er sich zurück in die Zweitwohnung. Die nächste halbe Stunde passierte nichts, dann waren über die Mikrofone Geräusche zu hören. Es klang nach Manipulationen am Wohnungstürschloss seiner eigentlichen Wohnung. Die Tür öffnete sich und wurde postwendend wieder leise geschlossen. Die schwarz-weiß Kamera zeigte wenig erstaunlich den Handwerker. Es schien so als hatte er einen Strom-Taser als Waffe in der Hand. Der Moment der Konfrontation war gekommen. William packte das Tablet und begab sich vor die Wohnung. Er wartete bis der Fremde im hinteren Bereich der Wohnung war, dann schlich er sich hinein. Zunächst blieb er im Flur stehen. Auf dem Monitor konnte er verfolgen wie der Fremde nun das Bad betrat. Hier hatte William keine Einsicht mehr, die Information reichte ihm aber auch aus. Er zog seine Pistole, stellte das Tablet auf dem Boden ab und positionierte sich an der Ecke zwischen Flur und Hauptraum. Er zielte auf die Badezimmertür. Als der Fremde heraustrat sagte William ganz ruhig:

«Stehen bleiben, Waffe fallen lassen!»
Der Handwerker starrte ihn an und hob die Hände hoch, den Taser noch in der Hand.

«Lass die Waffe fallen!»
sagte William zum zweiten Mal.

Es folgte keine Reaktion. Plötzlich nahm der Fremde rasch die Hand mit grober Richtung zu William runter. Ohne weit mit der Hand zu kommen schoss William treffsicher ins Knie. Mit geweiteten Augen sackte der Fremde zusammen. William trat ihm den Taser aus der Hand und steckte ihm seine Waffe auf die Dornfortsätze der Halswirbelsäule unter denen sich unmittelbar das Rückenmark befand.

«Es tut mir aufrichtig Leid mein Herr, aber sie hätten lediglich der Aufforderung nachkommen müssen. Ich würde Sie sehr bitten meinen Aufforderungen in Zukunft nachzukommen!»

Der Knieschuss saß präzise, die großen Gefäße waren nicht getroffen, es war ein Durchschuss der gut zu überleben war. Er rief John an und bat ihn zu kommen. Auf Fragen nach Name und Vorhaben schwieg der Fremde. Bis zu Johns Ankunft ließ er ihn nicht aus den Augen. Er zwang ihn sich auszuziehen, während dessen durchsuchte er die Kleidung und den Werkzeugkasten. Er fand neben dem Taser eine 9 mm Makarow, Kartenmaterial und eine Kopie der Verkäuferliste auf der Williams Name und Adresse markiert waren. Papiere zur eigenen Identität waren keine auffindbar. Die Verletzung war erst einmal vernachlässigbar. Er warf ihm ein Verbandpäckchen aus seinem Notfallkoffer zu und bat ihn, sich «aus Sicherheitsgründen» selbst zu verbinden. Mittlerweile war John eingetroffen. Der alte Junge war sichtlich aufgeregt. Unter seinem Trenchcoat zog er einen Webley Revolver wie ihn die Britischen Streitkräfte im zweiten Weltkrieg nutzten sowie Handschellen hervor.

Er zwinkerte William zu und sagte:

«Antiquitäten!»

Sie legten den Unbekannten aufs Sofa. William war für kleinere Wunden bestens ausgestattet und versorgte in lokaler Betäubung die Schusswunde. Nach Reinigung, ausschneiden der ausgefransten Wundränder und Wundnaht sah die Wunde aus wie in einer Klinik versorgt.

«Ich würde Ihnen ein Antibiotikum organisieren und ihnen nahelegen dies für eine Woche einzunehmen. Zwingen kann ich sie allerdings nicht hierzu.»

Sogar der Knochen war zumindest weitgehend intakt geblieben. Er konnte keinen Anhalt auf eine Fraktur feststellen als er den Schusskanal mit dem Finger austastete.

William und John berieten sich und beschlossen den Fremden von hier weg zu bringen, da man ja nichts über die potentiell verbleibende Personenstärke des vor Ort befindlichen Täterkreises wusste und mit einer Nachhut rechnen konnte. Sie entschieden, ihn in Johns Wohnung über dem Laden einzusperren. Er durfte sich wieder ankleiden, seinen gesäuberten Handwerkerkasten nehmen und anschließend machten sich die drei, einer davon humpelnd und in Handschellen gekettet über die eine Jacke geschlagen war, auf den Weg in die Tiefgarage. In der Wohnung zeugte nichts mehr vom Geschehenen.

«Es ist nicht für lange, aber ich muss Sie bitten sich in den Kofferraum zu legen, ebenso ist die Augenbinde notwendig.»

Sie luden den Gefangenen in den Kofferraum des Healeys und fuhren in eine kleine Garage im Hinterhof des Ladens. Durch eine schmale Holztür im Inneren der Garage gelangte man in den Keller und von dort aus über das Treppenhaus in die Wohnung. In der ehemaligen Vorratskammer die fensterlos war, wurde eine Matratze als Lager vorbereitet. William setzte sich auf einen Hocker und begann erneut, den Gefangenen auszufragen.

«Sind sie Ivan Cruz-Pogenie?»

Nichts außer Schweigen wurde erwidert. Er schätzte den Mann auf etwa 50 Jahre. Dieser war eher mager und wirkte ungepflegt. Dreitagebart, krauses schwarzes Haar, prominente Wangenknochen. Sah so ein solventer Northby`s Kunde aus der Schweiz aus? Wohl eher ein Handlanger.

«Ich gehe davon aus, dass sie nicht Ivan Cruz-Pogenie sind sondern im Auftrag dessen handeln. Was sagen Ihnen die Namen Pensing, Brundé und der Ort Ostrog?»

Irgendetwas regte sich in dem Gefangenen wenngleich nicht viel. Die Regung reichte jedoch aus um Williams Theorie der Verbindung der Fälle zu bestätigen. Bei der Tür der Kammer handelte es sich um eine gewöhnliche und zudem noch alte Holztüre. John und William verankerten daher einen massiven Dübel in der Decke und verbanden diesen mit den Handschellen über eine starke Kette. So war ein Auslauf gewährleistet und einem Ausbruch vorgebeugt.

In den nächsten Tagen versuchte William sein Verhör immer wieder, allerdings erfolglos. Das einzig positive waren der   Wundverlauf   und   die   widerstandslose

Antibiotikaeinnahme. John schlug vor Foltermethoden anzuwenden um etwas aus ihm herauszubekommen doch William lehnte diese Form des Informationsgewinns strikt ab und John war sie bei genauerer Betrachtung auch nicht geheuer. Abende lang saß William auf dem Hocker und starrte den Fremden in dem kargen Raum an. Er schien sehr abgehärtet zu sein und ein echter und leidensfähiger Profi.

Da einfach nichts aus ihm herauszubringen war mussten anderweitig Informationen her. Eine der vielen Fragen war, ob es sich bei dem Gefangenen um den Dieb aus Montenegro handelte der vielleicht mittlerweile wieder in Freiheit war oder ob hier verschiedene Täter am Werk waren. Er suchte sich eine Nummer der Justizbehörden Montenegros aus und unternahm einen Anruf von einer Telefonzelle aus dorthin. William gab sich als Mitglied der britischen Botschaft in Montenegro aus und verlangte einen Zuständigen in Sachen Inhaftierungsverzeichnisse. Er wurde alsbald mit einem Mitarbeiter verbunden, die äußerst plumpe Nummer zog offenbar. In einem internationalen Ermittlungsverfahren suche die Britische Botschaft Informationen über einen Inhaftierten, der vor einigen Jahren einen Diebstahl im Kloster Ostrog begangen hatte. Man teilte ihm mit, dass der Gesuchte Innocenz Dal'Veoro nach wie vor inhaftiert sei und erst in 14 Monaten entlassen werden würde. Bei der Frage ob ein

Lichtbild des Inhaftierten vorläge endete die Glaubwürdigkeit doch recht abrupt und William wurde gebeten den regulären Dienstweg einzuhalten und wie üblich eine schriftliche Eilanfrage über den Nachrichtendienst der Botschaften zu stellen.

Des Nachts im Bett dachte er erneut über das Geschehene und die neugewonnenen Informationen nach. Ivan Cruz-Pogenie und Innocenz Dal'Veoro, beides Verbrecher mit den offenbar gleichen Motiven. Irgendetwas passte nicht oder gar umgekehrt, wieder einmal viel zu gut zusammen. Er grübelte und grübelte, Nacht um Nacht ging er den Fall von seiner ersten Zugfahrt nach Calais an immer und immer wieder durch, ohne Fortschritte zu machen. Der Gefangene schwieg zwar eisern, aber zumindest kamen keine neuen Hiobsbotschaften von der Bank, auch die weiteren Kameraaufzeichnungen seiner Wohnung waren unauffällig.

In einer der schlaflosen Nächte kam er dann doch noch auf des Rätsels Lösung. Nun wusste er was nicht stimmte und erstaunlicherweise war seine Identität so gesehen selbst der Schlüssel. Andy Radscolt. Sowohl Ivan Cruz-Pogenie als auch Innocenz Dal'Veoro waren Anagramme zu Vincenzo Perugia. Das hieß, ein wenig komplizierter war es schon noch: Ivan Cruz-Pogenie war ein Anagramm zu Vincenzo Perugia, und

Innocenz Dal'Veoro ein Anagramm zu Vincenzo Leonardo, wie sich Perugia während seiner Geschäftsversuche mit der gestohlenen Mona Lisa nannte. Sollte es sich bei den beiden Gefangenen in London und Montenegro um Brüder oder gar um Zwillinge handeln? Perugia war, und das erschien William wichtig, nur das Handwerkszeug eines großen, bis heute unbekannten Auftraggebers. Die Rolle des Drecksarbeit verrichtenden Lakaien passte auch irgendwie besser zu seinem Gefangenen.

«Schade, dass Sie jegliches Gespräch verweigern Ivan! Ich würde zu gerne mit Ihnen über Innocenz und den Vorfall in Montenegro sprechen. Er ist doch Ihr Bruder?»

Der Fremde schreckte auf, Rang um Fassung, schwieg jedoch weiterhin eisern.

William hatte erst einmal all seine Asse ausgespielt. John, Ben und er berieten sich am Abend erneut im Laden. Sie gingen davon aus, dass Ivan von einem Auftraggeber nach London geschickt wurde um zunächst die Listen zu beschaffen und dann in das Privatleben zumindest eines auf der Liste auftauchenden Verkäufers einzudringen. Sie hatten keine Hinweise auf anderweitige Angriffe auf die Privatsphären Dritter, zumindest war Ben nichts darüber bekannt und normalerweise erfuhr er Zwischenfälle dieser Art eher rasch.

Auch lieferten Ivans Kleidung und der Handwerkerkoffer keine weiteren Hinweise. Doch hatten sie sicher ausreichend genug nachgesehen? Ihnen kamen Zweifel. Ivan war von John ohnehin mit einem eigens für ihn gekauften Overall bekleidet worden und so war es für William ein leichtes, seine originäre Kleidung und den Koffer umgehend in den Healey zu laden und um kurz vor Mitternacht alles durch den Computertomographen des Forschungsinstitutes zu jagen. Hierauf hätte William nach all dem Geschehenen auch schon früher kommen können. Prinzipiell ganz originell, für ihn jedoch zu simpel bedurfte es nur eines einzigen Scans um einen Türschlüssel in einer aufgeschraubten Griffhälfte der Makarow zu detektieren. Mit dem Schlüssel alleine hätte man aufgrund fehlender Beschriftung nichts anfangen können, wenn da nicht noch der dazugehörige Pensionsanhänger im Innenfutter des Hosenbundes entdeckt worden wäre. Der Schlüssel stammte von einer Pension in Fulham, einem eher hässlichen Viertel Südlondons.

William holte die beiden alten Knaben am Laden ab und gemeinsam fuhren alle drei zu dieser Pension. Nachdem sie sich vor das Zimmer geschlichen hatten, versuchten sie zunächst zu Lauschen ob sich jemand darin befand. Es war über einen längeren Zeitraum nichts zu hören. Mit gezogener Waffe sicherte William den Eingang während Ben aufschloss, der alte Webley Revolver von John war ebenfalls dabei. Das Zimmer war verlassen. In einer Ecke des kargen Raumes stand ein verschlossener Plastikhartschalenkoffer den sie aufbrachen. Neben Kleidung und einem Handy fanden sich Unterlagen mit einer uneingeschränkten Schweizer Aufenthaltsbewilligung auf den Namen Igor Schamanjok, gemeldet in einem Appartement im Montreux. Als Beruf und Künstlername waren «Artist» und «Ivan Cruz-Pogenie» eingetragen. Das Lichtbild stimmte mit dem Gefangenen überein. Zudem waren da noch ein einzelner Schlüssel und ein mittlerweile abgelaufenes Rückflugticket der Swissair, ebenfalls auf ihn ausgestellt.

«Freunde, ich fürchte die Reise geht weiter!» sagte William. «Morgen ist Samstag, ich muss es irgendwie schaffen übers Wochenende nach Montreux zu kommen.»

Sie nahmen den gesamten Koffer mit und fuhren wieder zurück in den Laden. Mit dem Smartphone versuchte William Flüge für den Folgetag zu buchen, die Flugzeiten waren allerdings denkbar schlecht, die Hotelsuche gestaltete sich ebenfalls schwierig.

«Ich muss mir ein Fahrzeug mieten! Mit der Waffe komme ich nicht durch die Kontrollen. Die Distanz London-Montreux beträgt 700 Meilen, mit dem Fahrzeug durch den Tunnel und über die Alpen sicher etwa 12 Stunden Fahrt. Dies ist an einem Wochenende einfach nicht machbar.»

William bemerkte, wie Ben schmunzelte.

«Für jemanden der alleine 80.000 Pfund Zinsen pro Jahr erhält denkst Du noch in sehr kleinen Dimensionen Kamerad!»

«Was meinst Du damit?» fragte William.

Die Antwort war einfach:

«Executive Service der Lloyd Bank. Bestell Dir einen Jet, ich kann Dir für den Anfang eine Cessna Mustang empfehlen, 2800 Pfund die Stunde, inklusive Stewardess und Drumherum, glaube mir, Du kannst es Dir leisten.»

William bezweifelte stark um diese nächtliche Stunde überhaupt jemanden ans Telefon zu bekommen, geschweige denn einen Jet zu chartern. Stil hätte die Art des Reisens ja ohne Frage gehabt, daher versuchte er es.

«Guten Morgen Mr. Todt, was darf ich für Sie tun?» meldete sich eine nette Damenstimme.

«Guten Morgen, ich möchte eine Cessna Mustang von London nach Montreux chartern.»

«Sehr gerne, dieses Flugzeugmuster hat eine Vorlaufzeit von 35 Minuten. Um wie viel Uhr und von welchem Flughafen aus möchten sie fliegen? Da wir leider noch keine Präferenzliste von Ihnen haben würde ich gerne noch ein Gericht und Getränke Ihrer Wahl erfahren, die wir Ihnen reichen dürfen?»

Williams Augen waren weit offen und fragend leer. Er hätte nicht gewusst was er hätte sagen sollen wenn nicht Ben weiter grinsend mit einem Bleistift auf einen Zettel gekritzelt hätte: Das Lamm Bocuse d'Or in der Kartoffelkruste mit Saisongemüse und Rosmarinjus ist hervorragend und dazu ein 82er Chateauneuf du Pape.

«Also ich würde das Lamm Bocuse d'Or mit dem 82er Chateauneuf nehmen, ein stilles Wasser und einen Bombay Crushed, aber nur wenn es keine Umstände macht. In zwei Stunden von Heathrow aus.»

«Sehr gerne, wo möchten Sie abgeholt werden?»

William gab die Adresse des Ladens durch und bekam die Bestätigung der Buchung. Es war einfach unfassbar.
Ben blinzelte ihm zu und sagte erneut:

«Ganz vorzügliches Fleisch.....gute Wahl!»

In der Wartezeit fuhr William nach Hause und packte das Wichtigste zusammen. Zurück im Laden vereinbarten sie, dass William alleine, aber falls notwendig mit Telefonkontakt und Support der beiden alten Knaben reisen sollte. Pünktlich zum vereinbarten Zeitpunkt parkte ein 7er BMW vor der Tür. William stieg zu und wurde zum Flughafen gefahren. Die Mutation zum Anzugträger zahlte sich wieder einmal aus.

Dieser passte hervorragend zu dem Wagen und auch zu dem bereitgestellten schwarzen Jet. Die Fahrt endete keineswegs an einem der gewöhnlichen Terminals. Der Wagen fuhr durch ein Tor direkt auf das Jetvorfeld zu der georderten Maschine. Die beiden Piloten und eine Stewardess begrüßten ihn am Anfang der Zugangstreppe. Im Inneren des Jets war nur ein gebücktes Gehen möglich. Es befand sich eine Viererkombination aus Ledersesseln im Passagierraum, dazwischen zwei kleine Beistelltische, an der Rückwand ein Flatscreen-Bildschirm. Amy die Stewardess war etwa 40 Jahre alt und sah so aus, wie man sich eine solche eben vorstellte. Schlank, blond, dezent geschminkt, Kostüm, Pumps. Sie saß in einer Nische zwischen den Piloten und dem Passagierraum. Ihr gegenüber war eine Micro-Kücheneinheit. Der Pilot stellte sich vor und teilte den Flugplan mit. Mit dem Jet ging es zunächst nach Genf. Da Montreux über keine geeignete Landemöglichkeit verfügte, erfolgte der weitere Transfer von Genf aus mit einem bereitstehenden Helikopter zum Heliport von Montreux. Man habe eine Suite im «Le Montreux Palace» gebucht. Die Gesamtflugzeit betrug knappe zwei Stunden. Der Start war wie erwartet komplikationslos und pünktlich. Der Teppichboden, die indirekte Beleuchtung, die fein abgestimmte Möblierung und in der Tat vorzüglichstes Fleisch hatten wenig mit Reisen via Linienflug zu tun. Obwohl William die Sache noch nicht ganz geheuer war, war er noch nie so gut geflogen wie zu diesem Zeitpunkt und glücklich mit der Wahl des Gesamtpakets. Bei einem hervorragend gemixten Bombay Crushed genoss er den Flug durch die Nacht. Im zunehmenden Mond waren vereinzelt die verschneiten Berggipfel der Alpen erkennbar. In Genf gelandet, rollte der Jet in die unmittelbare Nähe eines Eurocopter Helikopters der ebenfalls schon bereit stand. Gegen vier Uhr am Morgen landete dieser am Heliport Montreux. Ein Shuttle, in diesem Fall ein tiefblauer Bentley Mulsanne, brachte ihn ins Hotel. Seine Chalet-Suite war der Region angepasst sehr geschmackvoll in hellen Hölzern gehalten, die Wände waren im Wechsel weiß rustikal verputzt oder mit grauem Felsstein gemauert. Es gab einen offenen Kamin vor dem zwei rot-orangene Zweisitzer standen. William zog es vor zunächst einmal ein wenig zu schlafen, bevor er am nächsten Morgen mit den Recherchen begann. Das Frühstück nahm er in einem der Salons ein. Ebenfalls rustikal eingerichtet, jedoch mit edlen Elementen wie Kronleuchter an den Decken und sehr komfortablen Polsterstühlen. Unabhängig von der Anzahl der Sterne hatte Williams eigene Hotelbewertung individuelle gewichtige Kriterien. Um das Frühstück herum konnte man dann von einem guten Hotel sprechen, wenn sowohl hart als auch weich gekochte Eier zur Verfügung standen, vorzugsweise 5 Minuten-Eier, und es in irgendeiner Form einen «Early morning tea» gab, für gewöhnlich Darjeeling, den man ja optimalerweise bereits im

Bett oder aller spätestens zwischen Dusche und Rasur zu sich nahm. Beides war selbstverständlich vorhanden, der Tee sogar als «First flush», die erste Ernte des Frühlings. Dann war da noch das zwar zunehmend verschwindende aber dennoch vorhandene leidige Thema mit den Abfallbehältern auf den Tischen, die ja von vielen Hotels als Gütesiegel aufgestellt wurden. Von diesen Brecheimern war natürlich keiner in Sicht.

William beschloss Montreux zu Fuß zu erkunden. Er begab sich zur Avenue de Belmont, der Adresse auf der Aufenthaltsgenehmigung. Die angegebene Hausnummer beherbergte ein für die lokalen Verhältnisse eher funktionelles Appartementhaus. Sogar ein sehr vielversprechendes Klingelschild war vorhanden: «C.P.» und «D.V.» Der mitgebrachte Einzelschlüssel den er bei Cruz-Pogenie fand passte nicht auf die Haustür, so wartete er eine geraume Zeit bis jemand aus der Haustür trat und nutzte den Moment um in das Haus zu gelangen. Es handelte sich um den klassischen 70er Jahre Plattenbau-Charme. Eine Zeit in der schnell und günstig Wohnraum geschaffen werden musste und unter der heute noch gelitten wurde. Von außen waren keine Geräusche aus besagtem Appartement hörbar. Wenn William richtig lag und seine ganzen Theorien stimmten, konnte sich auch niemand weiteres darin befinden, da von den beiden hier wohnhaften Brüdern einer in Montenegro einsaß, der andere aktuell als Privatgefangener in London harrte. Der Briefkasten quoll als weiteres Indiz ebenfalls über. Auf einer Parkbank vor dem Haus observierte er zunächst wieder über Stunden sowohl den Haupteingang als auch die zum Appartement gehörenden Fenster ohne Resultat. Am Abend begab sich William zum Essen in das «Le Pont de Brent», einem mit zwei Michelin-Sternen ausgezeichneten Restaurant.

Dreierlei von der Taube mit Chicorée, Granatapfel und Walnüssen, Rosa Kalbsrücken mit Rotkohlrohkost und Knödelsoufflé sowie Tarte Flambé vom Munster mit Haselnüssen. Dazu Riesling, Spätburgunder und eine Trockenbeerenauslese. Eine hochdelikate Sache. Als er gegen 23 Uhr zurückkehrte war immer noch kein Licht im Appartement zu sehen. Er was sich mittlerweile des unbewohnten Appartements sehr sicher und gelangte nach einer halben Stunde Wartezeit auf dem gleichen Wege erneut in das Haus wie am Morgen. Er informierte kurz das «Hauptquartier» in London über sein Vorhaben, nur für den Fall der Fälle. Der Schlüssel passte wie erwartet auf das Appartementtürschloss. Das gesamte Appartement war unbeleuchtet und schwer überschaubar. Mit gezogener Waffe trat er ein und schaltete zunächst das Flurlicht an. Von einem langen Flur der sich in seiner Mitte zu einem eigenen Raum aufweitete, gingen sieben weitere Zimmer ab. Messiebude wäre zu hart ausgedrückt gewesen aber ausreichend mit Inhalt versehen war die Wohnung schon. Buchbände stapelten sich bis zur Decke, dazwischen längst verdorrte Pflanzen, vorwiegend Palmenarten und Zentimeter dicke Staubbeläge. Das Badezimmer und Gäste-WC waren spartanisch aber sauber, ganz in Mint und Rosa gefliest. Die Küche mit schweren dunkel lasierten Holzschranktüren versehen, ebenfalls einigermaßen sauber für einen Männerhaushalt. Es folgten ein Wohnzimmer, eine Art Büro und zwei Schlafzimmer mit Einzelbetten. Nach der ersten Inspektionsrunde war ein alleiniger Aufenthalt in der Wohnung schon einmal gewiss. Als nächstes interessierte sich William brennend für den sogenannten zweiten Rettungsweg. Dieser war in solchen Komplexen im Falle eines Brandes verpflichtend. Soviel wusste er von seiner Notarzttätigkeit. Der erste Rettungsweg war das normale Treppenhaus, der zweite eine Feuerleiter oder ähnlich falls das Treppenhaus verraucht war, und der dritte eine Feuerwehrleiter. In seinem Fall bestanden sogar zwei zweite Rettungswege, einer vor und einer hinter dem Haus. Somit hatte er Fluchtoptionen im Falle einer unerwarteten Entdeckung. Bei der groben Durchsicht fiel nichts von Wert auf, was die Theorie der Schergen die für einen großen Unbekannten arbeiteten bestätigte. Doch aus welcher Motivation heraus geschah so etwas?

William begann die detailliertere Recherche im Arbeitszimmer. Er musste genau hinschauen um das Bisschen auffindbare Existenz der beiden herauszufiltern. In einem sicherlich Jahrzehnte nicht mehr heraus gekramten Fotoalbum fand er lose alte Aufnahmen. Diese zeigten zwei etwa zehn Jahre alte Knaben in einer Art Schuluniform oder etwas feinerer Sträflingsmontur, die gequält in Richtung Objektiv lächelten. Sie hatten eine gewisse Ähnlichkeit, es könnte sich um Brüder gehandelt haben. Dann einige Einzelaufnahmen in fortgeschrittenerem Alter aber in gleicher Klamotte. Auf einem Bild war im Hintergrund ein Schild an einer Mauer erkennbar, die Schrift kam William kyrillisch vor. Mit einer vergilbten Lupe wurde das Wort « Детский дом» sichtbar. Es bedurfte einigen Aufwandes aber dann ließen sich die Buchstaben ins Smartphone eingeben. Die Übersetzung «Kinderheim» kam dabei heraus. Zwei russische Brüder, im Kinderheim aufgewachsen und bis heute zusammen lebend also. In einer Schublade entdeckte er einen Lichtbildausweis. Im Vergleich zu diesem war die Schriftanalyse des Photos von zuvor lediglich eine Einsteigerübung. «Большой Московский Государственный цирк» –«Großer Moskauer Staatszirkus». Es handelte sich offenbar um Ivan Cruz-Pogenie oder Igor Schamanjok mit etwa zwanzig Jahren. In einem anderen Dokumentenstapel fand er einen entwerteten Personalausweis eines Alexander Schamanjok, offenbar Igors Bruder Ivan. Es kam die Frage auf, wie die beiden in der Obhut der Union sozialistischer Sowjetrepubliken aufgewachsenen Burschen in die Schweiz gelangten und wie sich die aktuelle Erwerbstätigkeit konkret darstellte. Alte Damen und Junkies verbargen ihre echten Schätze stets wasserdicht im Spülkasten des WC, das war eine alte Rettungsdienstweisheit. Der hiesige Spülkasten war ebenfalls sehr ergiebig. Er gab ein bankfrisches Bündel 100 € Scheine, also 10.000 € und das Gleiche noch einmal in 100 CHF Scheinen sowie eine 9 mm Makarow preis. William lies das Gefundene jedoch unangerührt, es war schließlich fremdes Eigentum. Im Folgenden richtete er seine Aufmerksamkeit einem kleinen Reißwolf, der ungewöhnlicherweise in einem Küchenschrank stand. Es schienen vorzugsweise Kontoauszüge geschreddert worden zu sein die ihn sehr interessierten. Er packte den Großteil der Schnipsel ein und machte sich auf den Rückweg ins Hotel. Die restliche Nacht verbrachte er mit Puzzlearbeiten. Einen kompletten Kontoauszug zusammenzufügen war undenkbar, der Name «Pierre Choncau» tauchte aber auffällig oft auf der Geberseite teilrekonstruierter Auszüge auf. Dieser wies regelmäßig verschiedene Geldbeträge von einer Genfer Privatbank aus an. Die Internetrecherche ergab keinen Treffer bezüglich dieser Person. Man musste irgendwie den Eindruck gewinnen, dieser Choncau wollte als potentieller Auftraggeber einiger schwerwiegender Delikte nicht nur auf

Identitätshinweise zu seiner Person verzichten, sondern war offenbar sogar an deren aktiver Beseitigung interessiert.

Fokus der weiteren Recherchen war ab sofort dieser Pierre Choncau. Man konnte von einer peniblen Identitätsverschleierung dieser Person auf allen Ebenen ausgehen. William suchte sich ein ganz besonderes Kollektiv zur Befragung und zum Informationsgewinn aus: Verkäufer in Nobelboutiquen, die vordergründig etwas daher machten und dies genossen, nüchtern betrachtet jedoch für einen Hungerlohn der nie im Leben ausreichte sich auch nur eines der feilgebotenen Güter selbst leisten zu können, hinter der Theke standen. Für diesen gewissen Typus Mensch war alleine die Gnade dort arbeiten zu können und einen oberflächlichen Kontakt mit der so edlen Kundschaft aufnehmen zu können mehr wert als ein adäquater Lohn. Das Gefühl mit Reichtum in Kontakt zu sein und in gewisser Weise somit ein Bestandteil der High Society zu sein, ließ den schlechten Schulabschluss und die ständige Gefahr wegen völliger Ersetzbarkeit bei einem Discounter an der Kasse zu landen nebensächlich erscheinen.

Am nächsten Morgen ging es mit dem Mulsanne nach Genf. Montblanc, Tom Ford und Omega hielten dicht, beim Herrenedelausstatter Emilio Bussone wurde William dann endlich fündig. Die Verkäuferin fühlte sich durchaus geehrt für das Magazin «Billionärs Club» Auskünfte darüber zu erteilen, wer in ihrem Laden ein- und ausging.

«Es ist die beste Werbung die Ihnen passieren kann, Gnädigste!»

Die Lady war seit fünfzehn Jahren im Geschäft und zudem noch Einheimische. Als das Gespräch auf Choncau kam sistierte sie allerdings die so redlich begonnene Konversation. Sie teilte mit die Person nicht zu kennen, glaubte aber bereits einige Male etwas an seine Bediensteten verkauft zu haben. Sie könne sich nicht erinnern, jemals bewusst den zu dem Namen passenden Mann gesehen zu haben, auch kenne sie niemanden der es hatte. Man erzählte sich, die Person würde eventuell in einer Burganlage mit dicken Mauern in der Nähe des Bois Nancy leben. Man könne allabendlich Beleuchtung sehen und indirekte Zeichen eines belebten Zustandes des Anwesens, aber sicher zuordbare Gesichter oder Namen seien ihr nicht bekannt. Ab und an könne man meist in der Dunkelheit einen Wagen mit getönten Scheiben aus der einzigen Torzufahrt die es gab fahren sehen. Beschreibung und Verhalten passten sehr gut zu dem Gesuchten. Auch wenn die Chance realistisch betrachtet bei 1:190.000 Einwohnern lag, ein Versuch war diese Burganlage allemal wert.

Ein serpentinenartiger Teerweg endete vor einem massiven hohen Eichenportal von etwa vier Metern Höhe. Die das Areal komplett umgebende und mit Efeu bewachsene Festungsmauer war doppelt so hoch und geschätzt drei Meter dick. Da William vereinzelt aufgestellte Kameras bemerkte trat er den Rückweg durchs Unterholz an und positionierte sich dort für die restliche Zeit des Tages. Eigentlich war es sein letzter Abend und der Rückflug für 22 Uhr besprochen, was nun jedoch aufgrund der neuen Spur unmöglich war. Mit einem kurzen Telefonat waren sowohl der Flug als auch das Hotel um einen Tag verschoben, dem Oberarzt schickte er die traurige Nachricht vom Ableben der Großmutter, weshalb er am Montag der Trauerfeier beiwohnen musste und nicht im Hospital erscheinen konnte. Ebenso wie an Schamanjoks Behausung am Vorabend tat sich auch an der Burg nichts. Allerdings mit dem Unterschied, dass hier mit Verschanzung statt mit Abwesenheit gerechnet werden musste. Die Wartezeit war nicht ganz umsonst, William hatte genug Zeit einen Plan bezüglich des weiteren Vorgehens zu schmieden. Eindringen durch Graben eines Tunnels wurde bekanntermaßen bereits von anderen Personen oder Gruppen oft erfolgreich umgesetzt, erschien ihm aktuell aber eher suboptimal. Einfach klingeln würde wohl auch nicht funktionieren. Wenn ein unbemerktes Eindringen nicht möglich war, dann eben eines mit maximalem Aufsehen.

Noch in der Nacht drang er über einen Zaun in den Hangar des Rettungshubschraubers am Genfer Universitätsspital ein. Über eine unproblematisch zu öffnende Seitentür gelangte er ins Innere. Da für diesen Typ von Rettungshubschrauber ein Nachtflugverbot galt war niemand der Besatzung zu erwarten. Diese kam erst mit dem Sonnenaufgang zur Basis. Sogar der Medikamentenschrank stand offen, vorsichtshalber lud er sich zwei Spritzen voll mit Midazolam, einem Schlafmedikament das er zur Not hätte einsetzen können. Via Telefon teilte er den alten Knaben zu Hause den nächsten Schritt des Planes mit, in dem sie auch eine gewichtige Rolle spielten. Er legte sich in eine der beiden an den Kufen des Hubschraubers befestigten Boxen für Zusatzequipment. Sonnenaufgang an diesem Tag war in Genf 5:31 Uhr, was er dem Dienstplan entnahm. Als er gegen 5:00 Uhr die ersten Geräusche hörte schloss er den Deckel. Er litt zwar nicht an Klaustrophobie, dennoch kam ein gewisses Unbehagen auf, denn ein solch enges Versteck hatte er sich wahrlich noch nie ausgesucht. Die Station erwachte zum Leben. Um 5:35 Uhr hörte er wie das Funkgerät eingeschaltet wurde was ein Zeichen der Einsatzbereitschaft war. Er ließ in London telefonisch anläuten. Keine zwei Minuten später kam der erste Alarm des Tages.

«Notfalleinsatz, Burg an der Route de Vessy, Person von Balkon gestürzt, spürt Beine nicht mehr!»

Das mit den Beinen war das Todschlagsargument, schließlich benötigte William einen Grund, warum der Hubschrauber im Inneren der Burg landen sollte und nicht ein bodengebundener Notarzt hinzugerufen wurde. Da hatten Ben und John wohl ganze Arbeit beim Absetzen des Notrufes geleistet. 30 Sekunden nach Alarm hob die EC 135 vom Hangar aus ab und nach einer Minute Flugzeit ging es auch schon zur Landung im Burginneren. William war auf sein Gehör angewiesen um das kurze Zeitfenster zum Entkommen abzupassen. Er hörte Notarzt und Rettungsassistent aussteigen und davon laufen während der Pilot die Triebwerke abstellte. Er öffnete den Deckel einen Spalt und entdeckte einige Buchsbaumbüsche vor einer Mauer in unmittelbarer Nähe. Noch während die Triebwerke herunterfuhren und der Pilot aussteigen konnte sprang er im Halbdunkel des Morgengrauens aus der Kiste und versteckte sich hinter den Büschen. Von dort aus konnte er beobachten wie ein nur halb angezogener Butler im Morgenmantel aufgescheucht umherlief und ein sichtlich nervöser Mann vom Typ Security funkte. Als klar wurde, dass hier niemand vom Balkon gefallen war flog der Hubschrauber auch alsbald wieder ab. William kannte dies von seinen Diensten. Man ging ja zunächst einmal nicht von einem böswilligen Alarm aus sondern davon, an der falschen Stelle zu sein und so kreiste der Hubschrauber noch einige Runden über dem Viertel ohne fündig zu werden und kehrten dann erst zum Hangar zurück. Williams Position war nicht die schlechteste, er hatte freien Blick auf das Haupthaus, Kameras waren auch keine auf ihn gerichtet. Die beiden Angestellten verschwanden wieder im Haus.

Der Garten war geschmackvoll bepflanzt und gänzlich umgeben von der Mauer. Nur über ein Viertel der kreisrunden Anlage war das Haupthaus an die Mauer anschließend. Es war vierstöckig und noch im ursprünglichen hochmittelalterlichen Baustil gehalten mit rot-weiß gerauteten Fensterläden, efeuberankten Schießscharten, Zinnen auf dem Dach und Blick auf den Genfer See. Wenn Choncau der Burgherr war, hatte er einen ausgesprochenen Faible für das Hoch- und Spätmittelalter. Auch die Krummen aus Limoges erfuhren in dieser Zeit ihre Blüte, ebenso wie die Stadt Genf selbst. Die Mitte des englischen Rasens zierte ein Springbrunnen, die Wege waren mit weißen Kieseln eingestreut, um es zusammenzufassen: eine Millionenimmobilie. Aus einem gemauerten Rundbogen in der Burgmauer führte die bereits von außen bekannte Zufahrt ebenfalls gekieselt bis zu einer imposanten Haustüre.

An das Warten in Verstecken hatte sich William bereits gewöhnt und so war er nicht verwundert darüber, bis etwa 8:30 Uhr warten zu müssen, bis auf der Veranda Frühstück für genau eine Person eingedeckt wurde. Es konnte nicht mehr lange dauern bis er endlich den vermeintlichen Auftraggeber zumindest eines Mordes, einer schwersten Körperverletzung, Erpressung und so weiter sah, hinter dem er schon so lange her war. Die Überraschung war groß als es sich bei dem Frühstückenden, von dem William annahm das es sich um Choncau handeln musste, um einen achtzig bis fünfundachtzig jährigen, ausgemergelten, gebückt am Gehstock mit Silberknauf gehenden Mann handelte. Gut möglich dass dieser Zeit seines Lebens wohl betucht die Schamanjok Brüder aus einem russischen Kinderheim kaufte und sie sich als Lakaien für die Drecksarbeit hielt. Das Frühstück wurde durch den mittlerweile vollständig bekleideten Butler serviert, der Sicherheitsmann tauchte ab und zu im Türrahmen auf. Darüber hinaus bewegte sich nichts im Haus und William ging demzufolge in Summe von drei Personen aus. Nach dem Frühstück verschwanden alle wieder im Haus. Gegen 10 Uhr fuhr ein Pritschenwagen die Einfahrt bis zur Haustüre entlang, ein Gärtner stieg heraus und klopfte am Löwenring der Haustür. Der Sicherheitsmann öffnete und beide gingen zum Fahrzeug. Hier begannen sie ein längeres Gespräch das William dazu veranlasste, sein Versteck in diesem Moment endlich zu verlassen und näher an das Haus zu gelangen. Die Verandatür war nicht verschlossen sondern nur angelehnt. Er drang mit gezogener Waffe in das Haus ein und befand sich zunächst in einer Art Rittersaal mit modernen Elementen versehen. Ein großer Saal mit Parkett ausgelegt, Rundbogenfenstern und holzverkleidetes Deckengewölbe, alles in allem wohl neoromanisch, in der Mitte eine Reihe Granitsäulen aus der Romanik und einige dunkle Wandteppiche. Die Beleuchtung kam von überdimensionalen Kronleuchtern die mit Kerzen und Glühbirnen zugleich betrieben werden konnten. Zentral stand eine lange Tafel in dunklem Eichenholz mit Bestuhlung für etwa zwanzig Personen. An deren Kopfende hing ein Gemälde das Williams Aufmerksamkeit weckte. Im Rahmen seiner Recherchen in den letzten Jahren fiel ihm ein Katalog von 3.000 verschollenen Kunstwerken in die Hand, ein Großteil hiervon ging im 2. Weltkrieg verloren. Bei dem Gemälde vor seinen Augen handelte es sich aller Wahrscheinlichkeit nach um Krells Maria, Königin von Ungarn, das dieser um 1520 im Dunstkreis des Königs von Ungarn anfertigte. Wenn sich William recht erinnerte, hing dieses bis 1945 auf Schloss Königsberg in Ostpreußen, dem heutigen Russland. Vorsichtshalber schoss er ein Foto von diesem Gemälde.

Er arbeitete sich in den langgezogenen Flur mit Blick auf den Eingangsbereich, vor dem Gärtner und Sicherheitsmann immer noch sprachen, vor. Hier stand auf einer Biedermeierkommode eine sehr interessante Sanduhr. Genauer gesagt waren es drei kleine Sanduhren nebeneinander mit einem Messingbeschlag zusammengefügt und eingehüllt in eine Holzschnitzerei. In einem Raum am Flurende waren Geräusche zu hören, es klang nach Küche. Hier befand sich wohl der Butler. Somit war lediglich mit einer weiteren Person, Choncau selbst, irgendwo im Haus zu rechnen. Der Eingangsbereich des Hauses in den er sich nun immer weiter vorarbeitete war ein hoher Raum mit Gemälden ähnlich einer Ahnengalerie, die die große, an der Wand des Raumes bis unters Dach reichende massive Holztreppe säumte. Von der Decke hing ebenfalls ein schwerer Kronleuchter herab, der Steinboden war mit Rittermotiv-Teppichen ausgelegt. Gebückt stieg er die Treppe empor. Diese endete in einer hölzernen Galerie von der mehrere Türen, aber auch zwei weitere Flure abgingen und an der zu guter Letzt auch die Treppe zum nächsten Stockwerk begann. Eine Tür fiel direkt ins Auge. Es war die einzige Doppelflügeltür die auch in der Stockhöhe deutlich größer war als die anderen. Über die Galerie schleichend lauschte er an der Tür, es war nichts im Inneren zu hören. Auf dem Flur konnte er schlecht bleiben, er betrat daher den Raum blitzschnell. Sobald er darin war scannte er diesen förmlich mit gezogener Waffe ab, es befand sich jedoch niemand darin. Er war in einem Arbeitszimmer. In einer Vitrine reihten sich Krummen verschiedener Epochen aneinander, in einer anderen goldene und silberne Kerzenständer. Über dem Schreibtisch hing die «Anbetung der Jungfrau Maria» die vor einiger Zeit in Peru gestohlen wurde. In alten hölzernen Regalen und Schränken häuften sich Aktenordner. Im Schnellverfahren ging William die sehr ordentlich bedruckten Ordnerrücken durch. «Wursamb», Treffer. Er nahm den Ordner aus dem Regal, da schrillte ein Alarm los. Die Beleuchtung ging an, Fenster verdunkelten sich. Es gab nur einen Ausgang und somit saß er in der Falle. Den Ordner steckte er in den Rucksack und eilte zunächst die Treppe hinunter ins Endgeschoss. Hier betraten soeben sowohl der Sicherheitsmann als auch der Gärtner mit Pistolen im Anschlag das Haus und eröffneten das Feuer. William musste mit seinen 9 Schuss zurückschießen, hier konnte er keine Rücksicht mehr auf die Lokalisation der Projektile nehmen. Den Gärtner traf er, wo konnte er nicht erkennen, dieser sackte in sich zusammen. Gleichzeitig gehend und mittlerweile aus zwei Waffen schießend näherte sich der Sicherheitsmann William, der Deckung hinter der Kommode mit den Sanduhren suchte. Entweder eine Kugel oder splitterndes Holz traf William am Hals, es rann Blut. Er zog sich in den Rittersaal zurück, schloss die massive Tür und sperrte diese ab. Alle Fenster im Raum waren ebenfalls mit metallenen Rollläden verdunkelt und William baute sich eine Deckung aus den Tafelstühlen. Er zielte auf die Tür und wusste, mit den beiden letzten Patronen musste er die Situation klären. So eng war es noch nie. Zunächst war es ruhig an der Tür doch dann wurde sie von außen mit einem Maschinengewehr beschossen. William versuchte einen letzten Anruf nach London zu tätigen und gleichzeitig auf die jeden Moment fallende Tür zu zielen.

Mit einem lauten Knall wurde plötzlich der seitlich von ihm befindliche Wandteppich zerrissen und eine dahinter befindliche Stahltür flog aus den Angeln. Schnellen Schrittes standen plötzlich acht bis unter die Zähne bewaffnete, ganz in schwarz gekleidete Personen mit Helmen und Sturmhauben auf dem Kopf und Schnellfeuergewehren in den Händen in dem Raum. Zwei umstellten William, die anderen schossen mit einem Rauchgranatenwerfer gegen die sich soeben öffnende Tür und schrien:

«Waffen runter! Runter mit den Waffen!»
Sie verschwanden im Rauch, vereinzelt war noch ein
«Raum sicher!»
zu hören. Die beiden Kerle vor William sagten lediglich:
«Guardia Svizzera Pontifica»,
hoben ihn auf, hängten ihn ein und evakuierten ihn durch einen Tunnel durch den sie selbst gekommen waren. In diesem Tunnel wartete ein Sanitäter in gleicher Montur, der Williams

Hals notdürftig verband. Der Tunnel führte über Treppen und durch enge Kurven etwa 300 Meter von der Burg fort und endete in einem unterirdischen Wasserreservoir. Eine riesige Halle mit großen Sammelbecken. Aus mehreren Leitungen die in den Becken endeten sprudelte frisches Trinkwasser in selbige. Wände und Decken waren mit kilometerlangen Leitungen versehen, zudem waren da eine Menge Luken und Schotte. Die Luke aus der sie kamen war hinter vielen Leitungen gut versteckte. Über einen Ausgang der mitten im Wald war gelangten sie ins Freie. Hier stand ein Konvoi aus drei schwarzen VW-Bussen mit getönten Scheiben. Er wurde in einen Bus geführt, darin befand sich eine Trage auf die er sich legten sollte. Er war so mitgenommen vom Erlebten, dass er zunächst alles über sich ergehen ließ. Der Sanitäter schaute sich jetzt die Wunde genauer an.

«Es ist nur eine kleine Wunde, wir werden sie hier nähen.»

William sagte: «Ich bin Arzt!»

worauf hin der Sanitäter erwiderte:

«Ich weis Herr Dr. Todt, aber aktuell bin ich in der besseren Position zum Nähen!»

Es war alles verfügbar: Desinfektion, Lokalanästhesie, sterile Abdecktücher und Nahtmaterial. Er konnte seine blutverschmierte Kleidung gegen einen Overall eintauschen und eine Flasche gekühlten Wassers wurde ihm gereicht. Mit der Wasserflasche in der Hand wurde er in den nächsten Wagen gebeten. In einem Sitz saß ein Mann in schwarzem Anzug, weißem Hemd, schwarzer Krawatte und schwarzen Budapestern. Er kam William bekannt vor, eine Zuordnung des Gesichts gelang ihm in diesem Moment jedoch nicht.

«Dr. Todt, mein Name ist Georg Pfyffer, ich bedauere Sie unter diesen Umständen kennenzulernen aber ich zog es vor, die für Sie eher prekäre Situation ein wenig zu entspannen. Sie haben sicher einige Fragen an mich und ich denke, den Großteil beantworten zu können. Ich bin Commandante der «Guardia Arte Sacre Pontifica», einer internen Spezialeinheit der «Guardia Svizzera Pontifica» und der «Gendarmeria Vaticana».»

«Der Papst unterhält eine Spezialeinheit die Sakralkunst jagt?»

«Zumindest unterhält er wissentlich die beiden Dachorganisationen. Wir sind im positiven Sinne seit der Auktion in London hinter Ihnen her. Unserer Auffassung nach haben Sie in einem Fall in dem wir schon sehr lange ermitteln als eine Art Einzelkämpfer bemerkenswerte Erfolge erzielt, die uns nicht selbstgelangen!»

«Sie sind der Gegenbieter, der die Flaschen bei Northby's nicht ersteigerte und wutentbrannt den Saal verließ, ich erinnere mich wieder!»

Pfyffer nickte.

Die Einheit blieb vor Ort, William und Pfyffer wurden mit einem separaten Wagen ins Mandarin Oriental Geneve gefahren, wo sie in der Sitzgruppe von Pfyffer's Suite ungestört reden konnten. Ein wenig unheimlich war es schon als plötzlich ein Gin Tonic, London Dry mit Gurke serviert wurde.

«Ich sagte bereits, wir kennen Sie seit einiger Zeit.» sagte Pfyffer.

Er fing an zu berichten, was er wusste: Der Abt Innozenz Wursamb wechselte 1551 auf Geheiß Papst Clemens VII. als Abt von Würzburg nach Melk. Es war eine schwierige und sehr zerrüttete Zeit. Zwei epochale Ereignisse ließen Kirchen und Klöster sterben wie die Fliegen: die Reformation, die zwischen 1517 und 1648 zur Spaltung des westlichen Christentums in verschiedene Konfessionen führte, und die Türkischen Kriege zwischen dem sich nach dem Untergang von Byzanz im Jahre 1453 nach Norden und Osten ausbreitenden Osmanischen Reich und dem christlich geprägten Europa. Es war als Kleriker damals eher üblich als unüblich auf Reisen überfallen, geplündert und gar getötet zu werden. Den vatikanischen Geheimarchiven lag ein Schriftverkehr zwischen Wursamb und seinem Freund, dem Würzburger Bischof Konrad II. von Thüringen vor. Hierin schilderte Wursamb die grausamen

Plünderungen und teilte dem Freund den Ruf nach Melk mit. Von den Bräuchen der Zeit, mit all seinen Insignien und anderweitigen weltlich oder geistig bedeutenden Dingen das Abbatiat zu wechseln war man aus Sicherheitsgründen abgekommen. Für den Kleriker war es besser, mittellos aber dafür lebend am Ziel anzukommen und dann vom Zielort aus alle Wertgegenstände neu in Auftrag zu geben und durch zwar bedauernswerte, aber wenn tot nicht weiter ins Gewicht fallende, Boten liefern zu lassen. Wursamb's ebenfalls Freund Sebastian Sprenz war Fürstbischof von Brixen. Dieser musste zum Beispiel 1525 fliehen und wurde auf der Flucht kaltblütig von Aufständischen in Bruneck getötet.

«...sein Bischofskreuz wurde mit einem Schwerthieb von seinem Körper getrennt, ihm folgte der Kopf sogleich...» Das einzige Gut was -immer noch nicht ganz ungefährlich- überführt werden konnte war das Gut, das den Plünderern wertlos oder unbekannt erschien. Würzburg war zu Wursamb's Zeit bereits ein bedeutendes Weinanbaugebiet. Zwischen der Lese des sogenannten Kaiserweins, des Würzburger Steins von 1540 und Wursamb's Weggang aus Würzburg lagen 11 Jahre. In dieser Zeit hatte der Wein dieses Jahrgangs aufgrund seiner Besonderheit bereits unermesslichen Wert erlangt, wenngleich er für unwissende in den unförmigen Flaschen nichts daher machte. Es wurde berichtet, dass dieser unter anderem am 2. Juli 1543 bei der Hochzeit Heinrich VIII. und seiner sechsten

Frau Catherine Parr sowie interessanterweise auch am 28. Januar 1547, dem Todestag Heinrich VIII. im britischen Königshaus kredenzt wurde. Bei Beginn der Reise von Würzburg nach Melk wurde der einzig transportierbare Schatz, zwanzig Flaschen des Weines in einem mit Wasser gefüllten Holzfass eines Begleitpferdegespanns versteckt und blieb unentdeckt. Wursamb verfolgte das wachsende Aufsehen um den Wein gespannt und merkte bald einen Wechsel vom Genussobjekt zur Wertanlage. Im Laufe der Zeit beschloss er zwölf Flaschen des Weines zu verstecken. Die Zahl zwölf ist nicht weiter verwunderlich, es bestand ausreichend Bezug zu ihr: Das Dodekapropheton oder Zwölfprophetenbuch des alten Testaments, die zwölf Stämme des Volkes Israel, die zwölf Edelsteine auf dem Brustschild des Hohenpriesters, im neuem Testament die zwölf Jünger, die zwölf Grundsteine des neuen Jerusalems in der Apokalypse, die zwölf Tore und die zwölf Engel des himmlischen Jerusalem und so weiter. Der Brief endete damit, Konrad in einem separaten neuen Brief mitzuteilen, wo sich Hinweise zum Bestimmungsort des Schatzes befanden, falls Wursamb etwas zustoßen würde.

Dieser Brief wurde 1950 in den vatikanischen Geheimarchiven in einem Band gefüllt mit persönlicher Korrespondenz der Äbte Österreichs aus dem 16. Jahrhundert gefunden und übersetzt. Der angekündigte neue Brief war jedoch nicht auffindbar. Man ging von einem Verlust in den Wirren der Jahrhunderte aus. Die eigentlichen Insignien fielen im Laufe der Zeit ebenfalls der Reformation zum Opfer und wurden verschleppt. Etwa zehn Jahre nach dem Fund des Briefes stand besagter Band zur Restauration an. Prof. Phillipe Perrone der verantwortliche Buchrestaurator der Musei Vaticani brachte dann aber einen bedeutenden Hinweis ans Licht. Er fand in dem Band eine herausgerissene Seite, von der lediglich noch ein Fetzen des unteren Randes in der Bindung verblieb. Auf dem Fetzen war eindeutig Wursamb's Handschrift zu erkennen, der vom Wein aus Würzburg «Vinum herbipolensis» schrieb. Man kam schnell zu dem Ergebnis, dass hier jemand Bescheid wusste und den Schlüssel zu einem geschätzten -und mittlerweile bestätigten- Millionenwert kurzerhand herausriss und nun in Händen hielt. Unklar war die Frage, ob derjenige an dem Wein selbst oder an dem Geld interessiert war und diesen schon besaß. Fest stand jedoch, er war einen Schritt weiter als die Guardia Arte Sacre Pontifica. Man versuchte über Jahre den Täterkreis einzuengen. Einem einzigen Externen wurde bis dato jemals Zugang zu diesem Bereich der Archive gewährt, einem gewissen Caprice Hurone, der in den Besucherakten des Jahren 1947 auftauchte, aber keine weitere Existenz zu haben schien. Alle Untersuchungen ihn ausfindig zu machen blieben jedenfalls vergebens. Die zehn weiteren Personen die in dieser Zeit Zutritt zu den Archiven hatten wurden ohne Erfolg bereits kontrolliert. Daher wartete man als Konsequenz der festgefahrenen Ermittlungen darauf, dass der Wein von wem auch immer gefunden oder verkauft wurde, und somit wurde man erst wieder aktiv als die Versteigerung bei Northby's ausgeschrieben war.

«Erstaunlich. Sie haben aufgrund eines banalen Anagramms von Pierre Choncau zu Caprice Hurone jahrzehntelang im Dunkeln getappt?»

«Sehen Sie Mr. Todt, das ist unter anderem der Grund warum wir an Ihnen interessiert sind. Wir haben Sie am Auktionstag einigermaßen schnell als zumindest involvierte Person ausgemacht. Sie glaubten in das Gesamtbild zu passen, stachen jedoch völlig heraus. Gestik, Mimik, Kleidung, Alter. Was soll ein junger Mann wie Sie, der penibel darauf bedacht ist keine Regung zu zeigen die als Mitbieten gewertet werden könnte, mit blassem Gesicht, Schuhen von der Stange und mindestens 65% Polyesteranteil im Anzug auf Auktionen die im sechsstelligen Bereich starten? Wir haben sie verfolgt und den Antiquitätenladen in dem Sie sich allabendlich getroffen hatten abgehört. Wir wussten also von dem erbrachten Millionenbetrag, waren Augenzeuge bei der Überwältigung ihrer Geisel und deren Pensionszimmerdurchsuchung und im Übrigen auch Ihre Flugzeugnachbarn auf dem Vorfeld während ihres ersten Charterfluges mit dem delikaten Lamm. Erst als uns klar war, dass Ihre Zielperson Choncau war, fiel es mir wie

Schuppen von den Augen. Er und Horone waren ein und dieselbe Person. Wir verdächtigten ihn bereits einer Menge Sakralkunstverbrechen, nachweisbar war bisher jedoch keines lückenlos, sodass die Gefahr zu groß gewesen wäre, ihn straffrei gehen lassen zu müssen. Wir wissen zwar bis dato nicht en detail wie Sie das Rätsel gelöst haben, aber Ihre Arbeit war so beeindruckend, dass ich zu keinem Zeitpunkt Zweifel daran hatte sie seinen auf der falschen Fährte. Im Nachhinein wissen wir auch, dass Sie als Andy Radscold in San Pietro in Ciel d'Oro in Pavia waren und Untersuchungen mittels Medizintechnik durchgeführt haben, seither werden die Vatikanischen Museen vom dortigen Pfarrer mit Röntgenbildern aller möglichen Statuen und Gegenständen bombardiert. Ihre brillante Arbeit war es, die mich auch zu keinem Zeitpunkt dazu bewegen musste, mit meinen Leuten in Ihre Untersuchungen und Maßnahmen einzugreifen. Als Sie nun aber, und hier verdienen Sie meinen besonderen Respekt, sich auf spektakuläre Art und Weise Zugang in Choncau's Domizil verschafften, sah ich es vor einige meiner Leute in petto zu halten, da ich an diesem Punkt ausnahmsweise einmal besser informiert war als Sie, was seine Sicherheitsmaßnahmen anging. Ich bedauere wenn ich damit falsch lag aber ich ging davon aus, dass es Ihnen in dieser Situation nicht ganz unrecht war die Unterstützung meines und vielleicht auch Ihres zukünftigen Teams zu erhalten. Dr. Todt ich möchte einige

Dinge klarstellen: Wir haben kein Interesse an Ihrem Geld. Die Flaschen werden wir beschlagnahmen und somit gehen diese wieder in den Besitz der katholischen Kirche zurück aus dem sie kamen und somit sind alle Parteien glücklich, wenn man Choncau einmal außen vor lässt. Auf den werden in nächster Zeit oder besser gesagt in der Restzeit seinen Lebens ganz andere Probleme zukommen. Ich möchte um zwei Dinge bitten: Zum einen, mir die ganze unglaubliche Geschichte zu berichten die Sie um diesen Schatz herum erlebt haben und zum anderen die Frage, ob Sie für den Vatikan und die Guardia Arte Sacre Pontifica arbeiten möchten mit «Ja» zu beantworten!»

William blieb zumindest nach außen hin locker, zog den geklauten Ordner aus dem Rucksack und blätterte stumm darin. Pfyffer war von der Reaktion verwundert. William nahm ein Schriftstück aus dem Ordner, sah Pfyffer ernst an und sagte:

«Mr. Pfyffer, ich möchte auch zwei Dinge klarstellen: Hier ist zum einen erst einmal der von Ihnen so sehr vermisste Brief und zum anderen: «Ja!»»

Beide lachten und gaben sich die Hand.

Noch am Abend fuhren sie zum Aéroport International de Genève. Dort stand eine komplett schwarz lackierte Bombarider Challenger 300 bereit. Das Innere war ähnlich angeordnet wie die Cessna, nur viel geräumiger und an den Rückenlehnen war das päpstliche Wappen eingestickt. Auf dem kurzen Rückflug war nur Zeit für eine Tasse Kaffee. Diese wurde im eigens von Villeroy & Boch für den Papst angefertigten Service mit köstlichen Cantuccini gereicht, die ebenfalls eigens im Zisterzienserkloster Santa Susanna in Rom hergestellt wurden. Auch die Stewardess war im Gegensatz zu Amy ein wenig anders, es handelte sich um einen Jesuitenpater. Während des Fluges nach Rom Ciampino begann William alles zu erzählen. Der Kauf der Krumme, der Fund des ersten Schlüssels, die Recherchen über Pensing, Brundé's Schicksal, die Quittung mit der Spur auf den zweiten Schlüssel und dessen Beschaffung in Montenegro, den bereits bekannten Ausflug nach Pavia und zu guter Letzt die Bergung der Flaschen in Melk sowie deren Transport nach London. Ab dem Zeitpunkt der Auktion war Pfyffer ja näher am Geschehen dran als sich William jemals hätte erdenken können.

Pfyffer schwieg zunächst eine geraume Weile und sagte dann:

«Beeindruckend, Sie haben sich natürlich prinzipiell gleich an mehren Stellen strafbar gemacht, doch manchmal bedarf es unkonventioneller Handlungen um ein ehrliches und erstrebenswert scheinendes Ziel zu erlangen, was Ihnen durchaus gelungen ist. Uns hätte es genügt, die Flaschen zu ersteigern um dem Besitz ohne großes Aufsehen wieder der Kirche zurückführen zu können, leider gab es aber ein vorher festgelegtes Budget das Choncau deutlich überschritt. Dem Vatikan mangelt es nicht grundsätzlich an den ausreichenden finanziellen Mitteln um eine solche Auktion zu einem erfreulichen Abschluss zu bringen, aber solche Restitutionen bedurften einer gewissen Geheimhaltung. Ab einem bestimmten Betrag der die Vatikanbank verließ, wurde stets die ein oder andere Institution stutzig, was mit unangenehmen Fragen bis hin zu der Gefahr des Scheiterns einer Mission einhergehen konnte. Man war diesbezüglich derzeit sehr sensibilisiert, da sich die Vatikanbank ja in den letzten Jahren nicht nur Freunde gemacht hatte. Erfolgte solch eine Aktion offiziell, erhoben alsbald Staaten Ansprüche auf Teile der Güter, involvierten sich weltliche Kunst- und Denkmalinstitutionen, war die Presse voller Halbwahrheiten und der Vatikan musste erklären, woher die Gelder rührten mit denen die Auktion finanziert wurde. Ein nicht kirchliches Paradebeispiel war der mittlerweile hundertjährige Streit um die Büste der Nofretete, die 1912 bei Grabungsarbeiten der Deutschen Orientgesellschaft in Tell el Amarna ausgegraben und nach Deutschland geschafft wurde. Seit dieser Zeit wollte Ägypten die Büste zurück und Deutschland musste sich deswegen zweijährlich erneut auseinandersetzten. Bedachte man die Vielzahl der Kirchenschätze die noch zu bergen oder zu restituieren waren, war die Vermeidung solcher Querelen erstrebenswert und ein enormer Zeitgewinn. Die durch Sie herbeigeführte Lösung bezüglich der Weinflaschen war ohnehin sicher die bessere, da sowohl viel Geld gespart werden als auch ein schwerer Kunsträuber mit Anhang festgenommen werden konnte. Ich rechne noch heute mit ersten Ergebnissen der Hausdurchsuchung.»

Im Rom gelandet ging es mit einer schwarzen G-Klasse vom Flughafen aus durch die Stadt in den Vatikan. Zum ersten Mal in seinem Leben passierte William die Porta St. Anna, den Haupteingang in den Vatikan am östlichen Teil der Mauer. Es war eine wunderbare und warme Sommernacht. Innerhalb des Vatikans ging es über die Via de Belvedere, vorbei an der Vatikanbank und der vatikanischen Post in die Via Pio X. Sie parkten vor einem Gebäude und betraten es in der Dunkelheit durch einen Seiteneingang. Mit einem Blick konnte William auf den apostolischen Palast schauen, in dem zu dieser mittlerweile mitternächtlichen Stunde noch Licht brannte. Ihm kam der berühmte Satz und zugleich Titel einiger Publikationen in den Sinn: «Beim Papst im Zimmer brennt noch Licht!» Als Papst Johannes Paul I in der Nacht vom 28. auf dem 29. September 1978 verstarb wurde er am Morgen bei noch eingeschalteter Leselampe gefunden. Aufgrund des nur dreiunddreißig Tage andauernden Pontifikats kursierten die verschiedensten Verschwörungstheorien zu seinem Tod, nachgewiesen werden konnte jedoch nie etwas. Es ging über schwarz-weiß gerautet geflieste Granitböden, die Wände bestanden aus hölzernen Intarsienarbeiten, diesen an schlossen sich barocke Wandmalereien hinauf bis zu aufwändig bemalten Gewölben. Durch eine Seitentür der Eingangshalle führte eine Treppe hinauf in einen Trakt des Gebäudes, der offenbar als Bürobereich genutzt wurde. Er hatte allerdings nichts mit einem modernen Bürobereich zu tun, das Bodenmuster führte sich fort, nur die Bemalung wurde karger. Dafür hingen aber einige Gemälde an den Wänden. Am Ende dieses Traktes betraten sie Pfyffer's Büro. Kein Möbel war jünger als 200 Jahre, über dem Schreibtisch thronten die Flaggen des Heiligen Vaters, der Schweizer Garde und der Schweiz. Im Drucker stapelte sich bereits ein Berg von Photos zu denen er gleich griff. Es waren Bilder aus Genf die alle Kunstgegenstände dokumentierten. Bei der groben Durchsicht fand Pfyffer bereits 15 Gegenstände im überschlagenen Gesamtwert von etwa 31 Millionen Euro. Auch der Wein wurde gefunden, alle Flaschen waren noch intakt. Alle vor Ort festgenommenen saßen mittlerweile in einem Genfer Gefängnis. William informierte John in London in einem kurzen Telefonat über das Geschehene. Pfyffer ließ den nach wie vor in London gefangen gehaltenen Ivan Cruz-Pogenie durch Scotland Yard unverzüglich im Laden abholen und lege artis einsperren. Man kooperierte offenbar.

«Es wird Ihre erste Aufgabe sein, den Fall aufzurollen und zum Abschluss zu bringen. Aber jetzt würde ich vorschlagen die Arbeit für heute zu beenden und Morgen weiterzuarbeiten!»

Pfyffer führte William in die Unterkünfte der Schweizer Garde direkt neben der Porta St. Anna. Diese waren das absolute Gegenteil des bisher gesehenen. Karge Wände, alte und raue Dielenfußböden, spartanische Schlafkammern. Pfyffer versprach, sich am nächsten Tag mit ihm um Büro und Unterkunft zu kümmern, es gäbe da Kontingente. Er würde ihn nach dem Gemeinschaftsfrühstück in der Kaserne abholen. Als William seine Kammer betrat, saß er sich auf das einfache Eichenholzbett -Einzelbett verstand sich- und betrachtete den Raum. Es waren etwa zehn Quadratmeter in einem abgetönten Weiß gestrichen, der Boden bestand auch hier aus alten Dielen. Im gleichen Holz wie das Bett gearbeitet war standen ein kleiner Schreibtisch und ein Kleiderschrank im Raum. Das Fenster ging raus auf die Via di porta Angelica. So nah nächtigte William in seinem ganzen Leben noch an keiner Staatsgrenze. Streckte er die Hand aus dem Fenster befand sich diese schon in Italien während der restliche Körper noch im Vatikanstaat weilte. Von der Decke ragte eine Lampe die William sehr an die Beleuchtung von Bunkern im zweiten Weltkrieg erinnerte. An einem schwarz umwobenen Kabel hing eine ebenfalls schwarz konkave Blechscheibe in deren Zentrum eine Glühbirne eingedreht war. Als einzig aufwändig gearbeitetes Einrichtungselement hing ein etwa vierzig Zentimeter hohes Holzkruzifix an der Wand. Es hatte die gesamte Wand für sich alleine. Zumindest der Korpus stammte aus der Barockzeit. Dies erkannte William an der anklagenden und aufbäumenden Haltung Jesu wie sie in Anlehnung an Michelangelos Jesusdarstellung zu dieser Zeit häufig gefertigt wurde. Der Raum war trotz der Kargheit und Trostlosigkeit in sich ruhend und stimmig. Der sich aufbäumende Jesus der als Erlöser der Welt mit all ihrem Übel verstanden wurde als Zentrum. Drum herum erinnerte vieles an den benediktinischen Grundsatz

«*Ora et Labora*», der am ehesten auf die Bibel und dort auf Genesis 3;19 zurück ging, wo es hieß: «Im Schweiße Deines Angesichts sollst Du Dein Brot essen, bis Du zurückkehrst zum Ackerboden, von dem Du gekommen bist. Denn Staub bist Du und zu Staub kehrst Du zurück».

Dies konnte man auch als aufgeklärter Erdenbürger als nicht ganz falsch oder abtrünnig anerkennen. Wenn man mit ein wenig Menschenverstand begann diese Zeilen zu interpretieren bedeuteten diese nicht mehr als:

Sei fleißig – nicht faul, fett und ungesund. Arbeite für deinen Unterhalt – und lebe nicht auf der Basis von Verbrechen, Diebstahl und Gesetzlosigkeit. Bedenke wie klein Du einzelner Mensch bist – im Vergleich zu der Welt und ihrer langen Geschichte. Glaube an etwas – denn Ziele sind erstrebenswert und förderlich, und zu guter Letzt: Lebe bewusst - denn jeder Tag kann Dein Letzter sein.

Selbstverständlich wurden die Zeilen von den Hütern des Urheberrechts ihrer Gesinnung nach interpretiert und somit kamen Aspekte wie Himmel, Hölle, Sünde und Unterwerfung als Hauptintentionen heraus was sicher hinterfragbar war, aber im Grundsatz war doch etwas Wahres darin. William war über das Auslösen dieses Grundsatzmonologs in ihm rein durch die karge Inneneinrichtung sehr überrascht und felsenfest davon überzeugt, an einem anderen Ort in gleicher Umgebung lediglich über die wenig ansprechenden Unterbringungsverhältnisse gemäkelt zu haben ohne reflektierte Gedanken hierüber zu entwickeln. Eine wie auch immer geartete Besonderheit seines zukünftigen Arbeitsplatzes war nicht wegdiskutierbar.

Er lag wie so oft wach im Bett und dachte daran wie viele Gardisten wohl schon in diesem Zimmer seit der Gründung 1506 einquartiert waren. Natürlich gab es Phasen des

Leerstandes zu den Quartierzeiten in Castel Gandolfo, Quirinal oder Avignon, dennoch hätten die Mauern und vor allen das Kruzifix Bände erzählen können, und sicher nicht alle Geschichten gingen gut aus. Zum Beispiel die des Frederic Sormey, der in einen nie objektivierbar geklärten und nach wie vor mysteriösen Fall von Schusswaffengebrauch innerhalb des Vatikans, mit drei Toten in den 1990ern involviert war. Irgendwann in den frühen Morgenstunden schlief William ein.

Um 5:30 Uhr erfolgte der Weckruf auf dem Kasernenflur: «Mit Gottes Hilfe lasset und wachen über den apostolischen Stuhl!» Es folgte ein reges aber geordnetes Treiben auf den Kasernenfluren. Alle Gardisten versammelten sich im der blauen Exerzieruniform im Speisesaal. Dieser war ein langer, kahler aber sehr Licht durchfluteter Raum, in dem der Länge nach vier schwere und dunkle Eichenholztafeln mit Sitzbänken links und rechts aufgestellt waren. Immer mehr Gardisten nahmen Platz. Einige hatten Frühstücksdienst und deckten die Tische mit großen, noch warmen Brotleibern, in die vor dem backen ein Kreuz eingeschnitten wurde. Es gab verschiedene Wurstarten oder Käse zur Wahl. An Getränken wurden Milch, Tee und Kaffee in Thermoskannen auf den Tischen verteil. Es war ein seltsames Gefühl für William. Keiner wusste um die Geschehnisse der Nacht, niemand kannte ihn. Dennoch konnte er keine kritischen Blicke, Misstrauen oder gar Ablehnung bemerken. Dies lag sicher daran, dass wer es bis hierher geschafft hatte schon irgendwie begründet und vor allem berechtigt da war. Man vertraute einfach den diensthabenden Kollegen der Nacht. Eine Gruppe Gardisten sprach ihn -da er im Speisesaal wohl doch sehr verloren wirkte- an, ob sie ihm weiterhelfen könnten. William fragte nach Pfyffer und wurde in einen ebenso spartanischen aber deutlich kleineren Nebenraum geleitet. Es war eine Miniaturausführung des großen Speisesaals, der einzige Unterschied waren Eichenstühle statt der Bänke.

«Oberst Pfyffer frühstückt mit den Offizieren in einem separaten Speisesaal. Ich würde Sie bitten schon einmal Platz zu nehmen, er wird sicher gleich erscheinen.»

Kurze Zeit später erschien Pfyffer zusammen mit weiteren Gardisten höheren Ranges in der Tat in dem Speiseraum. William wurde allen als Gast der Guardia Arte Sacre Pontifica vorgestellt, dann nahmen alle Platz. Gemeinsam wurde in Latein ein wohl uraltes Gebet gesprochen, im dem um Schutz für die Schweizer Garde, den Papst, den Vatikan und die Christenheit gebetet wurde. Anschließend folgte die aus den 1950ern stammende «Inno e Marica Pontificale», die vatikanische Nationalhymne. Vor dem Anschneiden der Brote wurde mit einem Messer nochmals das Kreuzzeichen über den Leibern angedeutet und das Frühstück begann begleitet von lebhaften Gesprächen. Pfyffer saß neben William. Von den Gesprächen der anderen deutlich übertönt beugte er sich zu ihm:

«Sie entschuldigen die knappe Vorstellung eben, aber wie ich schon andeutete. Ihr neues Arbeitsumfeld unterliegt einer gewissen Verschwiegenheit und Unbekanntheit auch innerhalb der Vatikanmauern. Ihr Tagesablauf sieht so aus, dass wir beide zunächst einmal Ihren neuen Arbeitsplatz mit seinen Aufgaben skizzieren, Formalitäten erledigen und ich Ihnen am Ende des Tages Ihre Dienstwohnung zeige die Sie dann beziehen können.»

Nach dem Frühstück begaben sie sich zunächst auf einen Spaziergang in den vatikanischen Gärten. Pfyffer erklärte William zum einen die Schönheit der Natur in den Gärten, zum anderen aber auch die Abhörsicherheit durch an den Mauern angebrachte Störsender. Der Papst flanierte hier täglich zu Mittag mit seinem Camerlengo und besprach die Geschicke der katholischen Kirche. Da wäre ein Abhören der Gespräche durchaus unpässlich. William erfuhr mehr über die Guardia Arte Sacre Pontifica und seine geplante Rolle. Zunächst musste er sich von der Vorstellung verabschieden einer Art Heer anzugehören. Die Guardia zählte derzeit nur einen Mann, Pfyffer selbst. Sein bisheriger Partner Bätzong war vor einiger Zeit im Urlaub mit dem Segelboot 200 Seemeilen vor den

Kapverdischen Inseln gekentert, er ertrank. Obwohl die Guardia eine One-Man-Show war, waren die internationalen Kontakte und das Netzwerk erheblich. Wie die Fäden verliefen und geflochten wurden konnte William nicht in Gänze nachvollziehen, die Arbeit einer solchen Institution war aber wohl auch nicht nachvollziehbar wenn man nicht selbst der Strippenzieher war. Pfyffer beruhigte William, er würde schon noch Verstehen und selbst knüpfen lernen. Im Laufe des Gespräches wurde William die gesamte Tragweite seines neuen Lebensabschnitts bewusst. Es war kein Beruf den er hier ausübte, er würde einer Berufung folgen. Hatte er sich als Arzt in London noch über die schlechten Dienstbedingungen und die viele Arbeit geärgert, war hier von einem Dauerdienst auszugehen. Er stellte sich die Arbeit wie bei einem Top-Ermittler im Fernsehen vor, der nie Frei hatte und zu jeder Tages- und Nachtzeit auf Abruf zum Tatort eilte.

«Mein lieber Dr. Todt. Sie haben durch die Zusammenführung von gewagtem, dennoch vorsichtigem, zielorientierten und bedachtem Agieren Stärken gezeigt, die mir sehr imponiert haben. Zudem auch noch auf einem Gebiet an dem auch wir interessiert sind. Obwohl in Ihrer Kernkompetenz Mediziner, habe ich keinen Zweifel an dem brillanten Kunstermittler in Ihnen. Da es für Ihre kommenden Aufgaben keine unmittelbare Berufsbezeichnung gibt, ist das

Erlernen eines solchen nicht möglich und somit nicht notwendig. Natürlich existieren ausgewiesene Kunstexperten und auch -Ermittler in dieser Welt. Diesen fehlt jedoch das gewisse Etwas, es sind Schreibtischermittler, nicht brauchbar im Außeneinsatz. Deren Aufgaben sind nicht mit der Einzigartigkeit unserer zu vergleichen: Die Wiedererlangung vatikanischer Kunstschätze im Namen des Heiligen Stuhls mit zum Teil höchstem diplomatischen Background. Kommen wir zu den Konditionen: Unsere Arbeit kann niemals mit einem Gehalt oder noch banaler ausgedrückt Lohn abgegolten werden. Sie bekommen eine monatliche Aufwandsentschädigung von 14.000 Euro und zudem eine Dienstwohnung und einen Dienstwagen. Ihre Arbeit ist schnell skizziert: Sie arbeiten an offenen Projekten in der gleichen Art und Weise wie in Ihrem ersten Fall weiter, der Unterschied zu vorher ist gering. Sie arbeiten lediglich in besser passender und zugeschnittener Kleidung, tragen eine legale Waffe, fahren bessere Fahrzeuge und haben mehr Rückendeckung. Da der Vatikan in anderen Zeitdimensionen denkt als die weltlichen Arbeitgeber existieren in unserem Fall Begriffe wie Vertragslaufzeit, Kündigungsfrist oder Probezeit nicht. Dr. Todt, nehmen Sie diese Herausforderung an?»

Sie passierten soeben das Petrusdenkmal in den Gärten. William dachte über das Gehörte nach. In seinem tiefsten

Inneren hatte er bereits eine Entscheidung gefällt, sonst wäre er in Genf nicht in den Flieger gestiegen. Schnell die richtigen Entscheidungen treffen zu müssen kannte er als Notarzt zu genüge und war geübt darin. Die Seinigen waren überaus häufig die richtigen, warum sollte er sich nun täuschen. Was hatte er zu verlieren? Wenn dieses Abenteuer –als ein solches sah er das Geschehene nach wie vor an- scheitern sollte, konnte er wieder problemlos nach London zurück und als Arzt irgendwo arbeiten. Die Universitätskarriere wäre dann zwar vorbei da kein Chef eine nicht konsistent darstellbare Auszeit tolerieren würde, aber objektiv betrachtet führten die nicht universitär tätigen Kollegen ohnehin ein entspannteres Leben. Warum also nicht?

«Ich danke Ihnen für Ihr Vertrauen auch wenn ich die Art und Weise des Head-Huntings nicht lückenlos nachvollziehen kann. In den mir bekannten Arbeitsverhältnissen wird ein Job durch Lebenslauf und schriftliche, durchaus genormte Bewerbung ergattert oder eben nicht. Nach Ihrer Beschreibung geht es hier allerdings auch nicht um einen Job sondern eine Berufung die mich überaus interessiert. Ich will Ihr Angebot daher gerne annehmen!»

Pfyffer fiel sichtlich ein Stein von Herzen. Sie besiegelten das neue Verhältnis nochmals mit einem Handschlag und gingen eine weitere Weile durch die Gärten. Aufgrund der politischen Komplexität der Einheit vereinbarten beide Williams Position bei Vorstellungen Fremden gegenüber zunächst einmal als neuer Arzt der Schweizer Garde. Dies musste fürs Erste ausreichen. Er würde im Laufe der Zeit die Hand voll Menschen außerhalb der Garde kennenlernen, die um die Existenz der Sondergruppe wussten. Der eigentlichen Garde stand ein Medizinaloffizier zur Verfügung der die medizinische Betreuung vollständig übernahm. Als Gardemitglied wurde dieser in Williams Auftrag eingeweiht und brauchte daher keine Konkurrenz zu fürchten.

In den Gärten herrschte eine atemberaubende Atmosphäre. Vor allem die Rückansicht des Petersdoms imponierte William. Wenn man den Trubel und die Menschenscharen bedachte die sich auf der anderen Seite der dicken Mauern von früh bis spät auf dem Petersplatz tummelten, die enge Kuppel des Doms bestiegen und das noch hektischere Rom, das sich hinter Berninis Säulengang über die Via della Conziliazione anschloss, befand man sich hier förmlich in einer anderen Welt. Das einzige Bindeglied zur William bisher bekannten Welt waren die Menschen auf der Kuppel des Petersdomes. Diese waren so weit entfernt, dass man sie nur noch als Miniaturen in der Ferne erkennen konnte. In William stieg ein großer Respekt vor seiner neuen Aufgabe auf und er spürte den Symbolcharakter der soeben gesammelten Eindrücke.

«Mein Freund, wir müssen alsbald die Gärten verlassen, der Heilige Vater beginnt in Kürze seinen Spaziergang. Zudem ist es an der Zeit Ihr neues Arbeitsumfeld in Augenschein zu nehmen.»

Beide verließen die Gärten in Richtung Kaserne. Sie nahmen den gleichen Eingang in das Gebäude wie bei der Ankunft in der Nacht. Erst bei Tageslicht bemerkte William, dass es sich um einen Seiteneingang der Vatikanischen Museen handelte. Pfyffer nahm den Schlüssel seines schwarze Alfa Giulietta in seinem Büro. Beide stiegen mit dem Ziel Williams neue Wohnung in der Via Aurelia Antica im Augenschein zu nehmen in den Wagen. Es war eine ruhige Ecke Roms. Die Straße war überwiegend von Mauern links und rechts gesäumt die allesamt zu den dahintergelegenen, recht ausladenden Anwesen gehörten. Ab und an konnte man durch die großen geschmiedeten Eisentore der Zufahrten Einblicke bekommen. Die Gegend war ausgesprochen grün. Alte Pinien oder Olivenbäume, blühende Büsche oder Sträucher wohin man sah. Sie bogen von der Straße ab, passierten eines der großen, sich automatisch öffnenden Tore und befuhren das Grundstück. Eine Zufahrt aus Kopfsteinpflaster endete vor einem Brunnen der wiederum unmittelbar vor der zweiflügeligen Haustüre stand. Pfyffer berichtete, es handele sich um ein Haus des Vatikans. Hier lebten der emeritierte Leiter des Archivum Secretum Apostolicum Vaticanum, Faenfearra, sowie der Leiter der Vatikanischen Post, Bornelli mit seiner Familie. Die Wohnung im obersten Stock sei frei stehend und wurde für William vorgesehen.

Es waren etwa 80 Quadratmeter, gänzlich mit Nußbaumparkett ausgelegt. Ein Großes Arbeitszimmer mit Blick auf den Vatikan, im Wohnzimmer zwei dunkelbraune, erstaunlicherweise sehr moderne Chouches gegenüberstehend, dafür im Esszimmer eine Jugendstiltafel für 8 Personen. Moderne Küche, freistehende Badewanne mitten im Raum, das Schlafzimmer ebenfalls geschmackvoll modern, wovon William mitunter am meisten überrascht war. Pfyffer schlug vor William heute in Ruhe zu lassen, er sollte die neue Heimat erst einmal erkunden, Morgen würde er ihn abholen und nach der Konfektionierung der Dienstbekleidung den Dienstwagen besprechen. Wie so oft schon in seinem bisherigen Leben startete William die Erkundung der neuen Umbebung in alter Manier beim Discounter. Voll bepackt mit San Pelligrino, Orangina und Pasta mit Pestovariationen in rauen Mengen kehrte er nach einigen Stunden zurück. Die Gegend war alles in allem unspektakulär, was wahrscheinlich absichtlich so gewählt war und einen guten Ausgleich zu den neuen Aufgaben darstellte.

Am nächsten Morgen richtete sich William notdürftig, weil noch nicht vollends ausgestattet her. Die Laune war nur mäßig denn er war ein Verfechter der Nassrasur als morgendliches Ritual. Er nutzte leidenschaftlich gerne ausschließlich Dachshaarpinsel und Rasierseife von Taylor of Old Bond Street. Aktuell waren jedoch Dosenschaum und Einwegrasierer angesagt. Pfyffer holte ihn mit der Frage ab, ob zuerst das Ankleiden oder die Autowahl erfolgen sollte. Hiermit besserte sich Williams Laune deutlich, und ohne lange überlegen zu müssen ging es in Richtung Fuhrpark. Ihm wurde ganz anders als er erfuhr ein italienisches Modell fahren zu müssen. Ehrlicherweise waren die Briten nicht gerade an der Spitze was die Zuverlässigkeit ihrer Gefährte betraf, sie lagen aber immer noch weit vor den Italienern. Das kleinste Übel war ein schwarzer Alfa Giulietta, mehr gaben die Fahrzeuge von der Stange nicht her. Nackt, da es der neue Dienstherr so wünschte. William forderte eine Probefahrt, er würde sich die Wahl überlegen und im Anschluss gleich zum Büro zurückkommen. Erst drei Stunden später kam William mit dem Bus der Linie 40 am Vatikan an und betrat kurze Zeit später Pfyffer's Büro der mit hochgezogenen Augenbrauen auf die Uhr schaute.

Die Päpste wurden zwar seit 1798 vom der Familie Gammarelli eingekleidet, alle anderen Angestellten jedoch von der Vatikanischen Schneiderei, die von Ordensschwestern betreiben wurde. Eine Ausnahme neben dem Papst stellten auch noch die Gardisten dar. Diese hatten ebenfalls einen eigenen Schneider der alle Uniformen nach Maß schneiderte und auch für William zuständig war. Seniore Britzoni war ein nicht ganz groß geratener, grauhaariger Mann mit Hornbrille. Sehr nett, sehr fachlich. Im Nu war William vermessen. Es wurden schwarze Anzüge und weiße Hemden geschneidert. William wählte die Variante mit Unschlagmanschette, Manschettenknöpfe liebte er. Seiner Meinung nach waren diese neben der Uhr das einzige Element, mit dem Mann seine Individualität darstellen konnte.

Als nächsten ging es zu Williams Arbeitszimmer im gleichen Trakt in dem sich das von Pfyffer befand. Das Fenster bot einen Blick auf die Hohe Fassade des Petersdoms wodurch der Raum wahrscheinlich dauerhaft im Schatten lag. Marmorboden, ausladender Massivholzschreibtisch, Sitzecke am anderen Ende des Raumes und eine antike Kommode in die ein Kühlschrank eingearbeitet war. Über dem Schreibtisch hing Caravaggio's «Judaskuss», der nach einem Kunstraub in Odessa aus dem Museum für westeuropäische und orientalische Kunst von den Dieben verkauft werden sollte und zumindest offiziell durch eine Spezialeinheit der GSG 9 in Berlin befreit wurde. An dieser Geschichte stimmte jedoch lediglich das Wort «Spezialeinheit». Die Geste ein Bild mit diesem Hintergrund aus dem unüberschaubarem Fundes des Vatikans aufzuhängen fand William sehr nett, mittelfristig musste jedoch etwas anderes her, da es doch zu düster war. Er bestellte sich noch am gleichen Tag Anja Neudert's «Tower Bridge» als Kaschierung unter Acrylglas. Diese sagte ihm persönlich deutlich mehr zu, zudem war sie etwa 90 Millionen Euro günstiger. Pfyffer erklärte es sei das Büro des verstorbenen Bätzong gewesen, der die Erlaubnis hatte das Bild dort hängen zu haben da er entscheidend an der Befreiung beteiligt war. Wie dem auch immer war, bei einem geschätzten Gesamtvermögen des Vatikans von 6-12 Milliarden Euro waren beide Bilder so gesehen Peanuts und somit war es auch egal welches wo hing.

Wie besprochen war Williams erster Auftrag der Ermittlungsabschluss um Choncau. Er sammelte zunächst alle Ermittlungsakten in seinem Arbeitszimmer. Das Trio saß noch in Genf, London und Montenegro fest. Es waren sicherlich mehrere Befragungen notwendig, weshalb William es für besser erachtete, alle drei nach Rom bringen zu lassen. In seinem neuen Job bedurfte es nur eines Anrufes der noch nicht einmal fingiert werden musste, um die Auslieferungen zu planen.

In den nächsten Tagen lernte William nach und nach die Gardisten und sonstigen Angestellten der Garde kennen. Gegen Ende der ersten Woche war auch sein Dienstwagen abholbereit. Ein 71er Jaguar E-Type V12 in schwarz. William hatte dem Dienstwagen gleich während der Probefahrt bei einem römischen Fahrzeughändler in Zahlung gegeben und den Jaguar bestellt. Soviel Freiheit musste sein. Mit diesem fuhr William am nächsten Samstagabend im Konvoi zusammen mit sechs Gardisten die zum Kader gehörten zum Flughafen. Mit einer der beiden offiziell nicht vorhandenen vatikanischen Bombarider Challenger 300 ging es zunächst nach Genf, dann über London und Montenegro zurück nach Rom. Diese Maschine war deutlich funktioneller ausgebaut als die mit der er zuletzt aus Genf kam. Eher eine Art Mannschaftstransporter. Sie fuhren jeweils unter Polizeibegleitung in die Gefängnisse, dort wurden alle drei aus dem Schlaf gerissen und in Hand- und Fußschellen zurück zum Flughafen gefahren. Ein Täter wurde von zwei Gardisten bewacht, die Flugzeugkabine war durch im Boden eingelassene Trennwände in vier Abteile abtrennbar. Während des gesamten Fluges sprach niemand, William saß mit im Cockpit und starrte in die Dunkelheit. Er überlegte wie er den Fall strategisch optimal zum Abschluss bringen konnte. Nach der Landung standen auch in Rom wieder Fahrzeuge bereit. Um sechs Uhr in der Früh passiert der Konvoi die Porta Santa Anna. Alle drei Gefangenen wurden in Einzelzellen zwei Stockwerke unterhalb der Tiefgaragen untergebracht.

Auf dem Weg ins Arbeitszimmer traf William Britzoni der für gewöhnlich ab sechs Uhr bereits am schneidern war, dieser nahm ihn gleich mit. Die Hemden und Anzüge saßen wirklich perfekt. Mit William unbesprochen ließ Britzoni Manschettenknöpfe anfertigen. In den linken war das Wappen der Garde eingeprägt, in den rechten Williams Initialen. Neu eingekleidet, einschließlich schwarzen Plain Derbys als Kalbsleder stattet er den Gefangenen einen ersten Besuch ab. Zunächst betrat er die Kabine von Choncau. Dieser lag auf einer Pritsche wie ein Haufen Elend. William setzte sich langsam auf den einzigen Stuhl im Raum, schlug die Beine übereinander, die Hände gefaltet auf dem Knie und schaute ihn an. Unvorstellbar, dass von so einem erbärmlichen Wesen all die Dinge ausgegangen waren. Er schwieg ihn an, Choncau war zu erschöpft um ein Gespräch zu beginnen.

William stand auf und ging auf ihn zu, Choncau regte sich nicht. Nachdem er die Zelle wieder verlassen hatte, veranlasste er die Verlegung Choncau's auf die Krankenstation. Er musste bei sicherlich einer Palette an Vorerkrankungen und verordneten Medikamenten unbedingt adäquat behandelt werden, trotz allem.

Und so knüpfte sich William als nächstes Alexander Schamanjok vor. In einem Gewölberaum ohne Tageslicht, der wohl schon spätmittelalterlich zu Investigationszwecken genutzt wurde wartete er auf dessen Vorführung.

«Guten Morgen Herr Schamanjok, oder sollte ich sagen Herr Dal'Veoro? Mein Name ist Todt. Sie werden Sich wundern, warum Sie nach all den Jahren der Ruhe und des Vergessens über Nacht wieder einmal menschliches Interesse geweckt haben das so weit ging, Ihnen sogar einen Flug in die ewige Stadt zu spendieren.»

Alexander schaute ihn mit weiten Augen an.

«Ich möchte mit Ihnen über den Fall in Montenegro sprechen, Ihren Auftraggeber und Ihren Auftrag. Ich wäre Ihnen dankbar, wenn Sie mir behilflich wären Ihre Arbeit zu verstehen und bitte um Kooperation.»

Alexander regte sich nicht. William starrte ihn an, eine halbe Stunde lang passierte nichts, kein Wort, keine Bewegung.

«Ich dachte mir beinahe, dass es so laufen wird, Igor war ebenso stur, wenn nicht noch zäher!»

Alexander wirkte versteinert.

«Nun gut, ich möchte kein Spielverderber sein und biete Ihnen einen Deal an. Ihre Geschichte gegen die Ihres Bruders!»

Stille.

«Die Ihres Bruders und die von Choncau vielleicht?» Alexander verkrampfte in den Handschellen bis es zum Abschnüren des Blutes kam. Wieder folgten dreißig Minuten Schweigen.

«Sie brauchen keine Sorge zu haben, ich lehne Folter ab. Des Menschen Wille ist sein Himmelreich. Sie werden nicht erfahren wie es weiter ging mit Ihrer «Familie». Was ich Ihnen allerdings mit auf den Weg geben möchte, ist unsere Kenntnis eines von Ihnen verübten Mordes in Deutschland vor vielen Jahren sowie schwerer Kunstraub. Der Taschendiebstahl in Montenegro wird fortan Ihr kleinstes Problem sein. Ich werde Sie in den nächsten Tagen allerdings erneut empfangen, falls Sie es sich anders überlegen sollten.»

William bekam Nachricht über einen sich offenbar binnen der letzten zwei Stunden entwickelten Redebedarf Choncau's. Er betrat die Krankenstation die einer modernen Intensivstation mit all ihren Vor- und Nachteilen in nichts nachstand. Man musste für ein Akutereignis des Heiligen Vaters vorbereitet sein. Führend vorangetrieben hatte den Ausbau der Station der 13. Mai 1981 als Johannes Paul II. von zwei Kugeln an Schulter und Abdomen lebensgefährlich verletzt wurde. Er wurde sofort in die Gemelli-Klinik transportiert und man war damals empört darüber, mit keiner ausreichenden Akutversorgung im Sinne einer modernen Krankenstation innerhalb des Vatikans aufwarten zu können. Bedauerlicherweise aus der heutigen medizinischen Sicht für diese spezielle Situation ein völliger Schwachsinn. Hätte es damals die Station schon gegeben und wäre er dorthin transportiert worden, er wäre hochwahrscheinlich gestorben. Penetrierende Verletzungen benötigen exakt zwei Dinge: einen Operationssaal und einen guten Operateur der unverzüglich den Bauch aufschneidet, ob Papst oder nicht. Ärzte in den USA hatten diesen Fakt mit einer simplen Studie belegt: Patienten mit Schussverletzungen in den großen Körperhöhlen Brustkorb und Abdomen wurden in zwei Gruppen aufgeteilt und das Überleben verglichen. In die eine Gruppe wurden Patienten eingeschlossen, die lege artis durch den Rettungsdienst versorgt wurden: Infusionen, Narkose, Lagerung und professionelle Verbände vor Ort, wohingegen die zweite Gruppe aus den Patienten bestand, die -warum auch immer- unmittelbar nach Entstehung der Verletzung mit einem Taxi oder Privatwagen unter Vollgas vor die Notaufnahme gekarrt und ausgeladen wurden. Letztere Gruppe überlebte signifikant häufiger. Das aktuell führende Konzept lautet aufgrund dieser und vieler anderer Erkenntnisse: Weniger ist oft mehr, Load and go! Ein weiterer Faktor an dem gerne einmal in solch Situationen gestorben wurde war der Prominenten-Status. Dieser wurde zum Beispiel 1997 der Princess of Wales zum Verhängnis. Diese verblutete an einer Milzruptur die nachgewiesenermaßen die Todesursache war. Anhand der Zeiten auf den Protokollen am ehesten weil niemand sich getraute, rasch den royalen Bauch aufzuschneiden. Bis geklärt war wer schneidet war alles zu spät. Diese Beispiele zogen sich durch die Weltgeschichte der Prominenten wie ein roter Faden.

William betrat das Krankenbett. Choncau signalisierte in der Tat Redebereitschaft, allerdings nicht ich einem solch «ungebührenden» Ambiente. William konnte die Kritik nachvollziehen und organisierte eine Verbringung des Patienten in einen gebührender eingerichteten Besprechungsraum der Offiziere in den Räumlichkeiten der Garde.

«Nun, ich möchte mich für die Entscheidung mit mir die Gespräche aufzunehmen zunächst bedanken, Mr. Choncau.»

«Ich nehme einen Absinth.»

Er hätte, wäre es zu erraten gewesen auf nichts anderes getippt. Es war so passend. Absinth als Kultgetränk einer ganzen Kunstepoche. «Es scheint, als sei die gesamte europäische Elite der Literatur und der bildenden Künste im Absinthrausch durch das ausgehende 19. und beginnende 20. Jahrhundert getorkelt», war ein Zitat aus dieser Zeit. Der Weinbergarbeiter Jean Lanfray war starker Alkoholiker, der bis zu fünf Litern Wein pro Tag trank. An dem Tag, an dem er seine schwangere Frau, seine zweijährige Tochter Blanche und seine vierjährige Tochter Rose in einem Wutanfall ermordete, hatte er neben Wein auch Branntwein sowie zwei Gläser Absinth zu sich genommen. Dieser Fall sorgte für europaweites Aufsehen und war Anstoß eines Absinth-Verbotes. Wer bis zur Rehabilitation des Getränks die Produktion im Untergrund jedoch lebhaft weiter betrieb waren die Schweizer. Mit Erstaunen stellte William fest, dass es auch im Vatikan kein größeres Problem darstellte Absinth zu organisieren. Und nicht nur das, er wurde sogar in einem Reservoirglas mit Absinthlöffel gereicht. Der Absinthlöffel wurde auf ein Glas gelegt, auf diesen kamen ein oder zwei Stück Würfelzucker. Dann goss man den Absinth langsam über den Zucker ins Glas, so dass sich der Zucker mit Absinth vollsaugte. Nun entzündete man den absinthgetränkten Zucker mit einem Streichholz. Der Zucker begann zu karamellisieren und tropfte in den Absinth. Sobald der Zucker nicht mehr brannte klopfte man den Zuckerrest vom Absinthlöffel in das Absinthglas und rührte kräftig um. William war nachhaltig beeindruckt darüber, was der Papst alles in seiner Bar verfügbar hatte. Einer Zeremonie gleich bereitete sich Choncau seinen Absinth zu.

«Ich verstehe Ihre Rolle nicht so ganz. Vom Gejagten zum Jäger? Man spürt förmlich, dass Sie da in etwas hineingeraten sind das bei weitem nicht Ihre Kragenweite ist. Ungeachtet Ihrer Rolle hier bin ich gelangweilt von dem ganzen Gehabe. Bemerkenswert, dass ich mit meiner Vita vor so jemandem wie Ihnen sitzen muss, der Gendarm spielt und versucht ein imposantes Leben in dem ich nebenbei bemerkt nichts bereue zu rekonstruieren. Was glaubst Du, wer Du bist, Junge?»

William dachte sich: Grundsätzlich nachvollziehbare Kritik und musste innerlich sogar schmunzeln. So konkret hatte es ihm noch keiner gesagt, wenngleich er trotz des relativ jungen Alters und der geringen «Berufserfahrung» eine bereits passable Leistung vorzuweisen hatte.

«Ich bin so gelangweilt von dieser ganzen Sache hier. Es langweilt mich gar zu Tode. Der einzige Lichtblick ist diese Flüssigkeit.»

Er blickte in das Glas.

«Sie hat und hatte eine Vielzahl von Verehrern.

Weißt Du welche?»

«Sie werden es mir sagen!»

«Ja, das werde ich. Ich werde Dir sagen wer diesem verlockenden Mandelgeruch noch anheim fiel.»

William wurde stutzig. Absinth roch für gewöhnlich nach Kräutern. Mandelgeruch war in seinem alten Job stets ein Alarmzeichen.

«Dieses köstliche Getränk wurde bereits vor mir favorisiert von Göring...Goebbels...Rommel...»

William sprang auf, zog seinen silbernen Füllfederhalter aus dem Sakko um ihn zwischen Choncau's Ober- und Unterkiefer zu stecken, doch zu spät. Bevor er Choncau erreichte, biss dieser kräftig zu. Seine implantierte Cyankaliplombe war eröffnet, er verloren. Er verdrehte die Augen, das Glas fiel ihm aus der Hand und er sank in den Sessel. William blieb nur dem Geschehen zuzuschauen bis es vorbei war. Cyanwasserstoffe mit ihrem charakteristischen Mandelgeruch waren einfach nicht für den menschlichen Organismus gemacht. Sie wurden bei Chemieunfällen oder Bränden frei, im 3. Reich waren sie eine probate Methode des Notausstiegs der NS-Größen. Wie offenbar Choncau, ließen sich diese eine gefüllte Plombe in einen Backenzahn implantieren, Bei hartem Zubeißen zerbrach diese und führte unverzüglich zum Tod. Die Substanz wurde sofort über die Schleimhäute ins Blut ausgenommen und band hier an das Hämoglobin der roten Blutkörperchen die dann wiederum nicht mehr in der Lage waren Sauerstoff zu binden. Im wahrsten Sinne des Wortes sprach man hier von Inneren Ersticken. Es gab keinen bemerkenswerten Todeskampf. William kontaktierte die Wache. Er informierte einen Arzt auf der Krankenstation über das Geschehene, dieser leitete alles Weitere in die Wege. Es war ausgeschlossen eine Person wie Choncau in die Aufbahrungsräumlichkeiten des Vatikans zu verbringen. Man ließ ihn daher aus dem Vatikan heraus in das rechtsmedizinische Institut bringen. Die Obduktion würde wohl noch einige Informationen über den Körper Choncau's geben, der Geist war bedauerlicherweise für immer verloren. Der Suizid warf William um Lichtjahre zurück, wenn der Rückfall überhaupt kompensierbar war. Er musste nun versuchen aus Rudimenten einen Fall zu rekonstruieren und ging nicht davon aus, dass die Schamanjoks viel über die Zusammenhänge der Machenschaften wussten. Wohl eher nur von der Spitze des Eisbergs.

Als nächstes ließ William den noch übrig gebliebenen Igor in den Verhörraum führen. Dieser bekam ebenfalls große Augen als er William erblickte.

«Ich hoffe, Sie hatten einen guten Flug. Sie sehen, wir haben uns in der Zeit Ihrer Gefangenschaft deutlich professionalisiert was die Gastgeberrolle angeht. Ihre Lage ist recht aussichtslos, ich will Ihnen nichts vormachen. Choncau ist im Übrigen tot. Er belastete vor seinem Ableben Sie und Ihren Bruder schwer. Ja, sie haben richtig gehört, Ihr Bruder ist ebenfalls hier. Sie haben nun die Wahl zu kooperieren und wir versuchen mildernde Umstände für Sie und Ihren Bruder, falls möglich in Zukunft gemeinsam, zu erreichen oder eben nicht.»

Igor standen die Tränen in den Augen.

«Ich bin gewiss, Sie glauben mir nicht, daher möchte ich Sie bitten, auf dem Monitor auf der Wand zu schauen.»

Per Knopfdruck schaltete sich ein Monitor an der Wand ein, der tonlos eine Übertragung aus Alexanders Zelle zeigte. Es war kein schlimmer Anblick, die Zellen hier hatten nicht viel mit den staatlichen Gefängniszellen zu tun. Alexander saß an einem Tisch und starrte aus dem dennoch vergitterten Fenster.

«Schauen Sie, ich kann die Vergangenheit nicht ändern. Ich versuche lediglich meinen Job zu machen. Helfen kann ich Ihnen nur bedingt, ich erläutere Ihnen meine Absichten: Auch ohne Sie genauer zu kennen unterstelle Ich Ihnen beiden ein relativ glückloses Leben. Ich bin wahrlich nicht an Ihrer kompletten kriminellen Vita interessiert. Was jedoch zu klären bleibt sind die Dinge um die ich ansatzweise weiß. Es gibt einen Mord in Frankfurt, einen versuchten Mord in Calais, zudem bin ich an Informationen bezüglich der Weinflaschen interessiert sowie ein wenig an Choncau's Leben natürlich. Es gibt wenig Zweifel an einer Verbindung zwischen Ihnen und den Herrn Brundé und Pensing. Sie sind sicher über die allgemein gültigen Strafmaße im Bilde, daran kann ich zugegebenermaßen nichts ändern. Für ein gemeinsames

Absitzen der Strafen sowie Ihrer Zusammenführung nach deren Beendigung in Ihre alten Wohnung in Montreux könnte ich allerdings sorgen. Ein fairer Deal ohne leere Versprechungen.»

Nun sprach Igor zu ersten Mal mit deutlichem russischem Akzent:

«Ich kann wirklich nichts Falsches an Ihrer Behandlung meiner Person finden. Sie haben mich stets den Umständen entsprechend gut behandelt. Es gibt keinen Anhalt dafür von Ihnen ausgetrickst zu werden. Schwören Sie mir, dass Choncau tot ist. Mehr verlange ich gar nicht!»

«Möchten Sie seinen Leichnam sehen?»

«Nein, ich vertraue Ihnen mittlerweile, unerklärlicherweise. Für ein neues und besseres Leben für mich und meinen Bruder möchte ich sprechen!»

«Glauben Sie, Ihren Bruder auch zum sprechen bringen zu können?»

«Ja!»

«Dann will ich Ihnen den ersten Vorgeschmack auf ein neues, gemeinsames Leben gewähren!»

William verlegte das weitere Gespräch in den Besprechungsraum in dem sich Choncau zuvor suizidierte. Zudem ließ er Alexander herbringen. Der Raum wurde von sechs Gardisten mit MP5 im Anschlag bewacht. Ähnlich wie

Ratten in Tierversuchen ließ William beiden nach all den Jahren der Trennung zunächst Zeit der Akklimatisation. Beide fielen sich in die Arme und sprachen russisch. William mahnte zum Sprachwechsel dem beide unverzüglich nachkamen. Er ließ einen Beluga Allure Wodka aus Russland als zusätzliches Entgegenkommen servieren.

«Ich hoffe er mundet, mit Absinth haben wir in der letzten Zeit schlechte Erfahrungen gemacht. Bitte, teilen Sie mir etwas über Ihre Kindheit und die Aufnahme bei Choncau mit!»

Die beiden begannen zu erzählen und man hatte den Eindruck es war eine gehörige Portion Erleichterung dabei. Als fiele ihnen eine Last von der Seele. Beide wuchsen als Kinder eines Försters in den Torfmooren um Moskau auf. Zwei weitere Geschwister starben. Eine Schwester wurde im Alter von drei Jahren von wilden Hunden beim Spielen im Wald zerfleischt, ein Bruder auf der Jagd erschossen. Der Schütze war offenbar eine Art Leibherr. Ein Torffabrikant aus Moskau, bei dem der Vater angestellt war und der das gesamte Land zu Eigen hatte. Er war es auch, der den Bruder erschoss als er im Alkoholrausch dachte ein kleines Wildschwein zur Strecke zu bringen. Die Bezahlung war denkbar schlecht und so musste der Vater zusätzlich als Torfarbeiter stechen gehen. Dennoch gab es nichts zu reißen und zu beißen, sodass der Vater allnächtlich im eigenen aber nicht zu eigenen Forst auch noch wilderte. Zunächst für den Eigengebrauch, dann begann er sogar mit dem Handel. Ob er verraten wurde oder es ein dummer Zufall war konnten beide nicht mehr sagen, sie waren mit etwa fünf Jahren zu klein. Eines Winters Nacht, der Vater war wieder einmal in den Wäldern unterwegs, näherte sich ein Tross Männer mit Gewehren und Hunden der elterlichen Hütte. Die Brüder wurden mit den Worten «Sie haben Vater!» von der Mutter aus dem Bett gerissen. Auf jedem Arm ein Kind, lief diese vom Haus weg in Richtung Toilettenhäuschen. Einen nach dem anderen warf die Mutter durch das kreisrunde Loch in die eiskalten Fäkalien. Sie hörten wie sich die Mutter wieder entfernte. Kurze Zeit später fielen Schüsse, Mutter schrie. Die Brüder verbrachten die ganze Nacht in dem Loch. Als von oben Sonnenlicht einstrahlte hangelte sich Igor an den Brettern hoch, Alexander half von unten. Mit einem von Igor eingeworfenen Tau gelang es auch Alexander auszusteigen. Es bot sich ein grausames Bild. Der Vater hing am Lederriemen seines Gewehrs aufgehängt an einem Baum. Vor ihm lag ein totes Rehkitz. Ein Vorderlauf war abgeschnitten, dieser war dem Vater in den weit geöffneten Mund gesteckt. Aus der Herzgegend rann Blut in den Schnee. Die Mutter saß ebenfalls gefesselt und erschossen auf einem Stuhl vor dem Vater, als habe sie vor ihrer Hinrichtung als Zuschauerin fungieren müssen.

Auf sich alleine gestellt versteckten sich die beiden zunächst im Wald und kehrten nur zur Nahrungsaufnahme ins Haus zurück. Lange gut ging dies jedoch nicht. Der Winter Russlands war wie immer hart, die Nahrung alsbald aufgebraucht und so wurden die Brüder kurz vor dem Verhungern von einem Arbeiter im Wald aufgegriffen und in ein Waisenhaus gesteckt. Die Zeit hier war von Erniedrigungen und Gewalt geprägt. Mit den Jahren bemerkten beide die Bevorzugung von Kindern mit besonderen Eigenschaften. Sie witterten die Chance auf ein besseres Leben. Während der langen Tage und Nächte im Kinderheim hatten sich die beiden das Messerwerfen angeeignet. Mittlerweile waren die Kunststücke durchaus vorzeigbar. Ob mit Messern jonglieren oder Messer auf eine Holztür an der der andere stand werfen, die Leidensgenossen waren durchaus beeindruckt. Die wohlhabende Bevölkerung Moskaus war jedoch eher an Kindern mit einer besonderen Arbeitsbegabung interessiert. Somit warteten die Brüder vergebens auf einen Erlöser und so beschlossen die mittlerweile herangewachsenen Brüder nach zehn Jahren Waisenhaus die Flucht. Sie wollten versuchen sich mit ihren Fähigkeiten auf den Straßen Moskaus durchzuschlagen, und es gelang. Über zwei Jahre lang boten sie ihre Messerkünste dar, schliefen mal hier mal dort und es erging ihnen tausendmal besser als im Waisenhaus.

Irgendwann wurden beide von einem Herrn angesprochen. Er kam vom Großen Moskauer Staatszirkus und fand die Darbietung recht imposant. Sie wurden zu Gesprächen eingeladen und folgten dem Angebot für gutes Geld ein verhältnismäßig geregeltes Leben als Artisten zu beginnen. Schnell wurde ihnen jedoch klar, dass dieses halbwegs geregelte Leben mit festem Einkommen und Unterkunft auch Schattenseiten aufwies. Unter der Hand wurden die Fähigkeiten der Artisten ausgenutzt um Straftaten wie Einbrüche, Überfälle oder Raube zu begehen. Zudem war der Zirkus eine riesengroße Geldwaschtrommel. Nach wie vor bestand die Illusion eines normalen und geregelten Lebens, so folgten auch sie diesen Aufträgen. Eines Tages ging es um ein Gemälde aus der Eremitage in St. Petersburg. Welches konnten beide nicht mehr sagen. Ein ausgewählter Trupp Artisten überfiel den Transporter in dem das Bild ins Historische Museum zu Moskau transportiert werden sollte. Die Brüder hatten den Auftrag mit dem Bild an die slowakische Grenze nach Bratislava zu fahren um es aus der Sowjetunion zu bringen und es in Österreich einem Herrn zu übergeben. Dieser Herr war Choncau, der zu dieser Zeit noch deutlich rüstiger war und an solchen Aktionen selbst teilnahm. Bei der Übergabe in Hainburg an der Donau kam es allerdings zu einem Zwischenfall. Diese sollte am Donauufer stattfinden. Die Brüder kamen in einem alten Ford Transporter und warteten bereits eine geraume Zeit als sich ihnen ein schwerer BMW näherte. Der Fahrer -der spätere Leibwächter- gab ein Zeichen herzukommen, neben Ihm saß Choncau. Die Brüder stiegen aus, per Knopfdruck öffnete sich der Kofferraumdeckel des BMW und sie bekamen Befehl das Bild einzuladen. Kaum hatten sie es auf den Kofferraumrand gestellt wurde die Szenerie taghell. Von einem Polizeiboot auf der Donau aus sowie von den Seiten des Festlands her gingen Scheinwerfer an, Schreie, Blaulicht.

Der Fahrer schrie: «Hinein!»

Beide schmissen sich in den Kofferraum dessen Klappe zugleich schloss. Der Fahrer gab Gas, Schüsse fielen, sie rasten durch die Stadt, von Polizeifahrzeugen verfolgt.

«Schießen!»

schrie der Fahrer und öffnete die Heckscheibe.

Neben ihnen lagen zwei Maschinenpistolen MP5 mit denen sie erfolgreich begannen auf die Reifen der Verfolger zu schießen. Parallel zur Donau ging es Richtung Wien. In einem Waldstück wechselten sie auf einen X5M. Bei dem Fahrzeug mit knapp 600 PS waren die Verfolger machtlos. Die Fahrt führte zu einem alten Militärflugplatz auf dem ein Bell Hubschrauber bereitstand. Wortlos stiegen alle ein, auch die Brüder wurden hierzu aufgefordert. Nachdem das Gemälde verstaut war starteten sie und flogen ohne Zwischenlandung direkt nach Genf. Choncau gefiel die Arbeit der beiden. Er erläuterte die

Aussichtslosigkeit ihrer weiteren Existenz in der Sowjetunion nach all dem Geschehenen und das Angebot fortan für ihn zu arbeiten. Sie bekamen die bekannte Wohnung in Montreux gestellt in der sie lebten und Aufträge für Choncau ausführten.

William wusste nicht wovon er mehr erstaunt war, vom Redefluss oder den grausam zerstörten Existenzen selbst.

«Möchten sie etwas essen oder sich ausruhen bevor wir weitermachen?»

«Keineswegs, es ging uns noch nie so gut wie hier bei Ihnen. Sie sehen es als Gefangenenstand an, wir jedoch mit Nichten!»

Über Choncau konnten sie wenig sagen, da es sich nicht gerade um ein angenehmes «Angestelltenverhältnis» handelte. Mit permanent spürbarer Dominanz, Distanz, kontinuierlichem Druck und regelmäßigen Eruptionen hielt sich Choncau die beiden vom Leib. Er hätte ohne Zweifel Chefarztqualitäten gehabt. Auf ihre ausweglose Situation wurden sie all die Jahre stets hingewiesen und zudem wurde betont, wie gut es ihnen doch hier erging. Zugegebenermaßen ging es ihnen in der Tat nie besser als zu dieser Zeit, von jetzt einmal abgesehen. Choncau stammte offenbar aus einer renommierten Schweizer Uhrmacherfamilie. Zeitlebens beschäftigte er sich mit der Kunst, eine Uhrmacherlehre zog er unter «stärksten Qualen» wie er einmal berichtete durch und ließ sich als die Eltern starben von der Schwester seine beträchtlichen Anteile an dem Weltkonzern auszahlen und war fortan in bestimmten Kreisen als Privatier und Kunsthändler tätig.

Die Brüder bekamen dezidierte Aufträge ohne Hintergründe zu kennen. Warum auch? Im Falle einer Gefangennahme wäre das Risiko Informationen weiterzugeben umso größer gewesen. Zusätzlich zu den bereits berichteten Druckmitteln wurde vereinzelt die Unversehrtheit des jeweils anderen eingesetzt, wenn ein Auftrag besonders wichtig war.

«Wer von Ihnen musste 1983 nach Frankfurt fahren?» zögernd blickte Alexander unter sich.

«Ich war es!»

Emotionslos schilderte er den Auftrag in Pensing's Wohnung einzudringen, ihn zu fesseln und zu zwingen, ihm *den* teilbaren Kunstgegenstand zu nennen. Er drang also in die Wohnung ein und wartete auf Pensing. Als dieser am Abend nach Hause kam überwältigte und fesselte er ihn. Pensing gab sich unwissend und Alexanders Wut wuchs. Nach und nach trug er wahllos potentiell teilbare Gegenstände in das Schmetterlingszimmer in dem er Pensing festhielt und zertrümmerte sie auf der Suche nach etwas Unbekannten. Er begann Pensing mit dem Messer zu bedrohen der sich wehren wollte und hineingriff. Nachdem für sein Verständnis kein teilbarer Gegenstand mehr übrig war schlug er Pensing aus Verzweiflung mit dem Hl. Eligius den Schädel ein, zur Sicherheit stach er noch einige Male in den Rumpf. Um nicht mit leeren Händen zurückzukehren nahm er unselektiert Unterlagen mit, in der Hoffnung Choncau besänftigen zu können mit.

«Es wäre die Krumme gewesen!»

«Das ist mir mittlerweile auch bekannt. Damals war es noch unklar. Ich ging vom Weihrauchfass aus. Die Krumme war unmöglich. Sie war nicht teilbar, ich hatte sie in der Hand!»

«Nicht auf den ersten Blick mein Lieber, nicht auf den ersten! Waren sie auch in Lérins und Montenegro?»

«Ich war in Lérins!» erwiderte Igor. «Ich sollte Listen beschaffen, kurze Zeit später wurde Alexander nach Montenegro geschickt, ich sah ihn seither nicht mehr wieder!»

Alexander erzählte vom Auftrag das Weihrauchfass zu stehlen. Choncau meinte damals, er könne froh sein mit den Unterlagen aus Frankfurt zurückgekehrt zu sein, ansonsten hätten harte Konsequenzen folgen müssen. Anhand der Unterlagen gäbe es eine Möglichkeit der Rehabilitation Alexander's durch einen Coup in Montenegro. Die lange Zeit zwischen den einzelnen Geschehnissen war nachvollziehbar, es sollte nach jeder Aktion aus Sicherheitsgründen Gras darüber wachsen. Da Choncau sich im Alleinbesitz der richtungweisenden Dokumente glaubte, war die Zeit seiner Meinung nach auch vorhanden.

«Kommen wir jetzt zu Calais, Igor!»

Nach Pensing's Tod wechselte die Krumme den Besitzer ohne dass Choncau offenbar hiervon etwas mitbekam. Aufmerksam hierauf wurde er erst wieder als Brundé das gute Stück online inserierte. In regelmäßigen Abständen ließ Choncau nämlich alle möglichen virtuellen und reellen Auktionshäuser auf bestimmte Schlagworte hin durchsuchen. Igor bekam eines Tages den Auftrag überstürzt nach Calais zu reisen und die Krumme zu stehlen. Choncau war sehr aufgebracht, es sei wahrscheinlich schon viel zu spät, man habe wochenlang geschlafen. Igor machte sich unverzüglich auf den Weg, die Krumme konnte er nachdem ihm William zuvorkam natürlich nicht mehr vorfinden. Auf die Idee Brundé nach den Käuferdaten zu fragen kam Igor gar nicht mehr, gemäß der Schamanjok'schen, recht pragmatischen und einfachen Handschrift endete dieser Auftrag bekanntermaßen rasch mit einem schweren Schädel-Hirn-Trauma.

William beendete die Unterredung und ließ die beiden in Ihre Zellen zurückbringen. Er versprach sich im Rahmen seiner Möglichkeiten um sie zu kümmern, am nächsten Tag besprach er sich mit Pfyffer und führte einige Telefonaten mit den deutschen und französischen Behörden. Er konnte eine rasche Verhandlung der bekannten Straftaten erwirken und eine Zusammenlegung der beiden im Gefängnis von Montreux organisieren. Er sah sie nie wieder.

William beschloss vor Eröffnung des letzten Kapitels, der Akteneinsicht und Sichtung der sichergestellten Kunstgegenstände aus der Burg einige Tage zu entspannen. Er ließ die beiden alten Jungs John und Ben einfliegen und buchte sie im Waldorf Astoria Rome Cavalieri, ein Hotel mit bedeutender Kunstsammlung oder besser gesagt, eine Kunstsammlung um die Hotelzimmer erschaffen wurden ein. Er reservierte zudem Plätze im dortigen Gourmet-Restaurant. Die beiden wurden am Flughafen abgeholt und William empfing sie in der Loggia mit Campari-Soda und Leccinooliven aus der Toskana, Nocellara-Öl aus Sizilien und Ciabatta. Sie begrüßten sich herzlich und saßen geraume Zeit einfach nur in den Sesseln und genossen. Als Geschenk und Erinnerung an die alte Heimat brachten sie William einen Handmade-Regenschirm von James Smith New Oxford Street mit. Ein wunderschönes Stück wenngleich auch die Regentage Roms überschaubar waren. Ein solider durchgängiger Kirschholzstab mit silberner Manschette am Griff, schwarz bespannt. Den ganzen Abend lang rekapitulierte William die aktuellen Ermittlungsergebnisse während die Jungs gespannt und sichtlich zufrieden zuhörten. Zum Dinner gab es: Tatar vom Weidemastochsen, Imperial Kaviar, wachsweiches Wachtelei und Crème fraiche, gefolgt von Steinbuttfilet auf Champagnerschaum, grüner Spargel, Alba-getrüffeltes Kartoffelpüree zum Schluss Crème brûlée von der Tahiti Vanille und Tonkabohneneis. Für den nächsten Tag organisierte William eine Führung durch die nicht-öffentlich zugänglichen Bereiche des Vatikans. Hiernach war der Besuch auch schon wieder vorbei, denn William musste an der Vereidigung der neuen Gardisten die jedes Jahr am 6. Mai stattfand, teilnehmen. Es war der Tag an dem der neue Gardist mit der linken Hand das Banner der Päpstlichen Schweizergarde umfasste, die Schwurfinger der Rechten erhob und mit kräftiger Stimme bekannte:

«Ich schwöre, alles das, was mir soeben vorgelesen wurde, gewissenhaft und treu zu halten, so wahr mir Gott und seine Heiligen helfen.»

Die neu eingetretenen Schweizergardisten leisteten ihren Treue-Eid und bezeugten auch ihr Leben für den Papst hinzugeben, wenn es die Umstände verlangten. William dachte an den Eid des Hippokrates der ein Äquivalent in seinem früheren Job darstellte:

«Ich schwöre und rufe Apollon, den Arzt, und Asklepios und Hygieia und Panakeia und alle Götter und

Göttinnen zu Zeugen an, dass ich diesen Eid und diesen Vertrag nach meiner Fähigkeit und nach meiner Einsicht erfüllen werde...» Was der Großteil der Bevölkerung Europas nicht wusste war, dass dieser eher zu den bekannteren zählende Eid seit Jahren nicht mehr geschworen wurde, wenngleich die meisten, er eingeschlossen, danach handelten:

«In alle Häuser, in die ich komme, werde ich zum Nutzen der Kranken hineingehen, frei von jedem bewussten Unrecht und jeder Übeltat, besonders von jedem geschlechtlichen Missbrauch an Frauen und Männern, Freien und Sklaven.»

Bei diesen Gedankengängen kam die Frage auf, wie es dem von ihm angeschossenen Gärtner erging. Er erkundigt sich bei dem Teamleiter des Sturmtrupps, man war schließlich mittlerweile Kollege. William war überrascht. Weniger von dessen Tod, sondern viel mehr von einer Kugel in seinem Schädel und einer im Herzen, die William geschafft hatte in dieser ausweglosen und hektischen Situation dort zu platzieren. Das Training in Mayfair war offenbar nicht vergebens.

Mit den Schweizer Behörden trat er erneut in Kontakt um das Vorgehen der vatikanischen Ermittlungen in Genf zu besprechen. Da es Williams Einheit war die den Täter zur Strecke brachte oblag ihnen der Vortritt, auch auf Schweizer

Boden. Es hätte Jahre gedauert das Leben Choncau's aufzuarbeiten und alle Transaktionen und Geschäfte zu rekonstruieren. Mit Pfyffer besprach er, nur die für sie relevanten Objekte zu bearbeiten. Für die nächsten zwei Wochen flog er zurück nach Genf und buchte sich im Mandarin Oriental ein. Das Anwesen Choncau's war im Bereich des einzig offiziellen Eingangs polizeilich bewacht. Es galt nach wie vor als Tatort und war versiegelt. William brach das Siegel und betrat das verlassene und seit besagtem Morgen unangetastete Anwesen. Im Eingangsbereich der Burg bestanden daher auch noch die deutlichen Spuren des Schusswechsels. Auch des Gärtners eingetrocknetes Blut war noch am «Sterbeort» wie es immer in den Todesbescheinigungen hieß vorzufinden. Zunächst machte William einen Rundgang durchs gesamte Anwesen. Jeder Raum war wie bereits bei seinem letzten Besuch registriert mit einigen Kunstobjekten oder Gemälden ausgefüllt. Wenngleich auch das Gefühl in ihm aufkam eine Art Lager finden zu müssen, da es in Anbetracht eines gesamten Lebens als krimineller Kunstsammler wiederum wenige Exponate waren.

Er war in rein sicherstellender Funktion da, für eine umfassende Bewertung der Exemplare war keine Zeit. Er katalogisierte und versah alle relevanten Objekte mit dem Siegel der Garde. Er begann mit der «Anbetung der Jungfrau

Maria» aus Peru im Arbeitszimmer. Zudem weckte eine eher modern gestaltete Phiole aus Kristallglas und Goldeinfassung auf Choncau's Schreibtisch sein Interesse, die auf den ersten Blick an ein Tintenfass erinnerte. Diese nahm er gleich in seiner Aktentasche mit. In dem großen Speisesaal wurde Lukas Cranach's Madonna mit Kind und Johannesknaben sichergestellt. Insgesamt wurden von ihm 48 Gegenstände markiert, sodass der Schätzwert von 31 Millionen Euro nach der ersten Sichtung von 15 Gemälden und Kunstgegenständen am Stürmungstag wohl deutlich nach oben korrigiert werden musste. Am nächsten Tag widmete sich William den im Arbeitszimmer befindlichen Akten. Schnell war klar, er war hierfür nicht der richtige Mann. Zwar war jedem Gemälde und den damit zusammenhängenden Transaktionen ein Ordner zugeteilt, die Anzahl der Ordner aber auch der Inhalt, von dem William nicht sagen konnte ob die darin dokumentierten Vorgänge sauber waren oder nicht, überstieg seine Expertise und auch seine Geduld. Hier hatte er gar keine Lust zu. Er beschlagnahmte viele offenbar relevante Akten, blätterte vor Ort jedoch nur einen Ordner gewissenhafter durch.

Hierin ging es um die Anschaffungen von Sicherheitselementen für das Anwesen. Unter anderem wurde in den letzten 10 Jahren ein beachtenswertes Waffenarsenal angeschafft. 12 israelische Uzi-Maschinenpistolen sowie die gleiche Anzahl Uzi-Pistolen, Overalls, Schweizer Offiziersmesser, 5000 Schuss Munition. Zudem wurde in ein neues Alarmsystem investiert, das prima Vista nicht so recht zu dem hiesigen Anwesen passte. In William kam das Gefühl auf von einem Geheimlager ausgehen zu müssen.

In den nächsten zwei Tagen durchkämmte William das gesamte Anwesen penibel nach weiteren Geheimtüren, jedoch ohne Erfolg. Mit ausreichend Beleuchtung suchte er auch Meter für Meter des bekannten Geheimgangs ab, konnte jedoch auch hier keine Abzweigung oder zusätzliche Tür entdecken. Schließlich landete er am Ende des Gangs in dem Wasserreservoir und stellte sich die Frage, ob dieses überhaupt noch offiziell bekannt oder gar in Betrieb war. Das Wasser sprudelte zwar aus den Leitungen, dennoch musste die Existenz überprüft werden. Er begab sich zur Stadtverwaltung. Im Wasserwirtschaftsamt traf er auf eine unfassbar graue Büromaus. In seinem Alter, ungeschminkt, in Ockertönen gekleidet und ohne erkennbaren Haarschnitt fristete diese arme, rundum langweilige Person bereits seit Jahren den gleichen monotonen Job. Vor dieser beruflichen Existenz fürchtete sich William seit ihm klar war, irgendwann einen Beruf ausüben zu müssen. Die originäre Aufgabe der Frau war die Katalogisierung öffentlicher Rohrleitungskarten und zwar noch für die nächsten 37 Berufsjahre. Scannen, Etikettieren,

Einsortieren, fertig. Eine Anfrage wie die von William, die Spannung, Abwechslung und das Erleben von Geschichte beinhaltete wurde von ihr im Ansatz nicht verstanden. Dies wurde William gewahr nachdem er mitgeteilt bekam, für solche Anfragen sei keine Zeit, da noch etliche Karten bis 16 Uhr nachmittags gescannt werden mussten und man sogar hochwahrscheinlich die Hälfe der Mittagspause von 12-13 Uhr opfern müsse, um um Punkt 16 Uhr den Scanner ausschalten zu können. Richtig aufregen konnte sich William nicht darüber, ein wenig vielleicht. Er kannte dies nur zu gut von den Sekretärinnen oder sonstigen nicht medizinischen Angestellten in der Klinik. Diese waren meist in einem unbefristeten Arbeitsverhältnis und hatten nichts zu befürchten, während die Ärzte als Hauptleistungserbringer Halb- oder wenn es sehr gut lief Jahresverträge bekamen. Sein alter Chef der selbst überwiegend machtlos hiergegen war, verglich ein Krankenhaus gerne mit einem Flugzeugträger. Auf der USS George Washington arbeiteten 5700 Menschen. Alle nur zu einem Ziel: Die 85 Piloten mussten mit ihren Jets und Helikoptern als Kampfgruppe agieren und hierdurch den Sinn eines solchen Kriegsschiffes realisieren können. Die Piloten der Klinik waren die Ärzte. Durch sie wurden die Patienten behandelt, mit ihrer Arbeit und ihrem Ruf stand und fiel eine Klinik. Von dem Zuarbeiten wie auf einem Flugzeugträger durch die anderen Mitarbeiter war hier jedoch wenig erkennbar. William erinnerte sich an eine Situation, in der sein hoch dekorierter Chef persönlich in einen Baumarkt fahren musste um Mausefallen für den Schwesternparkplatz zu kaufen, da der zuständige Hausmeister bereits um 15 Uhr 30 seinen Feierabend eingeläutet hatte und die Oberschwester mit einer Hygieneanzeige drohte. Beim hiesigen Wasserwirtschaftsamt lief es identisch, die kleine bedeutungslose Angestellte blockierte Ermittlungen die bei Veröffentlichung weltweit für Aufsehen gesorgt hätten. Nach einem kurzen Gespräch mit dem Vorgesetzten der Lady gab es jedoch prompt die Lizenz sich im Archiv umzusehen.

Dieses hatte den klassischen Behördencharme und hätte ebenfalls vom Frankfurter Architekten der Universität stammen können. Stahlregale der 1970er Jahre, Neonlicht, Linoleumboden. Nichts von der Imposanz der Archive oder Bibliotheken in denen er bisweilen überwiegend arbeitete. In Summe handelte es sich um einen sehr produktiven Besuch. Genf verdankte seiner geographischen Lage einen ganzjährigen Wasserüberschuss. Das Wasserleitungssystem wurde um 1900 ausgiebig modernisiert. Aus Kostengründen wurden damals die ausgemusterten Reservoire nicht abgerissen sondern einfach in benachbarte fließende Gewässer ausgeleitet und die Eingänge zugeschüttet. Es war wenig überraschend das betreffende Reservoir nach 1900 auf keiner Karte mehr zu finden. Choncau beziehungsweise frühestens der Vorbesitzer der Burg ließen zum einen den Gang und zum anderen am stillgelegten Reservoir selbst einen neuen Eingang errichten, über beides gab es nämlich keine Pläne. Eine Profilansicht des Reservoirs brachte zusätzliche neue Erkenntnisse. Eines der Becken, welches in Williams Erinnerung aktuell leer war, war auf der Zeichnung gar kein Becken sondern die Öffnung eines großen Schachtes mit an den Wänden verlaufender stählerner Wendeltreppe, der 15 Meter tiefer in ein riesiges sternförmig angelegtes Zusatzreservoir führte. Dem Plan zufolge führte jeder Arm des Sterns von einer großen zentralen Halle aus etwa 25 Meter in die Peripherie. Die Vermutung eines Zusatzreservoirs von Hallendimension lag nahe. Bei Bedarf konnten umliegende Reservoire in alle Richtungen gespeist werden.

Zurück im Reservoir fand er besagten Schacht mit einem nachträglich eingezogenen Betonboden als Becken getarnt vor. Es war im Vergleich zu den anderen Becken in der Tat leer. Bei genauerer Betrachtung fiel im letzten Eck noch ein weiterer Unterschied auf. Es gab eine etwa ein Quadratmeter große, offenbar abnehmbare Bodenplatte. Hierbei konnte es sich nur um den Eingang zur Halle darunter handeln. Entsprechend der bereits einmal hervorragend angewandten Bohrmethode in Melk ließ er Equipment herschaffen, was diesmal deutlich unproblematischer und professioneller von statten ging. Die gelieferte Standbohrmaschine positionierte er in einer Ecke der Deckplatte und ließ das Gerät mit niedriger Drehzahl arbeiten. Der Staub wurde leise automatisch abgesaugt. Etwa 10 Minuten und 30 cm Bohrung später war er durch. Langsam entfernte er die Maschine und ging mit dem Endoskop ins Bohrloch. Es ging deutlich in die Tiefe, dennoch war der Boden einsehbar und der Raum unter ihm beleuchtet. Verglichen mit den Plänen befand er sich am ehesten mittig über der großen Halle im Sternenzentrum. Er erkannte Fliesen auf denen offenbar ein überdimensionaler moderner, handgeknüpfter violetter Seidenteppich des Designers Jak Nath lag und eine Sitzgruppe. Er hatte sich für das neue Appartement im Rom den gleichen Teppich, nur viel kleiner und in türkis-grau zugelegt. Geschmack hatte Choncau, das musste man ihm lassen. Ebenfalls im Raum eine lange Tafel mit etwa zehn Stühlen, aus der Ferne Biedermeier, wie in der Burg. Die Anlage schien belebt zu sein. Eine Messung mit der Umluftsonde ergab 78% Stickstoff, 21% Sauerstoff, 0,04% Kohlendioxyd, ganz normale Raumluftzusammensetzung also. Das Mikrofon erbrachte den Beweis von Stimmen, es waren mindestens 3 Männer. Die alte Wendeltreppe reichte bis unter den Boden der Platte, diese selbst ließ sich offenbar von zwei Hydraulikstempeln von innen hochfahren.

William ließ die Einheit mit Ausrüstung einfliegen. Angesichts des angenommenen Waffenvorrates, des nicht vorhandenen Überraschungsmomentes beim gewalttätigen Öffnen der Platte und hinabsteigen über die Wendeltreppe die einem Präsentierteller glich, war ein Blutbad diesmal eher vorprogrammiert was Williams humanitären Anspruch gar widerstrebte. Bis zum Eintreffen der Einheit in einigen Stunden hatte er jedoch noch Zeit sich Gedanken über den Zugriff zu machen. Vor dem Zugang wurden drei zusätzliche Wachen der Schweizer Polizei positioniert und William zog sich mit den alten Bauplänen in die Burg zurück.

Nach Eintreffen des sechsköpfigen Teams in ebenso imposanten Dresscode wie beim ersten Mal fand eine kurze Lagebesprechung statt, bevor man sich mit den Fahrzeugen in Richtung des Eingangs im Wald begab. William fand sich erstmalig ebenfalls in besagter Kleidung wieder, am rechten Oberarm das Wappen der Garde. Über der Bodenplatte wurde ein massives Dreibein mit elektrischem Seilzug angebracht. William berechnete im Vorfeld das Volumen des Raumes anhand der Pläne auf etwa 30.000 m^3, also 30 Millionen Liter Raumluft. 1,8 Millionen Liter entsprachen 6%, diese Zahl war für das weitere Vorgehen essentiell. Während ein Tankfahrzeug mit 6000 Litern komprimierten Sevoflurans, einem Narkosegas in Position gebracht wurde bohrte das restliche Team vier weitere Öffnungen in die Platte. William gab das Startkommando.

«Ihr wisst, drei Minuten Zeit!»

Alle setzten sich Atemschutzmasken auf. Auf William Signal hin ging alles ganz schnell. In die vier Zusatzbohrungen wurden mittels Pressluftpistole Ventile geschossen an die die Gasleitungen angeschlossen wurden und Sevofluran einfließen konnte. Dann folgte das Einschießen von Ankern an allen vier Ecken der Platte. Diese wurden mit der Seilwinde am Dreibein verbunden. Nach der ersten Minute wurde die Platte abgehoben. Ein vierköpfiges Team und William seilten sich nun mit den Rücken zueinander und den Waffen im Anschlag ab. Offenbar durch den Lärm alarmiert liefen drei Männer mit besagten Uzis im Zentrum der Halle zusammen, waren mittlerweile jedoch narkotisiert. William hatte das Team im Vorfeld instruiert. Ein Gardist sicherte, die anderen drei verbrachten die Männer in die stabile Seitenlage und positionierten eine Guedel-Tubus, ein Hilfsmittel zum Freihalten der Atemwege in deren Mund-Rachenraum. Das Narkosegas machte bewusstlos. Eine Gefahr in diesem Zustand war die eigene Zunge zu verschlucken und daran zu ersticken weshalb alles in drei Minuten erledigt sein musste. In der richtigen Position und mit gesichertem Atemweg konnte jedoch rein gar nichts passieren. Nach Atemwegssicherung erfolgte die Entwaffnung und Fixierung an Händen und Füßen was ebenfalls überlebenswichitig war, allerdings diesmal für das Team. Nach Abschluss der Maßnahmen nahmen sie sich jeden der fünf sternförmig angeordneten Gänge einzeln vor. Zwei sicherten den Eingang, William und Mauro, ein Gardist, erkundeten die Gänge. Weitere Personen konnten nicht gefunden werden. Mit einer Bergungswanne wurden die drei Festgenommenen nach und nach aufgeseilt und dem Rettungsdienst sowie der Schweizer Polizei übergeben.

Der zentrale Raum stellte sich als Halle dar die wie bereits von obern ersichtlich sehr geschmackvoll eingerichtet war. Die Grundbausubstanz war das geflieste Reservoirbecken. Es hingen viele Bilder an den Wänden des Heptagons, eine Wand war jedoch mit nur einem, vergleichsweise kleinen Gemälde behangen. Dieses hatte es jedoch in sich. Es war Caravaggios «Christi Geburt mit dem Heiligen Franziskus und Laurentius». Dieses wurde am 18. Oktober 1969 in Palermo aus dem Oratorio di San Lorenzo, einem Franziskanerkonvent gestohlen. Das FBI schätzt den Wert dieses Bildes alleine auf 20 Millionen US-Dollar. Einer der Gänge bestand aus Räumlichkeiten für die Wachleute: Küche, Aufenthaltsräume, Waffenlager, Überwachungszentrale, Notstromaggregate und Klimatisierungsanlage. Ein weiterer beherbergte offenbar

Choncau's Reich im Sinne eines Schutzbunkers inklusive Gästezimmer, Bäder und Bibliothek. Zwei Gänge dienten Als Lager für die Kunstwerke. Überwiegend Gemälde, vereinzelt aber auch Skulpturen oder Zeremoniengegenstände. In diesem Bereich fiel William Van Gogh's «Die Gemeinde verlässt die reformierte Kirche in Nuenen» auf. Ein Bild das zusammen mit «Seebad Scheveningen» am 07. Dezember 2002 im Van Gogh Museum Amsterdam gestohlen wurde. Weder das Museum noch Versicherer konnten sich bislang auf einen Wert festlegen, es wurde stets von mehreren Millionen Euro gesprochen.

Der letzte Gang diente als Zugangsweg. Nach einer massiven Holztür schloss sich eine Art doppelte Schleuse aus schweren Eisentoren an. Hier endete auch der Originalbauteil des Ganges. Er verjüngte sich in einen kleineren, etwa drei mal drei Meter messenden Gang. Das Team folgte diesem erneut über mehrere hundert Meter. An dessen Ende standen sie vor einem ebenfalls vergitterten und vor allem auch videoüberwachten Treppenaufgang der in einem kleinen Raum zu enden schien. Die Schlösser waren schnell geknackt. An der Oberfläche angekommen reihten sich Steinsärge in zwei Reihen übereinander. Durch Buntglasfenster strahlte das Sonnenlicht. Sie befanden sich in einem Mausoleum. Der Fußboden war mit hellem Kalkstein gefliest, das Gebäude selbst war aus weißem

Sandstein. Die schwere Eingangstür war verschlossen und hatte für ein Mausoleum einen deutlich auffälligen elektrischen Öffnungsmechanismus der von innen jedoch für das Team ebenfalls keine größere Hürde darstellte. Nachdem sie ins Freie traten fanden sie sich auf einem der alten jüdischen Friedhöfe Genfs wieder. Über der Eingangstür war ein Judenstern eingemeißelt, das Wort «Rubin» stand angeschlagen.

Es hätte William auch schon früher auffallen können. Choncau war kein Jude, er war katholisch getauft. Dies wusste William seit er den Formalitäten nach dem Suizid beiwohnte. Seine Mutter oder Großmutter war soweit er sich erinnerte Jüdin. Zudem erinnerte er sich an ein Dokument, in dem ein Restaurations- und Erhaltungsvertrag des Mäzen Choncau mit der Stadt Genf und der Jüdischen Gemeinde besiegelt war. Choncau verpflichtete sich darin für 100 Jahre besagtes Mausoleum und somit auch die Eingangstür zu seinem geheimen Lager zu unterhalten. Es lag auf einem nicht öffentlich zugänglichen, historischen Teil des Friedhofs auf dem schon seit 100 Jahren niemand mehr bestattet wurde. William ärgerte sich dem Dokument so wenig Bedeutung beigemessen zu haben.

Zurück in der mittlerweile wieder belüfteten Halle wartete überraschend Pfyffer in der Sitzgruppe, im feinen schwarzen Suit auf William, der diesmal nur mit einem staubigen Overall aufwarten konnte. Pfyffer beglückwünschte ihn herzlich zu seinem Erfolg, wenngleich er auch sarkastisch auf die enorme Preisdifferenz zwischen 39 Cent für drei Patronen Munition und 14.000 Euro für Sevofluran hinwies. In der Bar fand sich eine 1982er Dom Pérignon Vintage, mit der sie auf Choncau's Kosten anstießen.

Aufgrund der Menge der Funde wurde die Stärke des Wachpersonals deutlich aufgestockt. Die Vorbereitungen des Abtransports dauerten eineinhalb Tage. William rekapitulierte seine Arbeit der letzten zwei Wochen und kam zu der stolzen Feststellung, ein hochintelligent konstruiert und angelegtes kriminelles Lebenswerk zerstört zu haben. Vor dem Hintergrund der Kriminalität die bis zum mehrfachen Kapitaldelikt reichte, keine Freveltat. Der hinter hohen Mauern verborgene alte Friedhofsteil bot viel Ruhe. Er war mit alten Bäumen und Sträuchern üppig begrünt. William saß mehrere Stunden auf einer alten Steinbank, blickte in den blauen Himmel und hatte sogar soviel Zeit, dass er nicht nur die aktuellen Geschehnisse sondern auch seine gesamte Entwicklung seit dem besagten Tag, als er mit einem alten Renault Mietwagen im Norden Frankreichs unterwegs war und mit 1800 Euro sein Leben völlig umkrempelte, überdachte.

Der Name Rubin kam ihm dann wieder in den Sinn. War die Wahl genau dieses Ein- und Ausgangs ein Zufall? Absicht? Ehemalige Verwandtschaft? Oder eine weitere Spur? Es war ein häufiger jüdischer Nachname aber William fielen auch gleich mehrere biblische Assoziationen ein. Er war der vierte unter den zwölf Steinen, die das Efod des Hohenpriesters schmücken und denen jeweils ein Stamm Israels zugeordnet war. Der Rubin war das Sinnbild des königlichen Stammes Juda. Alkuin meinte, der Rubin bezeichne Christus.

William beschloss daraufhin als letzte Amtshandlung noch eine kurze Überprüfung und in Augenscheinnahme des Mausoleum durchzuführen. Auf den zweiten Blick steckte mehr Technik darin als vermutet. Ein Eindringling wäre bereits hier von hochsensiblen Infrarotkameras und Bewegungsmeldern erfasst worden. Aufgrund der Länge des Eingangstunnels hätte er die Schleuse nie erreichen können, ein Abfangen wäre unweigerlich geschehen. Die Frage nach der wahren Geschichte des Mausoleums konnte er vor Ort nur durch die Öffnung der Sarkophage klären. Zusammen mit einem Gardisten öffnete er den Deckel eines kleineren Sarkophages. Darin lag bestimmungsgemäß ein Skelett. William berührte nichts, konnte jedoch blickdiagnostisch sagen, dass es sich um ein weibliches Skelett zum Ende der Pubertät verstorben handelte. Weibliche und männliche Becken waren verschieden. Das Hüftbeinloch hatte bei Frauen eine ovale Form und die Beckenschaufeln waren breiter. Das männliche Becken dagegen war eher hoch, schmal und eng. Ebenso unterschieden sich die Schädelformen. Nur Männerschädel wiesen über den Augen eine deutlich ausgeprägte Wulst auf. Die gerade eben verschlossenen Wachstumsfugen der langen Röhrenknochen deuteten auf das Alter zum Todeszeitpunkt hin. Angewandte Anthropologie ohne die Totenruhe durch zusätzliches Berühren noch mehr zu stören. Vor 100 Jahren wurde deutlich früher gestorben, es gab keinen Hinweis auf einen traumatischen Tod dieses Mädchens. Ganz im Gegenteil zum nächsten Sarkophag. Das Skelett wies ein schwerstes Schädel-Hirn-Trauma ohne Verletzung der restlichen Gebeine auf. Es hätte sich gut und gerne um ein nicht genauer einstufbares Gewaltverbrechen handeln können wenn da nicht ein kleines Detail gewesen wäre. Der zweite Halswirbelkörper des Menschen besaß einen knöchernen, in Richtung Schädel ragenden Dorn, den Dens. Er dient der Drehbewegung des Kopfes. Dieses etwa 1,5 cm lange Knochenstück war von enormer Wichtigkeit und daher auch Schlüsselfragment im Zusammenhang mit dem Tod. Ziel des originären Erhängens war nicht etwa der Sauerstoffmangel wie weitläufig vermutet wurde, sondern ein Schlag des Henkerknotens ins Genick exakt auf Höhe dieses Dens. Dieser brach in Folge des Schlags ab, bohrte sich ins Rückenmark und hierdurch starb der Mensch sofort. Ein Tod durch Sauerstoffmangel nach Erhängen war also prinzipiell ein falscher Tod, Kunstfehler wenn man so wollte. Die Kombination aus Schädel-Hirn-Trauma, Densfraktur und Judengrab ließ nur einen Schluss zu: Tod durch Steinigung. Die Steiniger standen vor dem bis zum Hals eingegrabenen Bestraften. Jeder Steinschlag führte zu einer Reklination, also einem nach Hinten fallen des Kopfes. War die Kraft ausreichend, resultierte problemlos eine Densfraktur. Im Judentum war Steinigung eine der häufigsten Todesstrafen. Es wurden alle bestraft, die ein Religionsverbrechen wie Wahrsagerei, Götzendienst oder Entweihung des Sabbats nachgewiesen bekamen. Unter Berücksichtigung der seit 2500 Jahren in Europa nicht gänzlich erradizierbaren Judenverfolgung war die Zugehörigkeit zum Judentum in gewisser Weise ebenfalls ein Religionsverbrechen im Sinne der Gegner, was ergo auch religionskonformen Juden zum Verhängnis wurde. William hatte genug gesehen, er beendete die Untersuchung. Abschließend handelte es sich offensichtlich um eine echte jüdische Familiengrabstätte, deren Mausoleum aktuell als Zugang zum wohl wertvollsten Kunstraublager weltweit führte. Hiermit schloss er seine Ermittlungen bezüglich des Mausoleums ab, man durfte auch nicht hinter jedem Busch einen Räuber sehen.

Mit einem militärbegleiteten Konvoi machten sich die sichergestellten Objekte auf den Weg zum Flughafen Genf, der für die Verladezeit gesperrt wurde. Es kreisten Armeehubschrauber über dem Flughafen. Die Hercules-Transportmaschine der Aeronautica Militare wurde bis zur Grenze des Schweizer Luftraums von zwei F16 Kampfjets der Schweizer Luftstreitkräfte begleitet, danach von zwei italienischen Eurofightern übernommen. Ein bodengebundener Konvoi vergleichbarer Stärke passierte auf italienischem Boden am späten Abend die Katakomben der Vatikanischen Museen. Pfyffer saß mit William in einem der Begleitfahrzeuge auf der Rückbank. Nach dem Schließen des Tores seufzte er zufrieden:

«Finito labore!»

Prinzipiell hätte William zustimmen können, wenn da nicht noch zwei Dinge zu klären gewesen wären: Woher wusste Choncau von der Krumme und dem Fass in Frankfurt und was hatte es mit der Phiole auf sich? Ohne diese beiden Lösungen wäre der Fall nicht zu seiner Zufriedenheit gelöst gewesen.

In dem Wursamb'schen Ordner den er sich noch einmal vorknüpfte schaute er sich den gestohlenen Brief an den Würzburger Bischof Konrad II. von Thüringen nochmals an und fand zudem abgeheftet eine Hotelrechnung aus dem Frühling des Jahres 1983.

Zunächst nahm er sich des Briefes an. Der Inhalt war deutlich magerer als erwartet:

«Ehrwürdiger Bischof Konrad,

den Zeiten geschuldet ist es unaufhaltsam die wenigen Klerikalen Besitztümer von denen ich jüngst verlauten lies vor dem aufgewiegelten Mob zu schützen. Des Boten Leben der die Kunde Euch übermittelt scheint mir zu ungewiss den Bestimmungsort zu verkünden. Seid daher wachsam ob meiner Insignien die Euch wohl bekannt, einem Schrein gleich beherbergen diese die Schlüssel des Vinum Caesare. Im Falle meines Todes soll dieser Euch eigen und an seine Geburtsstätte zurückgeführt sein. Es schütze Euch der allmächtige Gott.

Innozenz Wursamb»

Choncau wusste von den zwei Insignien mit Schlüssel darin. Aus der Rechnung ging ein Aufenthalt im Kruisherenkloster, einem Luxushotel in Maastricht hervor. Natürlich verbrachte nicht Pierre Choncau sondern Caprice Hurone die Tage und Nächte dort. Maastricht war eine völlig neue Destination. Das Hotel entsprach jedenfalls ganz Choncau's Geschmack und ähnelte sogar dem eigenen Wohnsitz sehr. Der Klosterkomplex aus dem 15. Jahrhundert mit monumentaler, gotischer Kirche wurde zu einem hochexklusiven Hotel umgebaut. Grund genug sich hier einzubuchen und die Ermittlungen vor Ort aufzunehmen. Vom Flughafen aus waren es lediglich 15 km bis ins Stadtzentrum in dem das Hotel lag. Es war ein durchaus gelungenes Bauprojekt. Moderne Stahlkonstruktionen trafen gotische Bauweisen verbunden über Installationen aus futuristischen Lichteelementen die ein weiches Licht ausstrahlten. Das Kirchenschiff wurde zu einem großen Speisesaal umgebaut. Insgesamt war die Kunst und die Lichtinstallationen als hochmodern anzusehen, alte Gemälde oder dergleichen suchte man vergebens. Das einzig historische in diesem Setting war die Bausubstanz selbst. Im Chor der ehemaligen Kirche wurde auf eine ganz besondere Weise eine Weinbar mit überirdischem Weinkeller realisiert. Hierhin zog sich William zum Nachdenken zurück. Zum ersten Mal in seinem Leben trank er hier einen deutschen Riesling von Egon Müller zu Scharzhof, im Anschluss einen Château Pichon Longeville Bordeaux. Eine wahre Geschmacksexplosion. Es war wenig los an diesem Abend und so war Gelegenheit, mit der Kellnerin ins Gespräch zu kommen. Die Frage, welches Klientel in diesem Hotel ein- und ausging grenzte die Suche nicht unbedingt ein.

Es waren vordergründig Hochzeitspaare, Menschen mit einem Faible für den gotischen Baustil und Desingfans. Der Mann eines Ehepaars am Nachbartisch brachte sich plötzlich in das Gespräch ein:

«Ich komme sogar zweimal im Jahr her. Das erste Mal im Jahr stets geschäftlich zur »European Fine Art Fair», das zweite Mal privat mit meiner Gattin, so schön ist es hier.»

Die European Fine Art Fair war eine der bedeutendsten Kunstmessen weltweit. Es wurden klassische Kunst aber auch moderne Werke betrachtet, geschätzt und gehandelt. William ließ sich von der Rezeption ein Programm der letzten Messe bringen. Die wichtigsten 240 Aussteller der Welt trafen sich jährlich für zehn Tage. Jedes Exponat wurde von 20 Fachausschüssen mit je etwa 190 renommierten Kunstexperten geprüft. Das who's who der Kunstwelt. Wurde hier die Krumme gehandelt? Kam es zu einer Situation ähnlich der bei Northby's mit dem Unterschied, dass diesmal Choncau leer ausging? Es musste fast so sein. Ein so exklusives Hotel verfügte über ein beachtliches Archiv. Alles wurde für die Nachwelt aufbewahrt. Somit war es nicht weiter verwunderlich, ein Programm des Jahres 1983 einsehen zu können. Zu jeder Kunstepoche gab es ein umfangreiches Programm mit Sessions, Lesungen, Ausstellungen und Versteigerungen. Im Referentenverzeichnis fand William

Pensing's Namen. Er hielt zumindest in diesem Jahr einen Vortrag über die Sakralkunst Frankreichs im 15. und 16. Jahrhundert.

«Seit wie vielen Jahren kommen Sie hierher?» eröffnete William erneut das Gespräch mit dem Mann vom Nebentisch.

Der Mann, der sich als Philipp von Nassau-Weilburg vorstellte, berichtete ihm seit über vierzig Jahren dem Hotel treu zu sein. William versuchte sein Glück und zeigte Bilder von Choncau und Pensing. Nassau-Weilburg konnte sich wage an die Gesichter erinnern jedoch keinen Zusammenhang herstellen.

«Wissen Sie, man trifft hier so viele Menschen, dass der Großteil rasch wieder in Vergessenheit gerät. Wenn ich mich nicht täusche war der eine Herr häufig Referent hier, der nach Messeschluss auch noch hier im Hotel häufig von Besuchern okkupiert wurde. Ich glaube er kommt seit Jahren nicht mehr her. Der andere kommt mir ebenfalls bekannt vor, allerdings habe ich ihn eher ganz unscheinbar und zurückgezogen in Erinnerung und ebenfalls Jahre nicht mehr gesehen. Bei den abendlichen Veranstaltungen im Hotel habe ich ihn nie erinnerlich wahrgenommen obwohl hier ja für gewöhnlich Seilschaften geknüpft und Freundschaften begossen werden. Meine Güte muss das lange her sein...da merkt man wieder wie alt man selbst ist. Wenn ich die «Fine

Art Nights Pictures»-Bände aus dieser Zeit anschauen würde, ich könnte mich sogar noch mit Haaren auf dem Kopf sehen.»

Er berichtete von einer exklusiven «Meet and greet»-Party, die jedes Jahr am Messesamstag im Hotel ausgetragen wurde. Hier traf sich die Crème de la Crème des Kunsthandels. Selbst für im Hotel eingecheckte Gäste war es nicht selbstverständlich eine Karte zu ergattern. Der schwedische Top-Fotograf Pierre Nielsson fotografierte diese Veranstaltung und das Hotel brachte dann ein in der Szene dem Pirelli-Kalender gleiches, streng limitiertes Photobuch heraus. William bat an der Rezeption um Einsicht in die Bücher, es wurde ihm gewährt. Der European Fine Art Fair wurde im Hotel ein eigener Raum gewidmet. Die Bände der letzten 50 Jahre waren in einem illuminierten Einbauregal ausgestellt. Die Wände waren in einem dezenten Grauton gestrichen, kein Bild, kein Fenster. Nur die Bildbände. Er nahm sich den Band des Jahres 1983 vor, in dem Pensing besagten Vortrag hielt und in dem sein Leben beendet wurde. Wie nicht anders erwartet war Choncau nicht auf den Bildern der Ankunft der Gäste abgebildet. Lediglich Pensing war einmal in zweiter Reihe zu sehen. Beide waren offenbar eher zurückhaltend was das Ablichten betraf. Erst bei der dritten Durchsicht stieß William auf eine Spur. Auf einem Bild mit einem Ehepaar im Vordergrund waren im Hintergrund Sitzgruppen, verschwommen zwar, aber zu sehen.

Bei genauerem Hinsehen erkannte er im letzten Eck zwei Herren, die die Köpfe zusammengesteckt miteinander sprachen. Es waren Choncau und Pensing. Man kannte sich also. In Bänden der Vorjahre aber auch der Folgejahre war keiner der beiden mehr zu sehen. William rekonstruierte demzufolge die wahrscheinlichste Variante: Choncau besuchte die Messe mit dem Vortrag des Experten. Ob er bereits im Vorfeld um Pensing's Besitz wusste war nicht mehr nachzuvollziehen, fest stand jedoch, man traf sich an besagtem Abend im Abseits der Feier. Hochwahrscheinlich entlockte Choncau geplant oder doch nur zufällig Pensing die ersten Informationen über Krumme und Fass, womit Choncau's Suche nach den Insignien weiterging und Pensings Leben endete.

William beschloss noch einmal Frankfurt aufzusuchen und zur Abwechslung Linie zu fliegen. Die Lufthansa genoss einen ebenso guten Ruf wie die British Airways, zudem hätte er aufgrund des engen Flugplans keinen relevanten zeitlichen Vorteil gehabt. Am Fenster erschien alsbald die beleuchtete Skyline der Bankenmetropole im Landeanflug auf den drittgrößten Flughafen Europas. Er war hungrig und ließ sich zunächst zu einer Pizzeria fahren, die der Fahrer vorschlug. La Divina - Die Göttliche. Diese lag nur zwei Straßen von Pensing's Wohnung entfernt. Er orderte Coda di rospo alla grila - Seeteufel vom Grill, dazu einen Silvio Jermann Were Dreams, ein im Barrique ausgebauter Chardonnay. Obwohl er mitten in Deutschland war fühlte er sich wie in seiner neuen Heimat Italien. Er nächtigte im Steigenberger Metropol. Die Bar war hervorragend, die Lage grässlich. An noch keinem anderen Bahnhof -im dessen Nähe lag das Hotel- hatte er so viele Obdachlose, Drogenabhängige und Prostituierte gesehen wie hier. Aus seiner Notarztzeit in London war er ja Kummer gewohnt, aber hier fiel es ihm besonders auf. London war die siebt teuerste Stadt der Welt, wahrscheinlich schlug sich dies auch auf dieses Klientel nieder.

Am Morgen suchte er das Morddezernat auf um sich nach den damaligen Ermittlern zu erkundigen. Der Hauptermittler Ewing war mittlerweile lange pensioniert, jedoch schnell aufgesucht und sofort mit von der Partie. William vermutete wohl mehr bei den Angehörigen zu erreichen, wenn ein Bindeglied von damals mit zu dem Besuch kam. Eine Tochter Pensing's wohnte im vornehmen Stadtteil Kronberg. Gerne empfing sie die Ermittler. Erleichtert hörte sich die Tochter die Geschichte um die Auflösung des Mordes an. William bat anschließend um Einsicht in noch vorhandene Dokumente des Vaters. Er war überrascht zu hören, dass sie Wohnung noch nahezu unverändert seit dreißig Jahren schlummerte. Die Nachfahren waren weder auf den Verkauf der Wohnung angewiesen, noch wollten sie diese selbst nutzen. Daher ruhte diese seit dem Mord 1983 unverändert. Die Möbel mit weißen Laken verdeckt, war noch alles so wie damals. Die letzte Reinigung erfolgte wohl durch den Tatortreiniger. Zunächst öffneten sie die Läden und zogen die schweren Baumwollvorhänge zur Seite. William beschränkte sich auf das Arbeitszimmer während die Tochter von Ewing begleitet die Runde in der Wohnung machte. Es war wieder das stöbern in Akten angesagt was William mittlerweile schon deutlich leichter fiel als zu Anfang seiner Ermittlungen. Er hatte einen gewissen Blick für die Relevanz von Dokumenten entwickelt und stöberte in Akten, Bildbänden und Schubladen. Nach einiger Zeit stieß er auf Unterlagen, darunter eine Korrespondenz mit Brunhilde Ratgild, einer berühmten und zugleich traurigen Pionierin ihres Gebietes und ihrer Zeit. Sie war eine der wenigen weiblichen kunsthistorischen Größen der ersten Hälfte des 20. Jahrhunderts. Zwischen dem 30. Januar 1933 und dem 8. Mai 1945 erlangte sie retrospektiv eher traurige Berühmtheit. Für den Verkauf entarteter Kunst wurden in dieser Zeit vier Kunsthändler bestimmt, sie war eine davon und zudem die einzige Frau. Der Begriff «Entartung» wurde Ende des 19. Jahrhunderts von der Medizin auf die Kunst übertragen und bezeichnete für mit rassentheoretischen Begründungen diffamierte Moderne Kunst. Ratgild verkaufte beschlagnahmte Werke und gelangte so zu einem beachtlichen

Wohlstand. William fand unter anderem den Nachweis des Erwerbs sowohl der Krumme als auch des Fasses durch Ratgild. Sogar eine Art Kunstgutachten war über beide zu finden. Die Säkularisation in Deutschland fand zur Zeit Wursamb's statt. Auch Heinrich VIII. von England, der bekanntermaßen gleich mehrfach Anlass fand den Kaiserwein zu kredenzen säkularisierte bereits 1538-40 englische Klöster, in Frankreich kam es jedoch erst Ende des 18. Jahrhunderts im Rahmen der Aufklärung und Revolution hierzu. In dieser Zeit begann auch die nachvollziehbare Geschichte der Insignien. Durch die Wirren der Revolution gelangten beide offenbar in eine Kaufmannsfamilie in Straßburg. Im zweiten Weltkrieg kam es zu einer vierjährigen Besatzung des Elsass durch die Deutschen, in dieser Zeit wurden beide Gegenstände enteignet was auf jüdische Wurzeln der Familie rückschließen ließ. Deren Aufzeichnungen oder besser gesagt Überlieferungen zufolge -denn sie mussten sich bei der Enteignung erklären woher die Gegenstände stammten, und begründen warum sie diese nicht gestohlen hatten- stammten diese aus einen Kloster in Österreich. 1955 erwarb Pensing beide von Ratgild, seither befanden sich diese in seinem Besitz. Den Aufzeichnungen zufolge wollte Pensing deren Geschichte immer mal genauer untersuchen, mangels Zeit verschob er dies jedoch mehrfach, temporäre Ermittlungen an der Oberfläche führten zu nichts. Er sah dies offenbar irgendwann ein und willigte daher in eine

Anfrage eines alten Kommilitonen und heutigen Mönch in Montenegro ein, das Fass nach Ostrog zu entleihen. Hier wurden über einige Jahrhunderte Weihrachfässer in kleinerem Umfang gefertigt, in Anbetracht dieser Tradition versuchte das Kloster mit wenigen Mitteln eine Ausstellung zu etablieren die auch Fässer anderer Provenienz zeigte. Eines der Dokumente die die Leihgabe besiegelten war die Quittung im sichergestellten «Wursamb»-Ordner, die als Original Choncau und als Durchschlag William nach Montenegro führten. Erst jetzt fiel William auf, dass die Dokumente aufgeteilt waren. In dem gestohlenen Ordner aus Frankfurt den er aus Genf mitbrachte befanden sich ausschließlich Unterlagen zum Fass, die Unterlagen zur Krumme und nochmals separiert Unterlagen zu Pensing's Erwerb der Stücke waren in den soeben gefundenen Akten abgelegt.

Zusammengefasst wurde nun langsam aber sicher ein rekonstruierbarer Fall daraus. Choncau wusste durch den gestohlenen vatikanischen Brief um zwei wie auch immer gearteten Insignien mit Schlüssel zu dem berühmten Wein. Selbstverständlich war ihm der Wert dessen bekannt. Nach dem Gespräch mit Pensing in Maastricht war offenbar immer noch nicht ganz klar, um welche Insignien es sich exakt handelte. Er erachtete es offenbar dennoch als hochwahrscheinlich, bei Pensing die passenden Insignien zu finden und hetzte Alexander auf ihn. Der Erfolg blieb jedoch aus da Alexander die Krumme zwar in Händen hielt, sich einen darin befindlichen Schlüssel aber nicht vorstellen konnte und dieser somit fatalerweise keine Beachtung mehr schenkte. Lediglich die mitgebrachten Unterlagen gaben Hinweise und Hoffnung auf die zweite Insignie, das Fass in Montenegro. Choncau musste herausfinden, welche Insignie im Paket zusammen mit dem Fass hergestellt wurde und hatte soviel Kunstverständnis, die Suche hiernach im potentiellen Entstehungsort Lérins zu beginnen. Nach dem Schamanjok'schen Auftritt dort stand die Krumme als zweite Insignie fest, ihr Aufenthaltsort war zu diesem Zeitpunkt jedoch nicht mehr nachvollziehbar. Als die Internetauktion aus Calais entdeckt, als hochwahrscheinlicher Treffer gewertet und Igor danach losgeschickt wurde, war es jedoch bereits zu spät da sich die Krumme schon in London befand. Die Spuren beider Insignien waren hiernach letztendlich kalt, bis der Wein eines Tages bei Northby's gelistet wurde. Choncau lehnte sich mit den 3.100.000 Pfund weit aus dem Fenster, war jedoch auch recht sicher das Geld wieder eintreiben zu können wenn er nur die Käuferdaten erhalten würde, was ihm gelang. Mit William und Pfyffer's Unterstützung rechnete er allerdings nicht, dies brach ihm das Genick oder besser gesagt: beendete seine Atmungskette.

In seinem Arbeitszimmer angekommen öffnete William die Phiole vorsichtig. Der Inhalt roch nach altem Blut, sah auch so aus. Der rote Blutfarbstoff enthielt an Eiweiße gebundenes Eisen. Ging ein rotes Blutkörperchen zugrunde, was in der Regel nach 120 Tagen der Fall war, früher wenn man starb, gelangte das Eisen an die Oberfläche und begann wie ein alter Eisenzaun zu oxydieren. Anders ausgedrückt, durch Sauerstoffkontakt zu rosten. Da der Eisenkomplex entscheidend an der Farbgebung beteiligt war, färbte frei gewordenes und oxydiertes Eisen das alte Blut schwarz. Zudem war ein leicht metallischer Geruch nachvollziehbar. Zusammengefasst handelte es sich also hochwahrscheinlich um eine Reliquie, die Frage war nur: Von wem? In Zeiten der DNA-Analytik war diese Frage kein Problem. William war hinreichend erstaunt als er das Ergebnis in Händen hielt. Es war das Blut von Karol Józef Wojtyla. Im Laufe seines Lebens hatten Schicksal und göttliche Fügung zu einer Namensänderung geführt. Am 16. Oktober 1978 wurde von der Benediktsloggia des Petersdoms verkündet:

«*Annuntio vobis gaudium magnum! Habemus Papam! Eminentissimum ac Reverendissimum Dominum, Dominum Carolum, Sanctae Romanae Ecclesiae Cardinalem Wojtyla! Sibi nomen imposuit: Ioannes Paulus II.*»

William begab sich in die Bibliothek und fand rasch eine rationale Erklärung für das Blut eines Papstes auf Choncau's Schreibtisch. Im Jahre 2012 hatten drei Männer in einem Zug von Rom nach Civitavecchia einen katholischen Priester bestohlen. Wie die Medien berichteten schnappten sie sich seinen Rucksack und flohen. Was sie offenbar nicht wussten: Der Geistliche hatte die Blutreliquie des verstorbenen Papstes Johannes Paul II. in diesem Rucksack. Wenige Stunden später wurde die Reliquie in einem Gebüsch wiedergefunden. William ahnte die Unumgänglichkeit einer weiteren DNA-Untersuchung. Er besprach den Fall aufgrund der Brisanz mit Pfyffer. In einer nächtlichen Aktion wurde eine Probe der wiedergefundenen und am Grab des Verstorbenen ausgestellten Reliquie in den vatikanischen Grotten entnommen. Es handelte sich bei dem Blut zwar um das eines Mannes, die Analytik ergab jedoch keinen Treffer womit Johannes Paul II ausschied. Die Theorie vom unwissenden Diebstahl mit sofortigem Verwerfen des offenbar wertlosen Stücks war somit hinfällig. Es fand ein Austausch statt und der wurde von Choncau initiiert. Ob es Igor zusammen mit zwei Komplizen war, es war anzunehmen. Viel wichtiger war William jedoch die nun zwingend erforderliche Bluttransfusion. Mit Pfyffer's Hilfe, der die Dienstwege des Vatikans en detail kannte war schnell ein neues Duplikat der Originalphiole hergestellt und schon eine Woche später konnten sie die rehabilitierte Reliquie an ihren Bestimmungsort in die Grotten zurückbringen.

Die beiden Nächte in Melk waren sicher beeindruckend. Das Gefühl des nächtlichen Verweilens in den vatikanischen Grotten war jedoch nicht in Worte zu fassen. William und Pfyffer standen im Kerzenlicht vor 23 Papstgräbern. Wie versteinert mit gefalteten Händen vor den Gräbern der Stellvertreter Christi auf Erden, der Diener der Diener Gottes. Er spürte eine noch nie dagewesene Ruhe, Demut und Nichtigkeit aber auch Geborgenheit, wenn die Emotionen überhaupt ansatzweise beschreibbar waren. «Ja, ich mag Sakralkunst!» Ihm kam seine Antwort die er zu Anfang John gab in den Sinn. War es nun nur die Sakralkunst oder war da doch mehr? Eine Frage die er nicht abschließend beantworten konnte. Pfyffer beendete den Besuch mit einem Gebet:

«In paradisum deducant te angeli, in tuo adventu suscipiant te martyres, et perducant te in civitatem sanctam Ierusalem. Chorus angelorum te suscipiat, et cum Lazaro, quondam paupere, æternam habeas requiem.»

Ein äußerst starkes Gebet, so dachte William und schon wieder war eine Brücke zu seinem alten Job geschlagen.

Als Lazarus-Phänomen wurden in der Medizin sehr verschiedene Beobachtungen einer scheinbaren Auferstehung bezeichnet. Das real existierende Phänomen wurde nach dem Heiligen Lazarus benannt, der in der Bibel durch Jesus von den Toten erweckt wurde. Der Begriff wurde vorrangig für das Wiedereinsetzen einer spontanen Kreislauffunktion bei bereits für tot gehaltenen Patienten verwendet. Alle veröffentlichten Fälle ereigneten sich nach einer Reanimation die scheinbar erfolglos abgebrochen wurde. Als Ursachen kamen Fehlinterpretationen und technisch mangelhafte Registrierungen des EKG, eine verspätet einsetzende Wirkung der verabreichten Medikamente und bestimmte Phänomene bei Patienten mit einem Herzschrittmacher in Frage. Diese Form des Lazarus-Phänomens wurde also bei Lebenden beobachtet, deren Tod auf Grund unsicherer Todeszeichen irrtümlich angenommen wurde. Ein Ereignis, vor dem William Zeit seiner Notarzttätigkeit Angst hatte. Früher wäre es als Wunder betrachtet worden, heute als Unfähigkeit des Arztes. Statt Heiligsprechung hätte einem Arzt heute Rechtssprechung gedroht.

Die Nacht war soweit fortgeschritten, dass schon in einer halben Stunde Sonnenaufgang war. Pfyffer und William trennten sich, William erklomm die unzähligen Stufen bis in die oberste Plattform der Petersdomkuppel. Die Stadt lag noch im Dunkeln, William führte die in Genf begonnene Rekapitulation seines bisherigen Lebens hier fort. Sicherlich vermisste er einige Elemente seines früheren Jobs. Die Behandlung einer akut ausgebrochenen Psychose mit allen lustigen aber auch bedauerlichen Aspekten oder die Reposition einer ausgerenkten Kniescheibe auf einem Sportplatz vor Publikum hatten einen äußerst hohen Spaßfaktor der in seinem jetzigen Leben doch deutlich reduziert war. Die aktuelle Tätigkeit war um Längen ernster und gefährlicher. So langsam wurde ihm die Tragweite des Begriffs «Berufung» der er fortan folgen wollte klar, dennoch konnte er nicht sagen keinen Gefallen daran zu finden.

Über dem Monte Palatino ging die Sonne auf die den gesamten Petersplatz und den Dom mit Morgenlicht flutete, ein weiteres unbeschreibliches Gefühl. Für William stand fest, für sich die goldrichtige Entscheidung getroffen zu haben.

Das Kapitel Medizin schien beendet.

Bibliografische Information der Deutschen
Nationalbibliothek: Die Deutsche
Nationalbibliothek verzeichnet diese Publikation in
der Deutschen Nationalbibliografie; detaillierte
bibliografische Daten sind im Internet über dnb.d-
nb.de abrufbar

TWENTYSIX – Der Self-Publishing-Verlag
Eine Kooperation zwischen der Verlagsgruppe
Random House und BoD – Books on Demand

Herstellung und Verlag:
BoD – Books on Demand, Norderstedt

ISBN: 978-3-7407-0807-8